U0869482

THE GIRL WHO SPEAKS BEAR

说熊语的女孩

〔英〕苏菲·安德森 / 著　阳星亮 / 绘
陆巧玲 陆海峡 / 译

GUANGXI NORMAL UNIVERSITY PRESS
广西师范大学出版社
·桂林·

说熊语的女孩
Shuo Xiong Yu De Nühai

出版统筹：伍丽云
质量总监：孙才真
责任编辑：孙才真
助理编辑：张　也
责任美编：赵英凯
责任技编：马其键

著作权合同登记号桂图登字：20-2021-199 号

图书在版编目（CIP）数据

说熊语的女孩 / （英）苏菲·安德森著 ；阳星亮绘 ；陆巧玲，陆海峡译. -- 桂林 ：广西师范大学出版社，2025. 1. -- （魔法象）. -- ISBN 978-7-5598-7456-6

I. I561.84

中国国家版本馆 CIP 数据核字第 20241YX700 号

广西师范大学出版社出版发行
（广西桂林市五里店路 9 号　邮政编码：541004
网址：http://www.bbtpress.com）
出版人：黄轩庄
全国新华书店经销
唐山富达印务有限公司印刷
（唐山市芦台经济开发区农业总公司三社区　邮政编码：301501）
开本：880 mm × 1 240 mm　1/32
印张：8.625　　字数：195 千
2025 年 1 月第 1 版　　2025 年 1 月第 1 次印刷
定价：34. 80 元

谨以此书献给我的丈夫尼克和我们最小的孩子艾尔莎。

谢谢你们牵着我的手，陪我穿过森林。

炽烈火山
北海
公主的最后
一支箭
绿涛湾
钓鱼小屋
城堡废墟
蓝山熊洞
冰封飞船

冰雪森林
银子溪
大冻河
萨莎家
安纳托利的
木屋
燕卡家
脚怪屋
村子广场
冰雪森林
东
北
南
西

楔子

我记得那只母熊。我把脸贴在她温暖的肚子上，她用毛茸茸的粗大四肢为我遮挡凛冽的风雪。我记得她发出沉沉的鼾声，响彻了整个寂静的冬季；我记得她呼出一团团哈气，散发着浆果和松子的味道。是她抚育了我。

我的养母玛莫奇卡说，她在熊窝外面发现我的时候，我还不到两岁。她说当时我站在雪地里，赤身裸体，双颊却温暖红润，笑容洋溢。我走到她跟前，高高地举起双臂，轻轻地叫唤了一声。玛莫奇卡将我抱起，我把脑袋伏在她的肩上，双腿勾住她的腰，马上就进入了梦乡。玛莫奇卡说，当时她就知道，我们注定要厮守在一起。可是问题来了：我连自己的来处都不知道，又怎么能够确定自己的归属呢?

玛莫奇卡在山洞里寻找线索，一心想弄清楚我是谁，我的父母又是谁，却发现有只老母熊在里面呼呼大睡。玛莫奇卡不想惊动冬眠的母熊，便悄悄地退出去，把我抱回了她在冰雪森林旁边的家。

我喜欢和玛莫奇卡一起生活。她是我心中最棒的妈妈，可是不知为什么，我却一直放不下那只老熊。我想知道她会不会记得我，会不会想念我。我放不下老熊，就像我放不下自己的生身父母——

他们一定是把我遗忘，要么就是遗弃，在了森林里。

总有那么一天，我会打听到自己的身世。不过我希望，它不是那种老掉牙的弃婴传说，而是一个不寻常的传奇。我希望它能解开我的疑问：我是谁？为什么我会与众不同？为什么我能听懂树林的悄悄话？为什么我会一直觉得森林在召唤我？

第一章

小熊燕卡

大家叫我小熊燕卡。倒不是因为我被人发现的那个地方——没有几个人知道这事儿。大家叫我小熊燕卡，是因为我的个子高力气大。

我的个子比别的 12 岁的小孩，还有大多数的大人，都要高。我的力气比每个人的力气都要大。那些采冰人、伐木工，还有深入冰雪森林的勇敢猎手，都不例外。

森林南边的这个村子里，住着大约 100 个村民。此时此刻他们正拥向广场，为明天过节做着准备。

雪地上光芒闪动，空气里兴奋滋长。村子一年有 6 个月的时间被冬天的寒冷困滞，而明天大融雪就开始啦！大冻河就要解冻，冰雪森林就要脱掉身上的雪毯，而我就要跑到新绿的树下玩耍！我不会走得太远，免得玛莫奇卡为我担心。可是一想到我会站在树下，看杨柳摇曳，听松树低语，我就禁不住开心得脸蛋发疼。

我走过广场的时候，有人喊我帮忙。我停下来，为搭戏台的木匠师傅托举木梁，帮着把爬竿比赛用的撑竿敲进冻土，再将满载着冰块的雪橇爬犁吱吱嘎嘎地拖离冰封的河面。冰块是冰雪城堡的建筑材料；尽管城堡已经有村公所那么高了，可孩子们还是爬到它光溜溜的墙上，一心想把它建得更高。

我来到了广场的中央。萨沙，我最好的朋友，正在堆放节日篝火需要的柴火。

“嘿，萨沙。”我笑着挥了挥手。

“嘿，燕卡。”毛茸茸的大帽子下面，萨沙还给我一个微笑。自打我把他从荨麻丛里拖出来，我们就成了最好的朋友。我用酸模叶为他擦拭伤口，喊他和我一起爬树。玛莫奇卡说，那是我第一次开口说话。当时我3岁，萨沙5岁。

萨沙高个子细长腿，像一只苍鹭。冬天以前，我们俩站着还能平视对方。只是最近我抽条了，看他的时候，我的目光会直接越过他的头顶。我没想过自己会长得这么大块儿，所以我也拿不准，自己会不会习惯现在的样子。

“我们俩一起抬好吗？”说着，萨沙抱起了一棵被砍倒的大树的一端。

“我自己就行。”我拎起树干，把它甩到肩上，双脚一下子就陷进了雪地里。萨沙扛起一段小一点儿的木头；我们拖着沉重的脚步，并排朝柴火堆走去。

凡尼亚，萨沙最小的堂弟，抱着树枝冲了过来。他抬头看着我，惊讶地叫道：“燕卡，你好大劲儿啊！真像一只熊！”

我把树干放在柴火堆上，笑了。有人说我力大如熊，我并不介意，真的不怎么介意。不过它确实会提醒我，我有多么与众不同——不仅仅是在体格和力量上。

别人都在村子里出生，他们的爸爸妈妈、爷爷奶奶也不例外。他们穿着太爷爷传下来的毛皮大衣保暖，裹着太奶奶编织的毛毯睡觉。只有我不知道自己出生在哪儿，生身父母是谁，最后又怎么流落到了熊窝。我蒙在鼓里，感觉就像身体里长了一个窟窿，而且这个窟窿每年都在变大。

我又扛起一根木头，摆脱了那些令人不快的胡思乱想。没过多久，柴火堆就和我一般高了。一想到明天熊熊燃烧的篝火，我禁不住笑了。

萨沙在和一群从冰雪城堡爬下来的小孩玩。只见他手里抓着帽子，一头羽毛般的头发东奔西突。村里只有 20 来个小孩，大家又在一所学校读书，所以都互相认识。按理说，和他们在一起，我应该无拘无束才对。可是我走过去的时候，脚步却有些迟疑，笑容也很不自在。谁也没有留意到我。也许是因为他们正忙着做明天的计划，也许是因为我的脑袋比他们高出太多。我尽量含胸驼背，弯腰屈膝，可是仍然显得很另类。我觉得自己就像闯进鹪鹩窝里的布谷鸟，是一个入侵者。

天色阴暗，寒气逼人。冬天也许就要结束了，春天的暖意却依然感觉遥远。冰雪在阳光下融化，黄昏时又会重新冻上，所以一到夜里，到处都是冻雪和冰凌。这个时节的天气一向如此。

一只红腹灰雀飞过，羽毛掠过我的脸颊。他振翅冲高，扑向远处的森林。站在这儿，我只能看到森林细长的树梢，可是它们却像一条条粗绳，牵动着我的心。不知不觉中，我爬上了村头的小山。快到山顶了，我才意识到，自己已经远离了人群。

萨沙追上了我。他一边调整步伐，一边给了我的胳膊一拳。

“为嘛呢？”说着，我还给了他一拳。我没有用力，可他还是打了一个趔趄。

“抢跑啊，”萨沙拿出冰刀嵌合在靴子上，把靴子变成了冰鞋，“我们比试比试，看谁先到我家？”

“好啊！”我的心飞了起来，随即又沉了下去。我想起了自己没穿冰鞋的原因：今年冬天我长得太快，三双鞋子都穿不上了。一想到今年我疯长的速度，我便感到害怕——我比往年长得快了好多，夜里会感到腿疼。我摸摸衣袋，叹了口气：“我忘带冰刀了。”

“你又忘了？”萨沙抱怨道。

“没事儿，你自己滑吧。”我站在山顶，朝下面望去。冰雪带覆盖了下山的小路，一路延伸到萨沙家，再到我和玛莫奇卡的家门口。我知道萨沙喜欢滑冰，而且身手不凡，优雅得就像一只飞燕。不过他并没有扣上冰刀。

“我们还是从森林里走回去吧。”说着，萨沙跳到了一棵老榆树跟前。老榆树满身疤瘤，我们小时候经常爬上爬下。榆树后面的树林里，一条羊肠小道弯弯绕绕，就到了我们家园子那儿。萨沙知道，我一向喜欢走这条路回家。

一股暖流漫过我的全身：萨沙不愧是我最好的朋友。

进入冰雪森林就像进入了另外一个世界。树木又高又大，让我觉得自己十分渺小。我的思维变得活跃，感觉变得灵敏。有时候我会觉得，自己如此接近过去，几乎能听见它乘风而来。

“过节你感到兴奋吗？”萨沙问我。他的眼睛闪闪发光。

我点点头，想起了节日里我所喜欢的一切：游戏，音乐与表演，和萨沙在山上新结冰的雪橇赛道上比试，穿过烈焰迷宫奔向玛莫奇卡。

烈焰迷宫里并没有烈火，只有大块的丝绸。光滑的丝绸被剪裁和印染成火焰的模样，悬挂在戏台的上面。晚会结束前，大家会穿越火焰阵。人们笑啊闹啊，不是被丝绸缠绕，就是找不到迷宫的出口。他们出来的时候，脸上闪耀着炭火一样的红光。

第一次穿越烈焰迷宫，我才三四岁。当时我很害怕，幸好玛莫奇卡就站在对面，一直鼓励我走过去。如今我不再害怕了，可是她依然会站在对面，看着我穿越迷宫。

“我好期待攻城游戏啊，”萨沙的脸上绽放出了笑容，“你看见今年的冰雪城堡有多高了吗？”

“比村公所还高呢。”我嘟哝着，却被森林里的响动分了神。我低头从一根树枝下穿过。雪花簌簌坠落，掉在我的脖颈上。

森林有自己的喜怒哀乐。此时此刻，他显得焦躁不安。雪水滴滴答答，鸟儿窸窸窣窣，动物们有的在往树上爬行，有的在雪下的地洞里狂奔。

萨沙还在说着游戏，我却无法集中精神。我心烦意乱，就像森林要告诉我什么。

“燕卡？”

“不好意思。怎么了？”

“你又在听树木说话吗？”萨沙笑着问道，“他们说了你是谁吗？”

热血涌上了我的脸。我和萨沙一向是无话不说，可是现在，有那么一会儿，我真希望他对我没有这么知根知底，比如说我怎么听见森林里的响动，我多么纠结自己的过去。

“我明天过来叫你好吗？”萨沙问道。

“我得帮玛莫奇卡干活呢，要把草药搬到广场，还要摆好货摊。天一亮我们就要出发。”

“那我过来帮忙呗。”

“不用。”

“可是我想帮忙啊。反正爸妈一大早要赶着雪橇去接爷爷奶奶，我怎么也是一个人玩。”说完，萨沙一路小跑，进了自家的后院，“明儿见！”

我继续朝我和玛莫奇卡的园子走去。到了园子跟前，我又在松树下盘桓了一会儿，好多亲近一下森林。

我家的园子和萨沙家的园子一样，直通森林，中间没有栅栏或大门间隔。此时此刻，园子里覆盖着一层白雪。不过，大融雪一过，我们就会翻地播种。等到悠长的夏日来临，园子里就会五彩缤纷，姹紫嫣红；花花果果，还有成百上千的药草，和伴着药草飞舞的蜜蜂和蝴蝶。

药草是玛莫奇卡的生计。她采摘药草，然后把它们晾干，研磨，再制成各种各样的药剂。我难受的时候，她会用奎宁水或热茶让我得到舒缓。今年冬天我长得太快，双脚开始疼痛。她听见我诉苦，还特地为我调制了一种药膏。

大家都说玛莫奇卡拥有冰雪森林的智慧，能包治百病——只要她愿意，她能治愈日落时分流血的天空。玛莫奇卡本人也像森林，刚毅而温柔。她的双手光滑而坚硬，像新生的树皮；她的头发乌漆墨黑，像松树之间的阴影。她散发着香甜的气息，像椴树花盛开。

玛莫奇卡年轻的时候，为了配药，她会去森林里采摘草药和浆果，这才会到熊窝那儿，把我捡回了家。不过如今她喜欢待在村里，在自家的园子里种植所需要的一切。

像别的村民一样，玛莫奇卡说森林里有危险，看护我是她的头等大事。我倒是巴不得她能对我再放手一点儿，可是她说我会迷路，会挨冻，会遭遇森林里出没的野兽。

白雪皑皑的树枝上，一抹粉红吸引了我。又是一只肥嘟嘟圆乎乎的红腹灰雀。我对他笑笑，把手伸进衣袋，掏出几颗为鸟儿预备的葵花籽。我伸出手，稳稳地摊开放有葵花籽的手掌，打了一个低沉而哀伤的口哨。

红腹灰雀歪着脑袋，沿着树枝挪了几步。然后他纵身一跳，落在了我的手心。

“燕卡！”

我屏住了呼吸。我敢说，红腹灰雀叫了我的名字。

“燕卡！”小鸟又一次叫道，“回到森林里来吧，小熊燕卡！”

我看着红腹灰雀，目瞪口呆。我耳朵里

听到的是鸟鸣，脑子里却感知到了它的意义。我凑近小鸟，指望着他再能说些什么。

就在这时，几只细小的爪子蹿上了我鹿皮大衣的后背。捕鼠精，我们家的宠物鼬，从我的肩上跳下，扑向那只小鸟。

红腹灰雀急忙飞走，总算及时保住了性命。捕鼠精降落在我的手心，撞得葵花籽散落一地。接着他缠住我的手腕，一边舔着嘴唇，一边无辜地瞅着我。

我冲他又是皱眉又是摇头："拜托你不要再祸害我喂的小鸟了。家里的老鼠还不够你祸害吗？"

捕鼠精打了一个激灵，竖起了全身的毛发。接着他跳到地上，蹿回园子，在雪地上拖出一道金光。冬天一来，捕鼠精就一直守着家里的火炉，所以他不像别的黄鼬，毛发会变成白色。

玛莫奇卡在敲厨房的窗户。"要蜜糖水吗？"她手里端着我最爱的黄色马克杯，嘴巴做出蜜糖水的口型。我笑着点了点头：热蜜糖水让我感到倍加温暖。

我回头望着红腹灰雀飞离的方向，他却不见了踪影。我告诉自己，我一定是产生了幻觉，以为听懂了鸟语。可是我的内心并不这样想。树梢沙沙作响，积雪掩盖秘密。我感受到了森林无比强烈的拖拽。林子深处某个幽暗的地方，隐藏着我的过去。

我的心在狂跳，我的脚趾在抽搐。我抖落靴子上的雪粒，拂掉大衣上的雪花，却摆脱不了双腿躁动的感觉。我随手关上了前门，却又一次听见了红腹灰雀的声音。只听他在远处叫着：

"回到森林里来吧，小熊燕卡！你属于这儿！"

第二章

安纳托利

当天夜里，安纳托利来了。他的胡子上挂着冰花，眼睛里闪着月光。我透过结霜的窗户望着他，心里激动得发抖。他从雪橇上卸下狗狗，然后给他们喂食，刷毛，检查狗爪，并轻声呼唤他们的名字：内萨、巴彦、彼得和卓娅。最后他把狗狗安顿好了，这才进屋。

安纳托利低头穿过门廊。他裹着鹿皮大衣，臃肿得像一只大熊。不过等他脱下外套，穿着破旧的宽松上衣在火炉旁坐下，他的样子却比我记忆中显得消瘦和苍老。他明亮的眼睛周围有了更深的皱纹，歪七扭八的胡须又白了许多。安纳托利的脸被烧伤过，胡子长得不怎么齐整，不过他的笑容还是和从前一模一样。他一笑就看着地上，脸涨得通红，像极了红腹灰雀的肚子。

距离安纳托利上次登门来访，已经有两个月了——感觉就像天荒地老——实际上并没有那么漫长。有时他半年多才来一次，有时他隔几周就会过来。我倒是希望他常来常往。他不在的时候我会想他，会念叨他什么时间会来。

安纳托利一个人住在森林里，靠打猎、捕鱼和诱捕动物谋生。直到十年前，村里才有人知道他的存在。当时他出现在玛莫奇卡家门口，向她讨要治疗烧伤的药膏。尽管都是多年以前那场森林大火留下的旧伤，可是他说了，一到夜里，那些伤疤还会又痒又痛。

打那以后，安纳托利便开始来家里走动，至少是一年一次，往往是一年多次。他偶尔会在家里过夜，就睡在火炉的旁边。村里的人打趣玛莫奇卡，说她有了相好。玛莫奇卡听了哈哈大笑，说谁的相好会整天躲在森林里啊。不过只要安纳托利出现，玛莫奇卡的眼睛会变得更加明亮，笑容也会更加灿烂。

“上次我们见面后你就没吃过东西吧？瞧你都瘦成啥样了。”说着，玛莫奇卡给安纳托利倒了一杯柠檬茶，又递过去一筐蛋白霜慕斯——糕点又香又软，表层的蛋浆晶莹剔透，就像屋外的皑皑白雪。

玛莫奇卡十分娇小，身材只有我和安纳托利的一半，可是她更占地方。她忙得团团转，风风火火，势不可挡，就像一群扑棱棱的鸽子，满屋子飞舞。

安纳托利呷着茶，吃着糕点，脸上有了血色。“我吃得很好啊，只不过这几个月都在极北，这才被冻瘦了。”

“您又有新发现啦？”我料到他有了新故事，便兴奋地追问。安纳托利从冰雪森林里出来，总会带着一个故事。

小时候，只要是安纳托利讲的故事，不管是狼群在月光下的雪野上围猎，还是火龙从火山上飞奔而下，我全都相信。因为他的故事——和我一样——都来自森林，与我的过去似乎有着某种关联。

现在我懂了，安纳托利的故事就是故事，仅此而已。尽管玛莫奇卡经常提醒我，可我还是愿意相信，尤其是在他讲故事的那一刻，有时是在他讲完故事之后——深夜时分，窗外的树枝泛着银光；我想着森林里隐藏的秘密，怎么也睡不着。

安纳托利腼腆地笑着，把手伸进衣袋，掏出了那张地图。等到他把皱巴巴的地图平铺在我们中间的矮桌上时，我便开始寻找新的记号。新记号就在那儿，藏在黑森林的某个地方，标注着故事的源头。

“这儿是你们村，”安纳托利指了指位于地图南边边缘的村子，手指停在了我和玛莫奇卡的家——一个画有两颗小爱心的方框——的上方，“这儿是你们家。”

这张地图我看过多次，凭记忆就能把它复制出来。尽管如此，安纳托利还是会一一指出上面的标记。我喜欢听他在炉火的噼啪声中绵言细语，喜欢看他长满老茧的手指在涂画的森林里穿梭，所以我一点儿也不介意。何况我还得到了一个独自寻找新标记的机会。

新标记可能很大——比如去年画的是一座摇摇欲坠的城堡，代表的是一个人变熊的故事；新标记也可能很小——比如那个隐匿在密林里的狼趾，引出的是一个女婴孤身斗群狼的传说。安纳托利给我讲过这个故事，虽然当时我还很小，不过他送给我的那个狼趾，我仍然保存在枕头底下。有时我摸着狼趾，感觉勇气倍增；有时我看着狼趾前面的那个利爪，厚墩墩黑乎乎的，有我的大拇指那么长，便又吓得连忙躲进了被窝。

我的目光追随着一条狭窄的蜿蜒小路，一路向北，掠过地图上的森林。密林里藏匿着各种动物，有熊和獾，狼和狼獾，还有蛇和松鼠。小路经过安纳托利五个木屋中的一号木屋，便没了踪影，于是我开始追踪银子溪。银子溪波光粼粼，散布着浮冰和飞鱼。

“女巫雅嘎又搬家了。”我指了指一栋房子的标记。房子长着鸡脚，蜷缩在松树丛中。

“今年的冬天冷得够呛，”安纳托利严肃地点了点头，“房子太冷，它的膝盖都冻裂了。房子半夜起来，膝盖便噼里啪啦地断裂，像打雷一般，我在 10 公里开外都听得一清二楚。它跳着脚，沿着河岸朝南狂奔，直到浑身发热，才在这个暖和的松树丛里安顿下来。雅嘎住在房子里，一点儿都不开心。你知道，她不喜欢接近活物，而是更喜欢亡灵。”

“亡灵和长着鸡脚的房子，”玛莫奇卡抱着双臂，摇了摇头，“安纳托利，瞧瞧你往她的脑袋里灌输了些什么乱七八糟的东西。”

“我的故事都是真的。”安纳托利轻声说道。他抬起头，一脸热切地望着我。我真想告诉他，我相信他讲的每一个故事，可是我没有。我只是站起来，打开了壁炉架上那个长长的木头盒。盒子里有我最爱的墨水笔，还有一张安纳托利的地图副本。那是上次他过来的时候，我一笔一画描摹出来的成果。尽管它不如原图那么工整，可也让我十分得意。我把地图铺在桌上，小心翼翼地把长着鸡脚的房子画在了新的位置。

玛莫奇卡嘴里嘟哝着，进了厨房。她只相信自己亲眼看见的东西，不过对于安纳托利的故事，她也不是一直都很抵触。小时候睡觉前，她老是干巴巴地给我复述这些故事。要不她就唱着祖先的歌谣，赞颂大自然的威力，赞颂森林神奇的治愈力。不过现在她似乎已经拿定了主意，觉得我都 12 岁了，早就过了听故事的年龄。

上次安纳托利过来，还发生了另外一件事。当时我已经上床睡了，却听到玛莫奇卡向安纳托利诉苦。她说她很担心，生怕安纳托利的故事勾起我的过往。安纳托利告诉她，我是一个神奇的熊孩儿，永远都不可能放下自己的身世。玛莫奇卡回答说，要是我没有被那些森林故事迷得神魂颠倒，要是我把心思全放在村里，那该多好啊。我听不下去了，于是我在床上翻了个身，哼着歌儿沉沉睡去。

我画完长着鸡脚的房子，又凑到安纳托利的地图跟前，去找别的新标记。我的目光转到了蓝山那儿，却再也无法移开。高高的山崖上画着那个熊窝，也就是我被人发现的地方。熊窝里，被画成小婴儿的我，正往熊后的怀里猛钻。安纳托利一向把抚育我的那只母熊，那个冰雪森林的女王，尊称为熊后。

先前听了红腹灰雀的话，我曾经有过片刻的躁动。此时此刻，那种感觉又蹿上了我的双脚。屋外的白雪晶莹剔透，让我心里生出一种要把脚印印在上面的冲动。

“这儿就是熊窝。”安纳托利的声音打断了我的思绪。只见他轻抚地图，手指停在了山洞的旁边：“就是在这儿，你的玛莫奇卡发现了冰雪森林里最珍贵的宝藏。”

玛莫奇卡端来了一杯蜜糖水。她把糖水放在我面前，亲了亲我的额头，又冲安纳托利笑笑。安纳托利没有回避，而是还给她一个微笑。恍惚间，我觉得我们三个人属于彼此，就像一家人。

“您这次会住多久啊？”这个问题刚刚脱口而出，我就后悔了。安纳托利满脸通红，没有回答。

玛莫奇卡拎着开水壶，俯身给茶壶续水。她扭开铜水壶的旋塞，热气随即在空中散开，遮住了安纳托利涨红的脸庞。“那是什么呀？”玛莫奇卡指了指地图上的一个小三角符号。

我凝视着那个三角形的标记。它刻在一株细长的桦树树干上端，里面有一个戴着皇冠的字母 N。“是个新记号呢！”我兴奋极了，刚才自己没能发现新标记的懊恼一扫而光。“而且它和纳斯塔西娅公主有关！”我认出来了，那个戴着皇冠的字母 N 就是她的标志。安纳托利给我讲过她的故事，其中有些故事还暗示说，她有可能就是我的生母。一想到故事可能是真的，而我又能打听到她的一些情况，我突然感到一种奇妙的战栗，就像是在冰面上滑行，有点儿失控的那种。

安纳托利从口袋里掏出一样东西。那个东西用布裹着，和我的手掌一般大，沉甸甸的，隔着一层布却仍然寒气逼人。

火炉旁的角落里，捕鼠精从地洞里探出脑袋，嗅了嗅空气。他是一个凶猛而骄傲的捕手，从不向人讨要食物，只有安纳托利带来的淡水鳕鱼是个例外。不过这一次，用布包裹的并不是鳕鱼。

里面是一块三角形的冰蓝色石头，像玻璃一般光滑，顶角和边线却像刀一样锋利。安纳托利在它的底端打孔，穿上皮绳，做成了一条项链。石头在我的手里战栗，让我感觉异常冰冷，像孕育着一场暴雪。

捕鼠精意识到没鱼可吃，嘴角立马耷拉了下来。不过，也许是因为嗅到了故事的气味，他还是凑了过来。只见他蹿上我的椅背，蹲在我的肩上，眼巴巴地望着安纳托利。

呼吸着捕鼠精那股熟悉的尘土与麝香的混合体味，我伸手去抚摩他，他却推开了我的手指。捕鼠精喜欢蹲在我的肩上，却不喜欢被人打搅和爱抚。

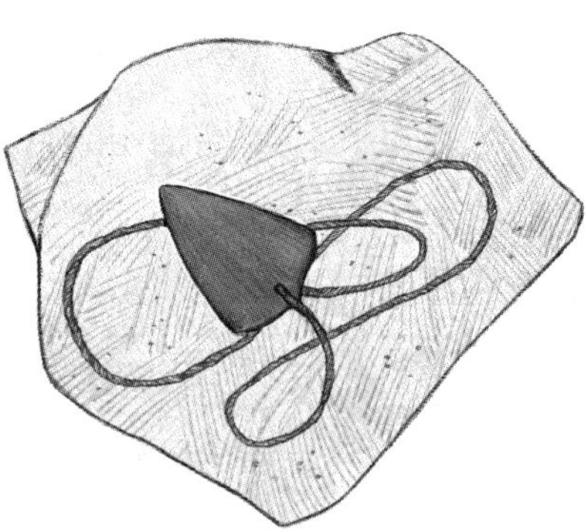

“这是一个箭头吧？”说着，我把石头拿到了窗前。点点星光

开始在石头上闪烁。

安纳托利点了点头："送给你了，纳斯塔西娅公主的最后一支箭。"他的嗓子有点儿嘶哑。于是，他又喝了一大口的热茶。

"好漂亮啊！谢谢您。"说着，我小心翼翼地把项链举过头顶，生怕打扰到捕鼠精。然后我转身，让玛莫奇卡欣赏。

"你戴上真好看呢，"玛莫奇卡笑着说，"就是那些棱角太尖利了，戴着好像不怎么安全。"她朝安纳托利扬扬眉毛，安纳托利一脸内疚地瞅着地上。

"你要听这支箭的故事吗？"安纳托利问我。

"好啊好啊！"我激动得直冒鸡皮疙瘩。我听过纳斯塔西娅公主的故事，却从没听过一支箭的传说。捕鼠精吱吱嘎嘎地打了一个哈欠，又伸伸懒腰，蜷缩在了我的脖子上。

"公主和箭头，什么乱七八糟的。"玛莫奇卡啧啧地感叹着，回到厨房，开始装模作样地收拾安纳托利带来的鱼和野味。可是透过门廊，我却看见玛莫奇卡在谛听。她可能不相信安纳托利的故事，可是她抗拒不了故事的魔力。

也许安纳托利的故事神奇得让人难以置信，可是当我沉醉在他的某个故事里，身边的炉火在熊熊燃烧，窗户上的冰花在闪闪发光，我就坚信：总有一天我会找到属于自己的故事，而且它会像晴朗的夜空一样光彩闪耀。

"我的故事都是真的。"安纳托利递给我一个蛋白霜慕斯，悄声说道。我微笑着，咬了一口软糯的点心。这时，安纳托利开始讲故事了。他像往常一样，娓娓道来：

"从前啊……"

纳斯塔西娅公主的最后一支箭

从前啊，冰雪森林来了一个伟大的勇士。她叫纳斯塔西娅公主。

她的肩上挎着一把弯弓，背上背着一筒利箭。有了它们，她能射下丝丝缕缕的星光。

多少年了，纳斯塔西娅公主一直守护着冰雪森林里的生灵。她驱走河里的水怪，安抚呼风唤雨的森林精灵，救赎巨魔不死者的灵魂。

有一天，她在绿涛湾的海岸上邂逅了一个渔夫。他们相爱了，生下一个漂亮的宝宝。

可是还没等宝宝满月，北方的炽烈火山就喷出了熊熊火焰。斯迈，那条长着三个脑袋的火龙，蹿到空中，抓走了在火山附近的纳斯塔西娅的丈夫。

纳斯塔西娅怒火万丈。她肩上挎着弯弓，怀里抱着宝宝，爬向蓝山上的一个洞穴。到了洞穴那儿，她忍着撕心裂肺的痛苦，把心爱的女儿托付给了自己唯一信任的生物：熊后。

就在蓝山的山顶，就在那个被天空润染成蓝色的古老山巅，纳斯塔西娅打磨出6个箭头。箭头用厚实的蓝冰打造，用星尘硬化，坚韧又冰冷，足以冷却火龙心中的怒火。

太阳落下三次，月亮升起三次，纳斯塔西娅才赶到火山那儿，找到斯迈的洞穴。她拉弓上箭，瞄准了火龙的心脏，无奈自己的丈夫被火龙攫住，让她难以下手。

就在短短的两次心跳之间，纳斯塔西娅朝着斯迈的脑袋射出5支利箭，射瞎了他的5只眼睛。这时，纳斯塔西娅微微一笑，又搭上了最后一支箭，准备对火龙的最后一只眼睛发动攻击。不料斯迈却张开翅膀，飞出了洞穴，爪子里依然攥着纳斯塔西娅的丈夫。只见他怒吼着，把纳斯塔西娅的丈夫丢进了滚滚烈焰。

纳斯塔西娅看着丈夫被烈火吞没，伤心欲绝。她胸口发紧，难以呼吸，可还是射出了最后一支利箭。那支箭没有射中火龙的眼睛，却射穿了他的翅膀，痛得他在空中一阵翻腾。他狂喷着火球和烈焰，扑向纳斯塔西娅。纳斯塔西娅无处可逃。

高高的天穹中，那支箭还在飞翔。它承载着纳斯塔西娅的坚毅和爱恋，越过繁星，又吸纳了月光和魔力，在月亮下坠落，扎进了一株细长的桦树树干深处。

纳斯塔西娅想着孤苦的女儿，眼里泛起了泪光。不过，她在生命的最后一刻，心中依然充满了希望：总有一天，她的女儿会找到最后那支箭，会延续她的故事。

第三章
送冬节

第二天早上，安纳托利不见了。尽管我对此早有预感，可是失望还是像一件厚重的皮外套，压得我透不过气来。他在桌上留了一张字条和两条吐着白絮的黄花柳柳枝，说是在夜里听到了森林的召唤。

玛莫奇卡看着字条，不住地摇头，可一看见柳枝，她又变得眉开眼笑。她拿起一支柳枝，把它插进了外套的扣眼。我也有样学样，把柳枝插进了自己外套的扣眼。然后，我们走到凛冽的屋外，把玛莫奇卡的节庆物品装上雪橇。

捕鼠精在我的身前身后不住地跳动。他从我的肩头跳进我的手心，又从我的手心跳上雪橇，来来回回，乐此不疲。他一路跳，一路嗅着那些装有草药和种子的瓶瓶罐罐。到了那些动不动就叮当作响的瓶瓶罐罐跟前，他会忍不住地吹胡子瞪眼。

看着捕鼠精来回折腾特有意思，可是我却忍不住一直回想着安纳托利昨天晚上讲的故事。我一遍又一遍地回忆故事的细节，仿佛在寻找线索；我一遍又一遍地抚摸箭头项链，感受着它锋利的边角和极度的冰冷。这个早晨，它似乎不止孕育着一场暴雪。

“你知道那只是一个故事，对吧？”玛莫奇卡一边说，一边伸手去整我外套上的纽扣。她总是知道我的心思，而她对我表示关心的时候，也总是老一套，不是整理我的衣服就是抚弄我的头发。

“我当然知道。”我点点头，可还是禁不住胡思乱想。要是就像安纳托利说的那样，故事是真的怎么办？要是纳斯塔西娅真的存在过，是我的生母怎么办？一想到这些，我的心就禁不住狂跳，像极了在雪橇上不住蹦跶的捕鼠精。

“好啦，”说着，玛莫奇卡把羊胡子草塞进柳条箱，又给箱子蒙上了兽皮，“我们喝点儿热乎的东西再走。还有啊，我要给你一个惊喜。”她兴奋得双眼发光，一下子就吊起了我的胃口。

“你要进屋吗？”我朝捕鼠精伸出了手。此时此刻，捕鼠精正蹑手蹑脚地穿过柳条箱顶，朝着一个毛茸茸的种子头逼近。听见我说话，他气恼地抽动胡须，仿佛我搅黄了他一场至关紧要的猎杀。不过，他还是跳进我的手心，爬上我的外套，挤进了我的衣领。他小小的身子贴着我的脖子，感觉很柔和很温暖。我微微一笑，跟着玛莫奇卡进了屋子。

玛莫奇卡打开配药角的一个抽屉，取出一个棕色大包裹，笑眯眯地递到了我的手上。

我接过包裹，把它打开，发现里面的布料上，层层叠叠的皱褶正在舒放。那是一条深色长裙。我爱穿舒服的旧裤子，所以看到裙子，便不自觉地皱起了眉头。这时我却注意到，裙子的褶边上华彩炫动。

“是我亲手绣的呢。”说罢，玛莫奇卡把一锅蜜糖水放到炉子上加热，留下我独自欣赏那些手绣的精美图案：一片生机盎然的森林，一座在远处耸立的蓝色山峦；夜空里，一条赤焰火龙正展翅飞翔；一座藤蔓疯长的破败城堡里，几只帝王熊正在狂舞；一栋长着鸡脚的房子沿着河岸飞奔，一群饿狼在一轮皎洁的满月下围猎。

“都是安纳托利故事里的场景呢。”我嘟哝着，不敢相信玛莫奇卡为我绣了这些图案。

“我知道，他的故事对你有多么重要，所以我才给你绣了这条裙子。不过，我做的这条裙子只要你在今天穿，在村子里穿——在你属于的地方穿，在爱你的人跟前穿。”玛莫奇卡看着我的眼睛说。我相信她说得在理，也就放下了森林里藏有我身世之谜的胡思乱想。不过我还是觉得，自己的心在躁动。

玛莫奇卡两眼发光，笑眯眯地盯着我。

“怎么了？”我皱着眉问。

“你被选去送三冬啦！”说着，玛莫奇卡把我搂进了怀里。她的话刚刚说到一半，我就走了神，所以过了好久，我才弄懂她的意思。每年的送冬节，人们都会烧掉一个名叫三冬的大稻草人，以此象征冬天的结束和春天的来临。把三冬送进篝火是至高无上的荣耀，因此，这件事一向会托付给冬天为村里奉献最多的某个大人。

“我真为你感到骄傲。”玛莫奇卡放开我，把手放在自己的胸口。

有那么一会儿，我真希望安纳托利在场。我想知道，要是他事先得到消息，知道我会穿着绣有他的故事的长裙去送三冬，他会不会留下来过节。这时我突然意识到，我的念头有多么荒唐。安纳托利从不参与节庆。

“去试试你的裙子吧，”说着，玛莫奇卡把我推出了厨房，“一会儿我们喝了东西就走。”

我回到房间，换上了裙子和那双最爱的鹿皮靴。安纳托利每次过来，都会送我几双靴子，有些刚好合脚，有些要等脚大一点儿才合适穿。他做的这双鹿皮靴，用了最柔软和最有弹性的皮子，所以从来不会夹脚或者磨脚。我把箭头项链妥妥地塞进套头衫内，又从枕头底下抽出安纳托利送我的狼趾，把它揣进口袋，这才下楼。虽然三冬只是一个稻草人，我却有种感觉，今天我可能要使出更大的力气。

萨沙来了，过节让他兴奋得又蹦又跳。我们拖着满载药物的雪橇出发了，可是还没等我们走出园子，蜷缩在我脖子上的捕鼠精却从睡梦中惊醒。只见他纵身跳上雪地，冲向了旁边的松林。我赶紧竖起衣领，裹住了他离开后留在我脖子上的那个冰凉的空隙。

捕鼠精很少和我一起逛村子，而且他也像安纳托利一样，从不参加节庆。

树林里响起了小贩们摆摊的声音。等我们到达广场的时候，乐师们已在调试乐器，烟雾也正在烧烤炉上升腾。

就在我们帮玛莫奇卡摆摊的时候，广场上已经挤满了人。大家挤挤挨挨，像极了蜂巢里的蜜蜂。人们乘着雪橇，从冰雪森林边缘的村子远道赶来，在此欢庆节日。所以，并非所有的人我都认得。

雪橇比赛那边山上的尖叫声，爬杆比赛场地的欢呼声，还有小食摊上的欢笑声，此起彼伏，不绝于耳。一个雪球贴着萨沙的脑袋呼啸而过，落在了我的脚下。我抬头朝雪球飞来的方向看去：只见冰雪城堡上，一群顽皮的小毛头正躲在城垛后，笑得乐不可支。

小凡尼亚探出了脑袋。“燕卡，你看，我们准备了好多雪球呢！”他指着一堆胡乱堆放的雪球，得意地笑了，“你要参加我们的攻城比赛吗？我们是防守队。”

“我和萨沙已经报名加入进攻队了，”我把雪球团好，朝他丢了回去，“我说，你最好还是把雪球留给比赛用吧！”

“我们去滑雪橇吧。”萨沙捶了一下我的胳膊。我越过他的头顶，看了看玛莫奇卡。

玛莫奇卡正在招呼顾客。不过，她还是眨眨眼，挥手让我走开：“你们去玩吧。”

萨沙带着我穿过广场，穿过在我前面让开的人群。由于我块头太大，人们总是给我让路，看我的眼神也不一样。他们看我会看得久一点儿，笑得会尴尬一点儿。对萨沙，他们会点头示意；对我，他们会叫“小熊燕卡”，而且不是低声惊叹，就是高声喊叫。今天的情形更糟——去年送冬节过后，这些远方的客人就没见过我，而我又长高了不少。

我很想知道，要是村里出现了一只真熊，人们会不会也为他这么让路。有那么一会儿，我想吼叫，我想看看人们的反应。可是萨沙停了下来，开始和几个同学说话。我默默地躲在后面，只顾把玩口袋里的那只狼趾。

莉莉娅，一个年龄和我一般大的女生，转身对我笑着说：“听人说你要去送三冬哦。”听她这么说，我感到一阵自豪。可就在这时，我看到了她眼神里的刻薄和笑容里的尖酸，自豪感便没了踪影。“他们选你去，也是奇了怪了，”她接着说道，“我也没觉得你冬天给村里干了啥大事儿啊。除了萨沙，你基本不跟人讲话，大部分时间都躲在森林里。”

“再说了，送三冬是村里的传统，”莉莉娅的朋友奥科萨娜帮腔说，“而你都不在村里出生，对吧？”

“可我几乎一辈子都在村里住啊。”我耸耸肩，对她的话装作满不在乎，可是愤怒却让我犹如针扎。我和别人不一样，这不是明摆着的嘛。她们干吗还要不断地刺激我？

“也许大家没办法了，这才选了燕卡，”莉莉娅朝我轻蔑地挥了挥手，“今年的三冬原本个头就大，又被捆在了重重的桦木杆上，别人没那么大的力气送她。”

“可不是嘛。”奥科萨娜点头附和。说完她们转身，继续去聊她们还没聊完的话题了。

“她们就是眼红你了。”珀丽娜，学校里的另一个女生，在她们背后小声说。我对她笑了笑。珀丽娜不是我的朋友，却一直对我很好。莉莉娅说得没错，我没花多少时间和村里的人聊天，交朋友。我和萨沙能够做到两小无猜，那是因为我们是隔壁邻居。

萨沙终于和同学说完话了，我舒了一口气。我们离开其他人，继续朝雪橇山走去。我在山下的一堆物件中选了那个看起来最结实最耐用的雪橇，把它拖上了陡峭的山坡。

我坐在山顶上，脚下是村里的广场，身后是冰雪森林，眼前的大冻河在缓缓流淌着，直达天际。我吸了一大口冷气，开始放松肌肉。

“冲啊！”萨沙大叫一声，冲到了我的前面。

我靠在雪橇上，拉紧舵绳，冲下了山坡。刹那间，我的身体飞起，嘴里吸满了冰雪。接着我又弹回赛道，一颗心都跳到了嗓子眼儿。我超过了萨沙，然后急速滑停，扬起漫天的飞雪。我站了起来，却双腿发抖，身上冷热交加。我咧嘴大笑，脸蛋被扯得生疼。

萨沙冲进我身旁的细雪里，大笑着滚下了雪橇。“燕卡，没有谁像你这么拼命。你简直是胆大包天！”说着，他爬了起来，咧嘴一笑，“再来一次？”

我点了点头。尽管这个冬天我长得比萨沙高了，可是我们一起上山的时候，我依然觉得，我们俩还是那么地合拍。

我们一次次地冲下山，又一次次地把雪橇拖上去，直到我气喘吁吁，两腿酸疼。

这时鼓响了——起初音量很小，然后逐渐加大，直到像响雷一般在广场上回荡。我和萨沙丢下雪橇，随着人群朝戏台涌去。我兴奋得皮肉发紧，因为节日演出就要开始啦！

第四章
演出

今年的节日大戏是一出木偶剧，却不像我以前看过的那个。我在后台搭脚手架的时候，看见过几个提线木偶。他们比真人高大——甚至比我还要高大——每个木偶都需要三四个师傅操控。

萨沙靠近了舞台，而我站在后面。我这么高，目光能轻而易举地越过大家的头顶。这时鼓声停了，寂静笼罩了广场。我屏住呼吸，等着大戏开演。

戏台上出现了一片真正的森林，上面覆盖着真正的积雪。真正的雪花正从高高的脚手架上飘落。

我的心随着卡利卡长笛的演奏而雀跃。三个木偶出现了：两个木偶孩子在树林里欢快地跳舞，他们的爸爸跟在后面。

鼓声又一次响起，却比先前更加急促更加凶险。爸爸把孩子遗弃在了森林里最幽暗的地方。一想到我的生身父母同样把我遗弃，我便开始拧紧眉头。可我还是忍不住想看。

随着小提琴的尖鸣，最大的木偶从树后跳出。坐在戏台前面的一帮小毛头也跳了起来——原来那个木偶是一栋长着鸡脚的房子。雅嘎——那个用铁齿铜牙吃掉小孩的可怕女巫——正探出窗外，咯咯地笑着。

“燕卡。”身边的一个女人小声叫道。那是英嘉，一个在玛莫奇卡那儿购买甘菊补神药的老主顾。她指了指一个地方。只见玛莫奇卡正在招手，叫我回到她的摊位那儿。我回头看了看戏台。我已经知道了剧情，可我还是想看看，那些木偶小孩怎么骗过雅嘎。我尤其想看最后一幕：孩子的爸爸找到孩子，为自己把孩子遗弃在森林里的行为道歉。可是玛莫奇卡已经在焦急地拍手了。

我叹口气，回到了那个堆满药剂的地摊。附近烧烤摊上的烟火气，还有热煎饼上融掉的奶酪和黄油的鲜香味，混杂在一起，围着我打转。

“时间快到了呢，”玛莫奇卡看我走近，笑着说道，“你准备好了吧？”她拂去我裙子上的雪花。

我的心里像揣着一只小兔子，怦怦直跳。这时，玛莫奇卡伸手把我的头发拢到了耳后。她的安抚很亲切，让我冷静了下来。

我的头发很密实，棕色，夹杂着斑斑点点的黄色和黑色。我喜欢自己头发的颜色，却很少看见它的色彩——尽管我很少修剪，它的长度却从没超过我的下巴。

“你看起来真漂亮呢。”玛莫奇卡从脖子上取下一串小面包圈——就是她送给顾客泡在热茶里的那种硬硬的小甜面包圈——我弯下腰，让她给我套在了头上。小面包圈滑到脖子上，紧挨着从套头衫里跳出来的箭头项链。“好好享受当下。”玛莫奇卡捧着我的脸，亲了亲我的脸颊。我也亲了亲她，巴不得自己还小，能被她紧紧抱住。真怀念那段时光啊，我不大不小，刚好服服帖帖地依偎在她的怀中。

木偶剧演完了，戏台周围的观众开始鼓掌。音乐响起，节奏越来越快，音量越来越大。大家朝我们拥来。几个咿咿呀呀吟唱的巴布什卡——也就是那些张罗节日的老奶奶——一边大声唱着“冬天就要结束，春天即将来临”，一边拥着我走过广场。所有的东西都在大声喧闹，所有的人都在快速移动。我的心开始狂跳。

三冬赫然耸立在我面前，稻草穿过她蓝色的衣裙，四处乱翘。她的麻布脸上画着圆乎乎粉嘟嘟的面颊，还有一个大大的笑容。

“将她举起，”老婆婆们唱道，“烧掉三冬，迎接新春。”

我的手心开始冒汗。我在裙子上抹抹手，把手放在桦木杆的两侧，举起了三冬。它比我预想的要重。我后退一步，想稳住阵脚。

人群里一阵欢呼，热血涌上了我的面颊。就这样，我站在广场的正中央，接受几百双眼睛的仰视。

“燕卡！”人们和着音乐齐声唱道，“小熊燕卡！”

我感到肚子下坠，两腿发软。桦木杆开始摇晃。

“萨沙，”一个老婆婆叫道，“过来帮帮燕卡。”

“燕卡壮得像只熊，才不需要帮忙呢。”身后传来了两个女生的嬉笑，把我气得咬牙切齿。正是莉莉娅和奥科萨娜——她们的声音像蚊虫声一样细小，话语却像蛇蝎心一样狠毒。

人群又一次开始欢呼，音乐声也在逐渐加大。鼓在敲，脚在跳，我的心跳在加速。卡利卡长笛吹得震耳欲聋，手风琴拉得越来越快，越来越响。人群挤挤攘攘，就像汹涌的大海。每个人都在鼓掌和喊叫，闹得我的耳朵嗡嗡作响，我的视线一片模糊。就在这时，一抹粉红划过白色的天空。只听见那只红腹灰雀叫道：“燕卡，你不属于这里！你属于森林！”

莉莉娅和奥科萨娜哈哈大笑。我敢说，她们心里一定也是这么想的。

“小熊燕卡，”人们吼叫着，“壮如熊呀！”

突然之间，我想逃跑，逃到一个林木高大、我很矮小的地方。那儿没有人群，没有锣鼓，没有又蹦又跳的老婆婆，也没有需要烧掉的巨无霸稻草人。

“嗨，燕卡。”萨沙把手放在我的胳膊上，一双冷静的灰眼睛直勾勾地盯着我，“我们一起来吧。”说罢，他走到对面，抓起桦木杆。

我们俩的手交叠在一起。

我的心不再狂跳，逃跑的冲动也消失得无影无踪。可是我的脸依然发烫：我原本就该用一己之力，把这件事妥妥地搞定啊。

我和萨沙抬着桦木杆，穿过喧嚣和混乱的人群。然后，我们举

起桦木杆，把三冬丢进了篝火。只见烟雾升腾，火舌开始舔食三冬的衣裙。我想后退，却被人群挡住了去路。就在稻草人燃起冲天大火的时刻，空中传来了一声巨响。过了好大一会儿我才意识到，那是大冻河发出的声音——坚冰正在裂开，河水开始流淌。大融雪开始啦！不早不晚，时间刚刚好。

人群发出一阵欢呼。接着大家手牵手，围成一个个大圆圈，跳起了欢庆的舞蹈。人们左右移动，低头弯腰，优雅地从高举的手臂下穿过。我被人群裹挟着，只能尽量跟上大家的舞步。可是每当我从人们的手臂下穿过，我便会撞上它们；每当我起跳旋转，我就会打乱齐整的舞蹈队形。

我和萨沙被人挤散。看不到他，我便开始心慌。我扭头寻找，希望能看到他或者玛莫奇卡，甚至是珀丽娜的笑脸，可我看见的只有陌生的疯狂笑容。我又一次抑制住了想逃跑的冲动。这时在我的身后，三冬的面颊渐渐变黑，手臂上火星飞迸，随风飘舞。人们笑啊唱啊，无比欢乐。

火焰跳跃着，变成了一条龙的模样。我想起了昨天夜里安纳托利讲的故事。如果那个故事是真的，如果那个了不起的屠龙勇士是我的生母，而我连一个稻草人都无法托举，她会怎么看我呢？

我摸了摸那个箭头项链。它颤动着，像森林在诉说秘密。就在这时，萨沙一把抓住了我的胳膊。

“快点儿，”他拽着我，朝冰雪堡垒跑去，“攻城游戏就要开始啦！”

雪球像雨点一样，从闪亮的炮台上一泻而下。我把双臂举过头顶，护住了我的脸。孩子们争先恐后地拥向城堡，呼喊声从四面八方响起。

“攻城！”

“托我上去！”

“燕卡帮我！”

我蹲下，两只手交叠，给那些小不点儿充当爬墙的梯子。

“燕卡！”萨沙喊道，他已经爬上了一个炮台，“上来啊！”

我把脚伸进冰块之间的缝隙，开始攀爬又陡又滑的冰墙。周围的人都在攀爬；他们的手脚更轻更快，可是我更强更壮。我当然能搞定。我戴着手套的手指紧扣冰缝，不断地向上攀爬，直到我爬了很高，来到城垛附近。

萨沙和几个孩子伸出手，想拉我一把。“抓着！”他们叫道，可是我却摇了摇头。要是他们拉不上我怎么办？要是他们松开我，或者我不小心把他们拽下来怎么办？

我看看四周，寻找着下一个支点。可是雪球像雨点一样砸下，雪粒溅了我一脸。

突然，我抓着的那个冰块开始松动。糟糕，我要掉下去了！这个念头让我浑身发冷。我抓得更牢更紧，可是冰块却一直在动。

“抓住我的手！”萨沙叫道，“我来帮你。”

我又一次摇头拒绝。我太大块了。

我伸手去抓另外一个冰块的边角。我弯曲的手指紧抠冰块，拼命地向上挪动身体，可惜没有什么作用。我的双脚扒拉着冰墙，却只会让我的身体下滑。更糟的是，脚在靴子里开始灼痛。

就在这时，墙体开始倾斜，吓得我差点儿没了心跳。我实在太重了。

“墙要塌了！抓住我的手。马上！”说罢，萨沙又往外探了探身体。他的手指几乎触到了我的指尖。

我向下看去。孩子们正尖叫着，从倾斜的墙下逃散。我回头看着上面，看着从安全炮台那儿伸向我的一长串手臂，而萨沙，就在这些人中间。

“快点儿，燕卡！”萨沙吼了起来。我终于朝他伸出了手，可惜已经为时过晚。

墙塌了，我掉了下来，手指从他的手里滑脱。

我看见那只红腹灰雀飞过灰蒙蒙的天空，我听见他在呼唤我的名字。我脑袋后仰，看到了自己的靴子，却怎么也弄不明白，为什么柔软的靴面正从接缝处裂开。最后，我四脚朝天，重重地跌倒在地，被浓重的黑色寂静完全吞没。

我醒了，浑身发热，意识模糊，身体沉重得无法动弹。晨光下，微风正穿过敞开的窗户，吹拂着窗帘。我回到了我和玛莫奇卡的家，正待在自己的房间里。我很是纳闷：我怎么到了这里？我又昏睡了多久？为什么感觉自己好像沉睡了千年？

木地板下，捕鼠精在追逐猎物，闹出很大的动静。下面的厨房里，玛莫奇卡在准备早餐，响声不断，香气缭绕。我躺在床上，沉浸在家的熟悉氛围里，慢慢地回想着一切：我和萨沙在滑雪橇，我一个人艰难地举起三冬，篝火在熊熊燃烧，大冻河的坚冰崩裂，孩子们在攀爬冰雪城堡的城墙，我从城墙上摔下……

我的喉咙里发出一声叹息。掉下城墙让我觉得难堪，错过其余的节日活动让我感到难过。这时我才意识到，我多么盼望能穿越烈焰迷宫，奔向玛莫奇卡的怀抱；我多么盼望能在金光万道的日出时分，与玛莫奇卡和萨沙一起，走路回家。

我坐起来，把腿伸出了床外。玛莫奇卡敷在上面的几种药糊掉到了地上，空气中顿时弥漫着一股薄荷气味。我的双腿感到肿胀，还很笨重。

我还穿着那条玛莫奇卡手绣的长裙，脚上是一双毛茸茸的靴子。我看着靴子，禁不住皱起了眉头：它们用了厚厚的棕色毛皮，鞋头细长，像极了深色的兽爪，压根不是我的靴子。

靴子踩到地上，却吓了我一跳。我的双脚触到了地板！冰凉的地板让我打了一个激灵：靴子怎么像是我的皮肉！我盯着它们，开始扭动脚趾。靴子顶端的兽爪也在扭动！

我双手颤抖着，撩起了裙子。只见靴子盖过我的脚踝，盖过我的膝盖，一直向上延伸，延伸。我大惊失色，一颗心怦怦乱跳：它们不是靴子，不是裤腿，而是我的双腿！

第五章

我长了一双熊腿

我吓得缩成一团，只觉得房间在摇晃。我喘着粗气，感到头晕眼花，天旋地转。我的双腿又粗又壮，裹着毛皮，大得惊人；我的双脚又宽又阔，几近浑圆，脚趾上还长着利爪。对，就像一只熊。我居然长了一双熊腿!

我躺下，闭上了双眼。怎么可能?！我又睁开眼睛，不可思议地看着天花板。说不定我坐起来，它们就正常了呢。

可是它们没有。

我张开嘴，正要呼唤玛莫奇卡，却又屏住了呼吸。我不知道为什么。我不舒服的时候，一向去找玛莫奇卡求助。可是这一次，我不是脚疼，不是胃疼，也不是嘴唇干裂，而是我长了一双熊腿！我用手揉搓着双腿，恨不得它们立马消失。可是什么都没发生。我摸着它们，只会感到它们更加真切。

腿上的毛皮又粗又硬，散发着春天森林的气息。它呈栗棕色，夹杂着斑斑点点的黄色和黑色，就像我的头发。哎呀！我头上的毛发是不是也变成了毛皮？这个念头让我惊慌失措，浑身发冷。我跳起来去照镜子，却找不到平衡。我的双腿太笨重，我的膝盖不能自由地弯曲。我扑倒，撞在了地板上。虽然不怎么疼，我还是忍不住叫唤起来。

“怎么啦，燕卡？”玛莫奇卡把楼梯踩得吱嘎作响，“你没事儿吧？”

我爬回床上，用毯子把腿盖好，窘得满脸通红。

玛莫奇卡推门进屋。她夸张地笑着，让我想起送冬节那天人们的笑容——他们寻思我怎么长得这么古怪的时候，也是这么笑的——我突然意识到，玛莫奇卡已经见过我的双腿。泪水溢满我的眼眶。我没想到她会这样看我。我没想到一个笑容会这么伤人。

“哦，燕卡，”玛莫奇卡挨着我坐下，双手颤抖着，摸了摸我的头发，“我晓得这事儿很怪，你一定吓坏了。不过你会没事儿的，我保证。”她的声音发抖，像极了欧夜鹰的啼叫。她的言行不一就像我的双腿，只会让人感到别扭。我的心里燃起了怒火。

“怎么会没事儿？”我掀开毯子，瞅着自己的双腿。可是，一看到自己奇怪的双腿，一听到自己刻薄的语气，我又感到如鲠在喉。这又不是玛莫奇卡的过错，我真不该那样吼她。“我到底怎么了？”说罢，我用手捂住了脸。

“昨天你从冰雪城堡摔下，昏了过去。萨沙，还有萨沙的爸妈，帮着我把你弄回了家，搬到了床上。后来到了夜里，你的双腿就开始肿胀，变成了……”

“变成了熊腿？”我困惑不已，拧紧了眉头。

“它们不是熊腿。”说着，玛莫奇卡伸手去搂我的肩膀。可是她没搂到，只好趁势抱住了我的胳膊肘。“它们只是受了伤。我试着用药糊给它们消肿，用洗液给它们去毛，用药膏去软化你的趾甲，可是……”她没了声响，只是咬着嘴唇。

"可是怎么了？"

"我说，我们应该去医院，就在大冻河对岸的镇上。"

我挣脱玛莫奇卡，吃惊地瞅着她："村里还没有谁去过医院呢。您可是能包治百病来着。"

"我原先也这么以为，"玛莫奇卡在怀里绞着双手，"可是我从没见过这种情形。我试了芥末混合桦树芽，荨麻籽混合焦松果，还有葶苈、越橘、大麻黄、墨角藻……我甚至试了祖传的蚂蚁和蚯蚓油膏，可是都不管用。"

一想到玛莫奇卡把蚯蚓油膏涂在了我的腿上，我禁不住抽了抽鼻子。

"我没别的办法了。"玛莫奇卡的眼睛噙满了泪水，只叫我浑身发怵。玛莫奇卡不再是玛莫奇卡。她不再坚强，不再势不可挡，而是像一根被冰雪压垮的树枝。

"哎呀，瞧瞧我们，哭天抹泪的。"玛莫奇卡一边说，一边用手在面前扇风，"哪有这么要紧哦。我可是听说了，草药没法医好的疑难杂症，医院都能医好呢。他们有特殊的器械，有智能的机器。哦，对了，萨沙一会儿过来——"

"萨沙？"我慌得睁大了眼睛，"他来干吗？他知道我的腿出事了？"整个村子里，只有萨沙和我合得来。要是让他看到我的腿，我们的关系必定会变样。我不会因为长得又高又壮被人叫作小熊燕卡，而是会因为摔下冰雪城堡和长出熊腿被人叫作熊孩燕卡。没有谁，包括萨沙，能做到毫不介意。

"没有谁看见或者知道你的腿出事了，"玛莫奇卡轻声说，"就是大家看见或者知道了，也不要紧。村里的人都很关心你。这不，天一亮萨沙就来看你了；我对他说，你还在睡觉，我想带你去医院，他听罢就去解决交通问题了。大冻河没有完全解冻，还不能通船。不过不是有双翼飞机偶尔在河上飞吗？我们可以搭飞机过去。”

周身游走的恐惧开始奔涌。我们从没离开过村子，从没需要过森林供给不了的东西。我害怕——害怕发生在我身上的事情，害怕人们看见我现在的模样，害怕去一个遥远的地方，被陌生的医生指指点点。可是还没等我把想法说出口，后门就传来了敲门声。玛莫奇卡跳了起来：“萨沙来了。”

“别让他进来！”我伸手拦住了玛莫奇卡，“我不想让他看见我现在的样子。”

“好吧。”玛莫奇卡捏捏我的手，这才下楼。我听见她和萨沙说话，然后是后门关上的声音。“明天上午飞机接我们过去，”玛莫奇卡冲着楼上喊道，“他们会派一架特别的飞机，能在解冻的河面上起落。”玛莫奇卡顿了一下，似乎在等着我回应。可是，太多的恐惧堵住了我的喉咙，离别的愁绪又让我心碎。

这一天迷迷糊糊地过去了。玛莫奇卡端来的早餐，我一口没吃；她送来的无数杯石楠茶，我一口没喝。尽管她说过自己的药方不管用，她还是在我的腿上敷了好多种草药，弄得我浑身一股药味，就像她的配药角。她一遍又一遍地给我把脉，一遍又一遍地给我量体温，不断地叨叨着我会平安无事，可是她那夸张的笑容和无措的双手出卖了她的担心。

我摸着箭头项链，朝窗外望去，禁不住想起了安纳托利给我讲的那些故事，还有我那飘忽不定、难以捉摸的身世。仿佛我的两条腿不仅仅是需要治愈的东西，而且还是指向我身世的一条线索。

我想和玛莫奇卡说说话，想告诉她我的感觉，可是她正为明天的出行做着准备。她烧饭，收拾衣服，整理那些压根不需要整理的物件，清洗那些压根不用清洗的东西。

落日在园子里投下长长阴影的时候，玛莫奇卡终于不再忙活。她坐在我床边的扶手椅上，小口地抿着缬草根茶。

“您还记得‘神椴树的诅咒’吗？”我问玛莫奇卡。

玛莫奇卡皱着眉，摇了摇头。

“安纳托利几年前给我们讲过呢，”我提醒着，希望她能回忆起来，“讲的是一棵神树怎么厉害，樵夫一家人怎么受到诅咒，变成了熊。我一整天都在念着这个故事，想再听一遍。”

“现在讲什么安纳托利的故事，怕是不合适呢。”说完，玛莫奇卡叹了口气。

“您不觉得这样的巧合太离奇吗？故事讲的是人怎么变成了熊，而恰恰是现在，我的两条腿就变成了熊腿！”我看着窗外，看着园子边上窃窃私语的松树，“为什么我会这样？说不定答案就藏在森林里……”我嘟哝着自己的想法，可是它却像一声呐喊，在房间里回荡。

“您的腿可不是什么熊腿，”玛莫奇卡不容置疑地说，“你只是莫名其妙地受了伤。你摔下城堡，一定是触发了什么离奇的机关。我敢打包票，医院里的医生知道怎么给你治病。”

“您怎么打包票？”我提高了嗓门。然后我掀开毯子，指着自己的双脚：“您瞧啊，它们是熊爪！它们一定和我的来历有关——和熊窝和森林有关。”

玛莫奇卡手里的茶杯开始晃动："人类长出熊腿，这是哪儿跟哪儿啊。怎么可能？！我不知道它是什么，但决不是熊腿。森林里也没有什么答案，只有积雪和坚冰，毒牙和利爪，还有一百万种别的危险。我爱你，我要保证你平平安安。也就是说，我们必须用最最明智、最最合理的方法处理这件事情。我们必须去医院——而不是听信一个老蠢货的胡说八道，去森林里瞎转悠。"

"安纳托利不是老蠢货！"我大叫道，"您干吗不肯相信他的故事？即使是现在，即使是我长了熊爪？"

"是变厚了的脚指甲呢。"玛莫奇卡一边纠正着我的话，一边盖上了我的双脚。"对不起啊，"她摸着毯子，涨红了脸，"我不该把安纳托利叫作老蠢货来着。我在意他，喜欢他的故事。可是那些故事太离奇了，只会叫人胡思乱想。做人呢，重要的是扎根现实。病痛要用药来医，而不是故事。"玛莫奇卡捧起我的脸，亲了亲我的脸颊："我们应该睡一会儿。明天一天可是有得我们忙的。"

我张开嘴巴，正要辩解，却又于心不忍。玛莫奇卡显得那么弱小，那么疲惫，又那么疏离。我感到我们之间隔着一片汪洋大海，而我的话压根就抵达不了彼岸。

玛莫奇卡走了。我躺在床上，看着最后一缕阳光消退，看着月亮爬上树梢。森林故事，尤其是"神椴树的诅咒"，在我的脑海里萦绕。我索性坐了起来，不再睡觉。

捕鼠精从地板缝里钻了出来。只见他抖落身上的尘土，拂去粘在鼻子上的老鼠毛，纵身一跳，扑进了我的怀中。他一边抽动胡须，一边眼巴巴地望着我。

“你还记得‘神椴树的诅咒’这个故事吗？”我问他。

捕鼠精摇了摇头。

也许那只是我的想象。

“那么我讲给你听哦。”我踢开毯子，扭动脚趾，任凭脚尖上的黑色利爪尽情舒展……此时此刻，只有我和捕鼠精相依在月光下，我的熊腿倒显得没有那么古怪了。

捕鼠精屁股顶着下巴，身体缩成了一团。于是，我照着安纳托利的样子，开始了讲述：

“从前啊……”

神椴树的诅咒

从前啊，有个樵夫找到了森林之魂。他看着那棵耸立的大树，目瞪口呆，斧头从手里跌落。那棵树像天空一样高大，像日出一样宽阔，随着风儿起舞、吟唱。

大树的枝丫长出了小鸟，种子涌动着溪流，叶子吟诵抒情的诗行。

樵夫双手颤抖着，捡起了斧头。“我只要一根树枝，”他这么想着，“我只要神树的一根树枝。我要用它给儿子打造一张小床，让他甜甜美美地做梦。”

樵夫挥起了斧头。这时，树叶一阵沙沙作响，大树说话了。“别砍我，”大树说，“我会满足你的一个愿望。”

樵夫皱起了眉头。他已经拥有了自己需要的一切：自由、食物、住所、森林的美好与故事，还有妻子和儿子的爱。最后他眼睛一亮，有了主意。

“我要我的家人永远健康。”

大树晃动，种子像雨点一般，掉进了樵夫的手里。“把种子种到你家周围吧。它们会长出草药，结出果实，让你们一家人永远健康。”

樵夫谢过大树，赶紧回家。他播下种子，打造出一座欣欣向荣的园子。园子里长满了养生的食物，足以让樵夫一家人永远健康。

樵夫心满意足地笑着，却又开始动心思：他还能向神树要点儿什么呢？

贪念塞满了樵夫的脑袋，欲望折磨得他心口发痛。一个月还没过去，他又站到了大树跟前。

“神树啊，”樵夫说，“我们一家人十分健康，我很开心，可是我还很穷。我想要一笔财富，好给儿子一个美好的未来。”

大树摇晃，浆果落下。它们在地上硬化，变成了金光闪闪的珠宝。樵夫连忙捡起宝贝，飘飘然地飞奔回家。可是等到他收好珠宝，他又有了更多的贪念。一个月还没过去，他又站在了大树跟前。

“神树啊，”樵夫说，“我们一家人还住在小木屋里。我希望我们有一个更大的家。”

大树摇动，摇落一颗金色的坚果：“你种下坚果，它会长出一座城堡。”

樵夫的心欢呼雀跃。他在森林里找到一块空地，种下坚果，看着一座城堡拔地而起，高兴得笑逐颜开。城堡有拱形的城墙，还有金光闪闪的穹顶。樵夫的心里乐开了花，可是他还贪图更多的东西。于是他又回到了大树那儿。

“神树啊，”樵夫说，“我的孩子只是一个樵夫的后代。我希望自己是皇帝，妻子是皇后，这样我们的孩子就会得到尊重和爱戴。”

大树抖动树叶，发出一声叹息：“你回家吧。做人要知足。”

可是贪婪像一只饥饿的野猫，抓挠着樵夫的心。他抓起了斧头：“乖乖地满足我的要求，要不我就砍死你！”

大树只是面对天空，开始吟唱。

樵夫却利令智昏。他怒吼着，砍啊……

……砍啊……

……砍下了一根树枝。

神椴树疼得叫唤起来。

樵夫愣在那儿，可是已经为时过晚。大树的眼泪滴到了樵夫的身上，一生一世将他诅咒。他万分悔恨地跑回家中，将家人紧紧地搂在怀里。

大树滴在樵夫身上的眼泪沾在了他的家人身上。

第二天早上，樵夫和妻子头昏脑涨地醒来，却发现——樵夫变成了一只熊，妻子变成了一只熊，他们的儿子变成了一只毛茸茸的熊宝宝。

好多个月过去了，樵夫和妻子适应了新的生活。这个时候他们发现，自己很快活。他们拥有了自己需要的一切：自由、食物、住所、美好、故事和挚爱。他们是冰雪森林里的熊皇和熊后，得到了所有生物的尊重和拥戴。

他们的人类记忆渐渐消失，转而有了熊的心灵。只是他们的幼崽还保留着人类的灵性，时不时地想回归人类的世界。于是，一场愿望与诅咒之间的较量就此展开，并不断延续，直到今天。

第六章

红腹灰雀的召唤

我讲完故事，低头去看捕鼠精，却禁不住一阵懊恼。他压根没有在听，而是在呼呼大睡。只见他仰着脑袋打着响鼾，挂在嘴角的一丝口水伴着鼾声不住地颤动。

微风吹过敞开的窗户，带走了我的不快。我想象着，我离开了家，大口地呼吸着夜里凛冽的空气，穿过闪闪发光的雪野，悄悄地溜进幽暗的森林。我想象着，我在那儿找到了自己的故事，知道了我从什么地方来，现在又遭遇了什么变故。

这一番胡思乱想触动了我内心深处的渴望，却又被我摆脱。离开玛莫奇卡会是一个错误，夜里一个人进入森林会很危险。可是这个念头却一直在滋长；它在空气中战栗着，像一场雷暴。

一只红腹灰雀落在园子边的树枝上，抖落好多的细雪。他抖擞羽毛，直勾勾地看着我。我开始怀疑，他是不是跟我说过话的那只小鸟。

“燕卡！”小鸟叫了一声，似乎在解开我的疑问，“小熊燕卡！”他飞到我的窗前，停在了窗台上。“来森林吗？”他歪着脑袋，像一个问号。

我想不顾一切，冲出屋外，可我还是强压冲动，摇了摇头。

“我不能，也不该离开玛莫奇卡，”我轻声说道，“请你别出声，什么都别说。”

“你要我让他闭嘴吗？”耳边突然响起一个细小而有力的声音。我扭头，差点儿将捕鼠精撞下肩膀。他什么时候爬上来的，我居然没有察觉。我盯着他那双又黑又亮的眼睛，脑子里一片混乱。

“你说什么？”

“我说，你要我让他闭嘴吗？”捕鼠精慢悠悠地重复着，舔了舔细小的尖牙。

“不要！”我被他的提议吓坏了，禁不住惊叫起来。

捕鼠精失望得垂头丧气。“你要是改了主意，千万说一声啊。”说罢，他冲下我的手臂，跳下床，钻进一个地缝，立马不见了踪影。我看着捕鼠精的背影，禁不住纳闷：捕鼠精也开口说话了？他发出的明明是一连串的尖叫，可我却听得懂他说的每一个字。

红腹灰雀飞走了。我揉了揉眼睛，仿佛刚刚从睡梦中醒来。月亮高高地照在冰雪森林上，把一切都润染成了银蓝色。树木伸向星空，它们的枝叶低语着秘密。红腹灰雀停止了呼唤，却又有某种东西把我拽向森林。这种东西更强更大，让我无法抵挡。它能解开我的身世之谜，它能解释我身体的变化。

我的脑海里充满了奇思妙想。我有安纳托利地图的副本，可以用它在森林里探路，去他故事里提到的地方探险，并寻找有关我身世的线索。我会随身带着食物，我会借用安纳托利的小木屋休息。安纳托利有五个小木屋，它们分布在冰雪森林里，我的地图上都有标注。

一阵风吹来，吹乱了我脚上的毛发。我不能再耽搁了，必须马上出发。我双脚着地，肿胀的脚底板马上感到一阵微小的骚动。那是捕鼠精在木地板下面奔跑。我能觉察到他在什么地方，还有别的东西……一只躲在角落里瑟瑟发抖的老鼠或者田鼠。简直太不可思议了！就像有了第六感。我很想知道，我的脚踩在雪地上会有什么样的感觉。

由于还不适应双腿的笨重，我只能站着，摇摇晃晃地穿过卧室。我屏住呼吸，溜出房门，来到了楼梯口。我并不担心会惊醒玛莫奇卡——她睡前原本就显得很累，加上又喝了缬草根茶，所以会睡得很沉。可是，一想到有可能被她发觉，我还是禁不住瑟瑟发抖。要是我现在去不了森林，我一定会失望得要死。

我巨大的脚丫，还有怪异的双腿，让下楼成了一种挑战。最后我只能坐着，像小时候那样，跌跌撞撞地滑下了楼梯。我从前门的挂钩上取下外套，拖着双脚穿过客厅，中途又专门停下，来到壁炉架上的盒子跟前，取走了安纳托利地图的副本。

厨房的大理石板上，放着玛莫奇卡白天做的食物。我把几个鸡蛋甘蓝馅的卷饼塞进衣袋，又抓了一把杏干。

然后，我从配药角取来纸笔，给玛莫奇卡写了留言：

亲爱的玛莫奇卡：

对不起，我不能去医院。我需要的不仅仅是治好我的双腿，而是要弄明白，它们为什么会长出来，它们和我的身世又有什么关联。我觉得，答案就在森林里。

我会很小心。我带了地图和吃的，需要时我会在安纳托利的木屋里安身。

您不用担心，我一两天就回。

爱您。

燕卡

我看着字条，禁不住皱起了眉头。字条写得不好，表达不出我的内心感受。不过话说回来，即使是我写下千言万语，玛莫奇卡也无法理解——不管我写了什么，她都会为我担心。

我的目光穿过窗户，投向园子。月光下的雪地上，布满了小动物奔向森林的足迹。园子边上的松树上，枝丫盘旋弯曲，仿佛在向我招手。

一想到玛莫奇卡醒来，却发现我不见了踪影，我便开始纠结。然而，森林以及森林里我隐秘的身世，却有一种越来越强的魔力。我得走了。我深深地吸了一口气，把字条放在桌子上，便迈出了后门，任凭心中的伤感无限蔓延。

第七章
进入森林

我站在门廊上，比任何时候都要警醒。每一次风吹草动都在我的耳畔回荡，每一种气味气息都引起我的鼻子抽动。今夜，森林里充满了无限可能。

我从门外的挂钩上取下防风灯。月光皎洁，我还不用把灯点亮，不过到了森林深处，四周便会一团漆黑。我在门廊上走着，爪子把地板敲得噼啪作响，吓得我赶紧翘起脚趾，朝着厚厚的雪地迈出了最后一步。

冰碴把我的脚底板扎得生疼。我感觉很冷，但并不难受，而是感到新奇和兴奋。我一边晃悠悠地穿过园子，尽量稳住双腿，保持平衡，一边提起裙摆，看着自己毛茸茸的脚丫留下来的巨大熊迹。这也未免太荒唐太离谱了！就像安纳托利的故事。我的脸上闪过一个微笑，可是我抑制住了大笑的冲动。

既然一个人能长出熊腿，那么，安纳托利给我讲的那些传奇故事，就有可能全是真的。此时此刻，我的脖子上，箭头项链像星星一样闪耀，我的内心深处，希望——我脑海里的所有疑问都会在森林里找到答案的希望——在不住地颤动。

我走到园子旁边的树下，突然刮来了一阵旋风。它围着我的脚踝打转，寒意钻进我的毛发，叫我直打冷战。树枝冻得纷纷断裂，阴影将我重重包围。茂密幽暗的灌木丛下，什么东西正狂奔而去。一只猫头鹰的尖叫刺破了夜空。

在密林的深处，我还会有别的遭遇。安纳托利的故事里有着各种各样的危险——有把人烧成灰烬的火龙，有偷走人灵魂的雅嘎。不过，那些我从小就被提醒过的“普通”危险更为可怕：悄无声息却紧追不舍的围猎狼群；山崩地裂一般横冲直撞的狂躁野猪；地下蹿出来的毒蛇；空中扑下来的山猫；闲逛时受到惊吓而变得怒不可遏的野熊。还有那些你看不见却会悄无声息出现的小东西：壁虱，卡拉库特蜘蛛，以及潜伏在早春空气里的冻疮。这些念头一直在我的脑海里萦绕，让我突然觉得自己就像一只摔出巢穴的小鸡——简直弱爆了。

我和玛莫奇卡的家安全又温馨。突然之间，它把我向后拖拽，好不容易我才抑制住要回头的冲动。只要我看见那扇窗户，想起窗户后面酣睡的玛莫奇卡，我就会前功尽弃。只要我此时不走，明天我就会离开森林，去到一个陌生的镇上，任凭医生摆布。而那儿并没有我要寻找的答案。

我用颤抖的手指打开了地图。然后，我忍着双眼的灼痛，直视前方，踏上了那条北上通往森林深处的小路。

“你平常可是不怎么走夜路的啊，”捕鼠精跳上我的肩膀，把我吓了一跳，“敢问你这是要去哪儿呢？”

我皱着眉，不解地看着捕鼠精。“奇怪，我怎么能听懂你说话？”

“用提问回答提问，这么没礼貌啊。”捕鼠精颤悠悠地说。

他居然指责我没有礼貌。比起他的开口说话，这个举动更加让人匪夷所思。

“对不住啊，”我说，“只是和你说话有点儿古怪罢了。”

“我们一起生活了这么久，你却没有和我说过话，这也未免太没礼貌了吧？”

“人家和你说过好多次话呢，”我表示不服，“可你不搭理人家。”

“我当然搭理了，”捕鼠精不耐烦地抽了抽鼻子，“只是你没有听而已。”

我绕过一株歪脖子山杨：“才不是呢。我一向听你，小鸟，还有森林说话来着，可是那时不像现在，我谁都听不懂啊。”

“你显然没有认真听呗。”

我摇摇头，叹了口气。这件事并非认不认真那么简单。我自己，不只是我的双腿，而是我的内心，已经发生了变化。我有了新的本领，能听懂兽语，也许这会帮我弄清自己的身世，可是我不知道它会怎样影响我的未来。一想到这儿，我就感到既兴奋又紧张。

“你也不要嫌我说话难听，”捕鼠精钻进我的衣领，蜷缩在了我的脖根那儿，“反正人类都不怎么乐意倾听，至少你还努力过。你一直待我不错，就是对园子里的小鸟太溺爱。”捕鼠精吧唧吧唧嘴巴，又开始了唠叨：“所以啊，如果你一个人在林子里走夜路，我会陪着你。说不定你需要我的保护呢。”

我禁不住哼了一声。

“你觉得我很搞笑，是吗？”捕鼠精站起来，爪子贴到了我的脸上。月光下，他黑色的眼睛里闪动着刀光剑影。

“我无心冒犯你，”我说，“不过话说回来，我是咱们村里最大块最壮实的人，而你只不过是家里的一只宠物鼬，你怎么保护我啊？”

“你，人类小妞，对冰雪森林一无所知。早在人类到来之前，我的祖先就在这儿以狩猎为生了。他们的阅历早已融进了我的血脉，”说着，捕鼠精挺起胸膛，张开了细小的鼻孔，“只是当年为了帮助你们解决鼠患，我的太奶奶才决定搬到你家。可是她的决定并没有让她，或者她的子孙丧失骁勇善战的天性。你知道在你家吱吱作响的地板下面捕捉猎物需要多高的技术含量吗？”

“我知道你是一个捕猎高手，”我点着头说，“我只是想知道，你怎么会觉得你能在森林里保护我。”

“我遇到的对手有多可怕，你想都想不到。”捕鼠精蹲在我的肩头，开始玩弄自己的爪子。它们像针尖一样锋利，闪烁着金属般的寒光。“有一天，我在你家园子里正追兔子，一只猫头鹰扑了下来。他的身体有你三倍那么大，爪子比你的剔骨刀还要长还要尖利。他想把我抓走，可我却一跃而起，来了一个空翻，跳到了他的背上。我的牙齿咬住他的脖子，他疼得直叫唤。猫头鹰拼命地挥动翅膀，想摆脱我的攻击，可我就是死不松口。哪怕他冲向高空，我还是紧紧地抓住他不放，结果他驮着我在森林里狂飞了三天三夜。”

“真的啊？”我扬了扬眉毛。哪有那么大个头的猫头鹰啊。就算是有，我也很难想象，捕鼠精居然骑着猫头鹰狂飞。

“你不相信我？”说着，捕鼠精挺起了胸膛。

我涨红了脸。既然我能长出两条熊腿，又在跟捕鼠精说话，那么，我就不该怀疑他的故事。“没有啊。人家就是太惊讶了，仅此而已。”

一棵雪松倒在地上，挡住了我们的去路。我笨手笨脚地爬过树干，生怕由于双腿比手臂粗壮太多，自己会跌个四脚朝天。

“就在那三天里，我看到了整个森林。它就像一块巨大的地毯，在我的身下徐徐展开，”捕鼠精一边说，一边举起一只爪子，朝着鼻子下面那个假想的世界挥动，“森林可真大啊，它的东边还是早晨，西边就到了夜里。森林可真远啊，即使你每天都在不停地赶路，即使你一连走了好几个月，你也没法找到它的边界。好啦，这下又回到了我的那个问题：你这是要去哪儿呢？”

我把手伸进衣袋，攥紧了地图。我摸着它，感到心安。也许森林很大，也许我不知道自己究竟要去哪里，可是我有地图指引方向。“这条小路向北，”我笃定地回答，“路边有安纳托利的一个木屋。我们到了那儿，说不定可以歇歇脚。”

“再享用他的几只淡水鳕鱼吗？”捕鼠精舔了舔嘴唇，“这可真是一项美差。我说，木屋远吗？”

“你不是森林万事通吗？”我瞅了瞅捕鼠精，好不容易才没笑场。

“那是，”说着，捕鼠精跳下我的肩膀，蹿上了旁边的树枝，“不过呢，像人类的木屋在哪儿这种小事儿，我才懒得操心呢。”

“我觉得吧，我们一两个小时就该到了。”我说着，巴不得自己能一语成真。可惜我并不懂安纳托利地图上的比例和距离。

“你觉得？”捕鼠精原地停下，直勾勾地瞅着我，“你的意思是，你也没有去过那儿，对吗？”

“我去过啊，很久以前。”我禁不住想起了当时的情形。那时我不到 5 岁，只顾跑着去追一只小鸟。玛莫奇卡落在后面，紧张得要命，生怕我会走失。当然了，她最后还是找到了我，不过她发话说，以后我们还是待在家里，让安纳托利过来更保险。

那是玛莫奇卡最后一次带我去安纳托利家里做客。

一想到玛莫奇卡醒来，却只能对着空荡荡的屋子发呆，我便心里发紧。我的双腿已经让她心烦意乱，我的出走只会让她更加心焦。我抬头望着天空，希望有东西能让我分神。可是，内疚却像口渴或饥饿——它们折磨着你，让你不得安生。

捕鼠精跳回我的肩上，开始抖落爪子上的雪粒。“既然小木屋还这么远，那就等我们到了，你再叫醒我吧。”说着，他溜下我的衣襟，挤进了那个毛皮衬里的衣袋。

“说好的要保护我呢？”

“放心吧，这是森林的安全区域。”捕鼠精鼆声鼆气地说。然后，他高门大嗓地打了一个长长的哈欠，结束了我们的谈话。

树木合围，蚕食着头顶上那片狭长的星空。我放慢脚步，好让眼睛适应黑暗。我还不想点燃防风灯——我不想让燃油的嘶嘶声和臭馊味淹没了森林的响动与气息。

这会儿捕鼠精安静下来，我才意识到，自己对周围的环境太大意了。我必须更加专注，必须提防危险。我停下脚步，屏住呼吸，凝神谛听。头顶上，树叶窸窸窣窣。树枝上，一只小鸟蹦跳了几步，然后振翅高飞。寒霜在噼噼啪啪地断裂，冰凌在吱吱嘎嘎地作响。什么东西抓挠着，攀爬着，蹿上了一棵树。夜里的响动格外诡异。它们在林子里四处游移，音量却不断放大，绕耳不绝。恐惧在叫嚣，如影随形。

我昂首挺胸，又向前迈了几步。我厚重的双脚，还有尖利的爪子，让我感到安心，让我觉得强大，我比过去还要强大；对我而言，森林里的什么危险都不在话下。

就在这时，小路钻进了一处茂密的松树林。满天的星光不见了，我只好停下，一边对着黑暗凝视，一边在衣袋里摸索火柴。糟糕，我忘了拿火柴！我压下一声哀叹。

前面，什么东西在动。

一个庞然大物。

它撞上一根树枝，震得雪花簌簌坠落。直叫人全身发紧，肌肉僵硬。

远处传来一声狼嚎，划破夜空，击碎了我刚才的一番雄心壮志。

“捕鼠精。”我轻声叫着，捅了捅衣袋。

“我们到地儿啦？”他问，身子却没有动弹。

我把嘴边的话咽了回去。求人的感觉就像搬木头，我应该足够强大，应该依靠自己。我又一次瞄向树丛，看到的却只有黑暗。

“我需要你帮我，”我终于还是开了口，“帮我看看。”

“看什么？”

“前面有东西在动。”

捕鼠精瞅瞅外面，嗅了嗅空气：“是一只小鹿。”

我松了一口气，迈步向前。

却与一只大灰狼狭路相逢。

第八章

灰狼王伊凡

看着眼前的灰狼，我目瞪口呆。他很大，大得超出我的想象。他巨大的脑袋与我的胸口齐平，肩膀比我的要宽阔得多。

灰狼抬头看着我。他眯起金色的眼睛，支棱起耳朵，喉咙深处发出一声咆哮。冰冷如水的咆哮漫过我的全身，寒意彻骨。

“走开！”灰狼吼道，“我是灰狼王伊凡，这片森林是我的地盘。”

我能听懂他说话！一丝兴奋闪过我的脑海。可就在这时，伊凡抽动黑色的嘴唇，露出闪着寒光的尖牙，发出一声惊天动地的咆哮。我的心揪了起来。

我还不会读书认字的时候，村里的人就教了我一些东西，其中之一就是怎么应对野狼。所以我知道，我应该避免与狼对视，我应该低头退让。可是我控制不了自己。我的眼睛盯着灰狼的眼睛，无法挪开。我的爪子在雪地里越陷越深，让我没法动弹。

“走开！”伊凡又开始吼叫。他背上的肌肉块块分明，身上的毛发东奔西突，使他显得更加庞大。

我挺直身体，居高临下地盯着伊凡。我下了好大的力气，伤了好久的心，这才做出离开玛莫奇卡的决定。此时此刻，我决不会后退——不会因为一只狼，不会因为任何事——而后退。

“让开！”我使劲地喊着，可是伊凡只是歪了歪脑袋。月光闪过他的牙齿，我的声音变得嘶哑，开始颤抖。

伊凡咧开大嘴，露出了一个不屑的嘲笑：“你这个怂包，压根就不属于冰雪森林。”他朝我逼近，直到鼻子离我不到一只手臂的距离。他的毛发散发着陈年雨水与落叶的霉臭，他的嘴巴释放着变质食物的腐酸。

我的衣袋里，捕鼠精在瑟瑟发抖。这让我生出一股豪气：为了我们俩，我必须强硬。“让开！”我重复道。而这一次，我的声音无比坚定。

伊凡纹丝不动。他仰头，吸气，眼里闪过一丝似曾相识的神色。然后，他似乎回过神——他张着大嘴，朝着我的脖子扑了过来。

我丢下防风灯，抬起双臂以求自保。伊凡咬住我的胳膊肘，拼命地撕扯。我痛得大叫一声，朝后退去。我的后背重重地撞在地上，撞得我大气直喘。

伊凡的鼻子又黑又湿，正好凑在我的鼻子上。口水顺着他的牙缝，滴在我的脸上。我像树叶一样抖个不停。我用尽全力去推伊凡，可是他压着我，撕咬得更加厉害。我挣扎着，想翻身爬起，想把他踢开。就在这时，我的胳膊碰到了一样东西。是我的防风灯！我抓起灯，对着伊凡的脑袋抡去。

防风灯的金属底座砸中了伊凡的眼睛上方。他疼得大吼一声，松开了我的胳膊。我抱着那只抽痛的胳膊，退到一棵树那儿，踉踉跄跄地站了起来。胳膊肘上的皮肉疼得火烧火燎，却感觉不到伤口在流血。

我和伊凡怒目而视。千思万绪在他的眼里闪过，我真心希望，自己能看透他的心，听懂他的话。就这样，我们俩一动不动地对视着，仿佛要较劲到地老天荒。云一样的白气从我们的嘴里呼出，又在冰冷的空气中交汇。我浑身热血奔涌，胳膊肘疼得不停抽搐。

最后，伊凡咧开嘴巴，发出一声咆哮。他犹犹豫豫地伸出一只爪子，似乎在掂量，自己到底是要进攻，还是要撤退。他的爪子开始抽搐。我这才注意到，它们长着又弯又粗的黑色趾甲，有我的大拇指那么长。

“你少了一个脚趾！”我惊叫着，想起了安纳托利的一个故事——他送给我的那个狼趾的故事——疼痛和恐惧旋即没有了影踪。

“那又怎样？”伊凡咆哮道。

我把一只手伸进衣袋，握住了那个狼趾。“它在我这儿呢！”我庆幸，自己还随身带着那个狼趾。我露出了一个灿烂的笑容。

伊凡的咆哮变得阴沉可怖。不过，等我拿出那个狼趾，他便停止了吼叫。“你从哪儿弄到的？”他凑过来，嗅了嗅狼趾，好奇地垂下了一双耳朵。

“有人送我的呗。他们说，是一个女婴从狼爪上生生给掰下来的……”话音没落，我便窘得面红耳赤。因为当你站在那儿，面对着伊凡，面对着一座肌肉横生、尖齿獠牙的大山，这样的说辞也未免太荒唐了。

伊凡哈哈大笑，声音嘶哑，像坚冰碎裂。他的攻击似乎已经结束，我如释重负，喉咙里也跟着笑出了声。

“区区一个人类小婴孩，怎么可能掰掉我的脚趾！”伊凡蹲在那儿，舔着自己的爪子。一束月光洒下来，照在他口鼻处的灰色毛

发上，将其中的几缕白色毛发衬得格外醒目。此时此刻，他显得苍老，似乎矮小了许多。

我放松心情，端详着手里的狼趾。“没错，我也觉得不可能呢，”我叹了一口气，把狼趾塞回了衣袋，“也就是一个故事而已。还不是小时候为了哄我，他们随口编的。”

“好久都没听故事喽，”伊凡侧了侧身，打了一个哈欠，“要不给我讲讲？”

快乐在我周身流淌。刚刚我才击退一只狼，现在却被他缠着要讲故事，这样的经历就像我长出一双熊腿，古怪而神奇。而我又是那么喜欢讲故事，可以做到不假思索，信“口”拈来。

我靠在树上，顺势下滑，直到我和伊凡并排而坐。胳膊肘还是很疼，我只好用手把它支起。这时，捕鼠精从我的衣袋里探出脑袋，顺着我的衣袖蹿上了我的肩膀。我低下头，感受着他身体的那种熟悉的绵软。他不再瑟瑟发抖，而是温暖、放松，期待着故事的开始。

不知道伊凡看没看到捕鼠精，反正他没说什么，只是凝视着森林，似乎我讲不讲故事，他都无所谓。不过，他的耳朵却转向了我，让我不由得想起玛莫奇卡。安纳托利讲故事的时候，她也是这么煞有介事的模样。

我很想知道，如果玛莫奇卡在场，她会不会假装我不是在和狼对话？想到这儿，我忍不住笑了。接着我张开嘴巴，娓娓道来：

“从前啊……”

狼趾的传说

从前啊，一群野狼在月圆之夜捕食。他们悄无声息走在雪野上，穿行在阴影里。猎杀的刺激让他们变得忘乎所以。这时，他们便会仰天长啸，啸声撕破夜空。

头狼，那只金色眼睛的灰狼，突然停下了脚步。他的一只爪子悬停在雪地上，耳朵却支棱起来，捕捉着远处一个细微的响动。他高高地仰起鼻子，咧嘴一笑，露出一口尖利的牙齿。他嗅到了猎物的味道，肥美而羸弱。期盼闹得他全身躁动，他一跃而起，寻着猎物的气味狂奔。群狼尾随着他，带起一阵呼呼啦啦的旋风。

狼群绕过树丛，跃过灌木，在森林里疾驰。他们来到一块敞亮的空地跟前，却放慢脚步，发出一声轻叹。他们看见，一个人类的婴孩：未满周岁，晃着一双粉嘟嘟的肉腿，赤身裸体。小孩对着挂满冰凌的大树枝咯咯发笑，对着迎风摇曳的高树枝咿呀低语。树叶说着森林的语言，与之唱和。

头狼走进空地，一切归于寂静。其余的狼，那些披着夜色的黑色的白色的银色的狼，潜伏在树后，伺机而动。他们盯着头狼，一边兴奋得浑身发抖，一边等待着进攻的信号。

灰狼舔了舔牙齿，笑了。“小孩，”他咆哮着，“你不该一个人出现在这儿。吃掉弱者是我们的天性，所以呢，只有森林里的强者才能生存。”

小孩转身面对灰狼，用森林的语言回应道：“我是强者，所以我会生存。”

灰狼发出一阵阴笑：“想干仗啊？那就来呗。要是你够强大，说不定你还能在冰雪森林里混出个名堂。”说罢，他龇牙咧嘴，朝着小孩逼近。

可是小孩只是盯着灰狼的眼睛。她表现得如此勇敢，如此坚定，逼得头狼只好停下，低头，朝后退了一步。

“我们的头儿居然后撤了，”狼群开始议论，“他不是怕那个小孩吧？”

“我有什么好怕的。”灰狼打断了他们。他竖起毛发，怒气冲冲地看着小孩：“我说，你怎么也比不上我和我的族群强大。”

小孩看看左右两侧包抄过来的狼群，却高高地昂起了头。她感受到了蕴藏在体内的森林的力量。

“冲啊！”狼群对着他们的头领吼道，“你要带着弟兄们冲啊！”

这么弱小一个猎物，居然迸发出这么大的能量！灰狼感到不解，又迟疑了一下。不过，小孩是孤身一人，而他却是狼群的首领。于是他张开大嘴，朝着小女孩扑了过去。群狼紧随其后。

小孩昂首挺立，抬起了胳膊。就在狼爪即将击中她胸口的那一刹那，她伸手抓住一根狼趾，顺势一掰，居然把狼趾给掰了下来。灰狼大吃一惊，号叫着倒在了地上。小孩咯咯地笑了，直笑得灰狼恼羞成怒，眼睛冒火。

眼见自家的头领被这么弱小的猎物制服，狼群只能灰溜溜地散去，留下孤零零的灰狼一瘸一拐地走进森林。当天晚上，灰狼躲在树下的阴影里，一边舔着爪子上疼痛难忍的伤口，一边暗暗发誓：他要重振威风，重获权力；不达目的，决不归群。

第九章

伊凡的哑谜

我很快讲完了故事，却有意没讲结尾。在安纳托利的版本中，小孩晃晃悠悠，回到了她和熊后一起生活的山洞。然后，她一头扎进熊后那厚实而温暖的毛发，立马便进入了梦乡。故事的这部分太过私密，不能与灰狼分享。

捕鼠精扭动着，钻进了我的衣领。细小的鼾声飘向我的耳畔。

伊凡嗤之以鼻："你的故事简直就是胡编乱造。一个人类的小孩掰掉一根狼趾，怎么可能呢。"

"故事也许不完全真实，但定有几分是真的。"我重复着安纳托利给我说过的话。

"也许吧。"伊凡舔舔嘴唇，背过脸去，似乎准备离开。突然间，我特别希望他能留下。我有种感觉，他也许就是那个能帮助我的知情者。

"你的脚趾怎么没的？"我问灰狼。

伊凡竖起了毛发："一只熊弄走了我的脚趾。一只熊崽，却有着她那个年龄不该有的力气。简直太古怪了。"说罢，伊凡盯着我的熊爪，看得我很不自在，只好不停地动来动去。"那个夜晚，我失去了族群的敬仰——就像你讲的那个故事——我发下毒誓：不证明自己的实力，决不返回自己的族群。”伊凡的眼睛发亮，我们之间的空气也紧张得几乎凝滞，“我对气味一向是过鼻不忘。所以一闻到你的气味，我就想起了你。虽然事情过去了好久，你也变了模样，可是我还记得你。”

“你记得什么？”我满腹狐疑，低声追问。

伊凡咧嘴一笑，露出满口的利牙和血红色的牙龈：“我记得你，可你却忘了你自己。”

传来一声号叫，接着又是一声，随后还有一声。虽然叫声在远处此起彼伏，我还是起了一身的鸡皮疙瘩。胳膊肘上的伤痛在加剧；我起身，捡起防风灯，把它当作武器挡在了身前。我可真傻，本该继续朝着安纳托利的小木屋赶路，结果却待在这儿，和伊凡说了一大堆的废话。我早就该到了那儿，又安全又暖和，而不是听凭寒风、伊凡的话，还有可怕的狼嚎把我吓得直打冷战。

“是我原来的族群在捕猎呢。”说罢，伊凡得意地扬起脑袋，却掩饰不住眼中的哀伤，“如果我是你，我会找一个安全的地方藏身。即使你完全变成了一只熊，你现在没有，将来也不会，比我的族群强大。”

“什么？完全变成一只熊？！”躁动在我心里升级，变成了一场狂乱的风暴。

伊凡怜悯地看着我：“到了森林的深处，你自然就会明白。”

树梢上又飘过一阵狼嚎，吓得我不住地退缩。伊凡的耳朵，然后是整个身体，转向了狼嚎的方向。他战栗着，仿佛是在拼尽全力，阻止自己去追随族群。最后，他朝着相反的方向飞奔而去。我目送着他，后背开始发冷。不过，让我害怕的不是伊凡，不是远处的狼群，而是伊凡说的那句话：即使你完全变成了一只熊。

不，他错了，我才不会变成一只熊呢。我挣脱这个念头，去听狼群的号叫和脚步。可是我没法集中注意力；伊凡的话搅得我心神不定。

一只小鸟在空中飞过。“燕卡！”小鸟叫道，“森林才是你的家！”

我摇摇头，转身面对村子所在的方向。我不要再听那只红腹灰雀的聒噪，我不要再体验熊爪踩在雪地上的感觉。我抬起一只脚，却发现那只脚又大又笨，脚尖还长着长长的利爪。

我不能这样回去。

“燕卡！”红腹灰雀唱道，“熊孩燕卡！”

我转向那条幽暗的小路，一边摸着脖子上的箭头项链，一边幻想着，它赋予了我一个公主大无畏的勇气。我到底经历了什么？答案就藏在密林的深处。这个秘密我知道，红腹灰雀知道，灰狼王伊凡也知道。伊凡的话虽然让我心神不宁，可它们似乎也证实了，我正朝着正确的方向努力。于是，我深深地吸了一口气，继续在黑暗中前行。

捕鼠精还在贴着我的脖子酣睡。我挠了挠脖子，心里想着，要是他能醒来陪陪我，那该多好啊。捕鼠精果然醒了。只见他伸伸懒腰，冲着我的耳朵打了一个哈欠：“快到安纳托利的小木屋了吗？”

“希望如此吧，”我点了点头，“伊凡拦住我们之前，我们已经走了好长一段路了。”

“那只狼啊，”捕鼠精抽抽鼻子，嗅了嗅空气，“你别说，你对付他的手段还真有意思：一顿扭打，再加一个故事。我就做不来，幸好你控制了局面。我可真恨不得灭了他！”

“灭了他？”我扬了扬眉毛，“在我讲故事之前，你可是一直躲在我的衣袋里，抖得像一片树叶来着。”

“我才没躲呢，”捕鼠精站起来，亮出一口尖牙，“我那是在做搏杀前的风险评估。我可从不轻易杀生。”

一想到捕鼠精与灰狼搏斗的画面，我赶紧抿住嘴巴，这才没有笑出声。

“还有啊，”捕鼠精仰起了脑袋，“你该知道，我从来不会怕得发抖，只会气得发抖。”

他的话让我忍俊不禁。为了掩饰，我连忙假装咳嗽。

捕鼠精竖起毛发，把我的脖子扎得生疼：“你也太不厚道了吧。看在你不知道我捕猎的技术有多厉害的份上，我原谅你。”

“你说那是一只鹿来着。”我扭头看着捕鼠精。

“什么一只鹿？”

“我问你是什么响动，你说是一只鹿，不是一只狼。”

“你听错了。我早就说过，你没有用心听。”说罢，捕鼠精挤进我的衣领，开始打鼾。

我沮丧地咕哝了一声。我想要捕鼠精陪我，结果却把他给得罪了。现在倒好，人家正扭动身体，把后背甩给我的脖子看呢。于是我决定，自己先将就着，享用他温暖的体温。

小路很窄，在黑暗中若隐若现。防风灯没法点亮，我只能使劲看路，把一双眼睛累得生疼。我聚精会神，心无旁骛，这才没有偏离方向。几个小时过去，小路终于绕出了松林，暴露在月光之下。

雪地上出现了一道雪橇的划痕。一想到安纳托利的雪橇从这里驶过，我心潮澎湃，浮想联翩：他是不是在我要去的那个小木屋？他看见我该有多么惊讶！他会把我迎进小屋，让我烤火取暖，给我端来肉汤和面包。说不定他还会帮我出主意，要我去冰雪森林的什么地方，寻找什么样的身世线索。这些念头让我备受鼓舞，让我走得更加轻快。

没过多久，我就看到了安纳托利的木屋。它坐落在陡峭的山坡顶上，像四周的夜色一样冷清。窗户里没有透出一丝灯光，上空没有升起一缕炊烟，所以我还没到门口，就知道安纳托利没有在家。

“你说，安纳托利会把鳕鱼放在哪儿呢？”就在我打开门闩的当儿，捕鼠精蹲到了我的肩上。在冰雪森林里，家里压根没必要上锁——村里的人很少会来到这么远的地方——不过话说回来，门闩可以阻拦狼和熊进屋。吱呀一声，厚重的木门开了。捕鼠精冲下我的手臂，跳下我的胳膊肘，消失在茫茫黑暗之中。

我跟着进了屋，闩上门，长长地舒了一口气。也许安纳托利不在家，但是至少我有了一个安全的栖身之所。我靠在门后，在极度的疲惫碾压之下，差点儿瘫倒在地。可是我必须取暖，必须检查伊凡留下的咬伤。

“捕鼠精？”我对着黑暗叫道。

“怎么了，人类小妞？”捕鼠精爬上我的外套，一只爪子贴在了我的脸上。

“就是想看看你还好不。”

“好着呢，可是我怎么闻不到鳕鱼呢？”捕鼠精毛茸茸的脸上堆满了褶子。

“蜡烛和火柴在哪儿呢？”我问。

“喏，就在柴火灶的旁边。”捕鼠精用鼻子示意道。

我一边努力让眼睛去适应黑暗，一边磕磕绊绊地走了过去。我找到了蜡烛，将它们点燃，并分放在了几个地方。阴暗退去，屋里充满了黄色的暖光，让我想起玛莫奇卡的家。再过几个小时，太阳就会升起，玛莫奇卡就会醒来，发现我不见了踪影……

我不想再纠结下去，连忙环顾四周。

安纳托利的木屋比我记忆中的要小，但并没有什么变化。它干净整洁，塞满了有用的物件：锅碗瓢盆、金属工具、木头伸缩架、成堆的皮子，还有挂在椽子上防止老鼠祸害的一袋袋的粮食和盐。

小木屋散发着安纳托利的气息——一股柠檬茶、新鲜的雪、柴火的烟混合着旧皮子的气味。我吸了一口他的气息，禁不住思忖，他上次在这儿逗留是什么时间。火引子和木柴整齐地码在柴火灶里，火绒盒放在柴火灶前，就像他在等着我的到来。不过，也可能是他为了方便自己回家，才把小屋收拾得这么妥帖。

我点着火，把装满水的水壶放在了柴火灶上。火舌缠绕着木柴，暖意在空气中荡漾。随着手指头的回血，我的双手开始发痒，伊凡留下的咬伤开始抽疼。我赶紧脱下外套，卷起袖子，去检查伤口。皮肤上有淤青，但没有破裂。要是玛莫奇卡在场，她会给我敷上一贴海绵草的药膏。也就是一处瘀伤而已。我放下衣袖，却禁不住纳闷，究竟是我的外套保护了我，还是伊凡有意没下狠嘴。如果他真有心伤我，就凭他那一嘴巴的尖牙利齿，完全可以撕开我的皮肉。

“我还是找不到鳕鱼哦。”堆放着瓶瓶罐罐的高架隔板上，传来了捕鼠精的抱怨声。

“要不你吃点儿别的东西？”我走过去，看着瓶瓶罐罐上的标签，“来点儿腌鲱鱼怎么样？”

捕鼠精抽了抽鼻子：“算了，我还是自力更生吧。”说罢，他跳下隔板，冲向墙根的一个地缝。

“千万不要离开木屋哦。”我追着他喊道。

捕鼠精从地缝里探出了脑袋：“我能照顾好自己，你又不是不知道。”

“我知道，只不过我……”我想求他留下，想让他陪我，却又说不出口，只好转移了话题，“你还别说，我听到了，地板下真的有老鼠呢。”

“只要有老鼠，我就能把他捉到。”捕鼠精点了点头，消失在地缝里。空虚在小屋里滋长，直到脚底下传来捕鼠精细碎的脚步声。

烧水壶响了。我一边沏茶，一边吃着随身带来的卷饼。这时我想起来了，过节时玛莫奇卡给我的那串小面包圈项链，还挂在我的脖子上。于是，我掰下几块硬邦邦的小面包圈，浸泡在了热茶里。

我想等捕鼠精回来后再去睡觉。于是，我坐在火炉边的椅子上，开始翻看隔壁桌上的那摞图书。它们大多又破又烂，写的不是打猎、捉鱼，就是诱捕的事儿。书本里夹杂着几张散页，上面画着陷阱的设计图和小比例的地形图。这时我注意到，那摞书的最下面放着一本诗集和一部故事集。就在我搬掉上面的图书去拿诗集和故事集的时候，几张纸从书堆里散落，飘到了地上。

我弯腰去捡，却又愣在了那儿。我看见，就在离我最近的那张纸的顶端，安纳托利工工整整地写着：熊孩的故事。

伊凡说过的那些话，什么熊崽，什么我忘记了自己，开始在我的脑海里回响。我哆嗦着手指，把那张纸拿到了眼前。那是一个故事，一个我从未听过的故事，一个能解开我身世之谜的故事。我读着那些文字——每读一句，心跳便会加快一分——耳畔响起了安纳托利的声音：

“从前啊……”

熊孩的故事

从前啊，熊后，冰雪森林里的那个最强大最温暖的生物，受人之托，去照料一只新生的熊宝宝。

熊后的心里充满了慈爱。她答应将熊宝宝视为己出，精心抚育。每一天，熊后都会驮着熊宝宝，去见识冰雪森林的美妙。从天穹里闪耀的阳光，到溪水里跳动的月光，不一而足。她教她怎么去抓鲜美的鱼，怎么去找最甜最多汁的浆果，怎么在树根之间挖出洞穴，再铺上落叶，让熊窝在整个冰冷的冬季里洋溢着秋天的气息。

尽管熊宝宝喜欢这一切，可她最爱的还是进入森林的人类——那些伐木工、诱捕手、渔夫，还有采药人。熊宝宝向往人类，就像溪水向往着下游。

无论天穹里的阳光多么闪耀，溪水里的月光多么跳动；无论鱼儿多么鲜美，浆果多么香甜，熊宝宝还是经常走神，不是被靴子的吱嘎声分了心，就是被人类哼唱的小曲儿迷掉了魂。

斗转星移，季节更替，熊宝宝的容貌和举止也像极了人类。她两只脚站立，像啄木鸟一样发笑，咿咿呀呀地唱着奇怪的歌谣。熊后心疼欲裂，生怕熊宝宝在人类的世界里迷失，就像很多年以前她失去了自己的宝宝那样。

就这样，熊后远远地看着熊宝宝。她坐立不安，不知所措：是挽留，还是告别？

有的时候，熊宝宝会在松针上打滚，会和小鸟说话。这时熊后便觉得，熊宝宝会留在她的身边。她的心为之雀跃，只可惜这样的时光却越来越短暂……等到熊后终于明白真相，一切都已为时过晚。冬天来了，熊宝宝却开始掉毛。

随着冷冰冰湿漉漉的落叶堆积成山，熊后变得心事重重。她要怎么做，才能让熊宝宝在全然陌生的人类世界里生存？

就在这时，就在第一场大雪过后，一个妇人来到森林里采摘冻山楂。熊后懂得读心术，知道妇人有一副好心肠，愿意付出无尽的慈爱。熊宝宝看到妇人，眼睛一亮。当时她就知道，告别的时刻已经来临。

等到妇人来到熊窝附近，熊后对着熊宝宝耳语道："她是妈妈，以后会照顾你。"说完，她把熊宝宝推到了外面的雪地上。

尽管熊后知道，妇人会照料熊宝宝，会帮助熊宝宝在人类的世界里立足，她的心还是裂成了两半。她翻身，忍痛闭上双眼，假装已经熟睡，任由熊宝宝直立着两条后腿，走向远处。

熊宝宝抬起头，看着妇人慈爱的面容。就在这时，最后一缕毛发从她的身上脱落，一个明媚的笑容浮现在她的脸庞。熊孩高高地举起双臂，一心向妇人索要拥抱。妇人将小孩抱起，不多不少，刚好抱个满怀。她们的灵魂随之交融。

熊宝宝的气息渐渐消散。一滴眼泪滚下熊后的脸颊，落入她的毛发。她不知道，自己还能不能与熊宝宝相见。可是，就在熊后进入深度冬眠的那个时刻，远处传来了熊宝宝的笑声。熊后笑了，因为她知道，虽然熊宝宝已经离她远去，却有某种东西让她们永远心意相通，相知相惜。

第十章

麋鹿尤里

我靠在椅子上，想象着玛莫奇卡对我说教的画面。她双手抱在胸前，不住地唠叨着：熊崽变小孩，怎么可能？简直就是胡说八道!

我禁不住看了看自己的双腿。

椅子的扶手上搭着一块毛毯。我扯过毛毯，盖在身上，却怎么也遮不住我的双腿，我的爪子还露在外面。我闭上了眼睛。

一段记忆浮现在我的脑海。记忆中，我四脚朝下，站在熊后的背上。我告诉自己，一切都是我的想象——都怪伊凡的话，还有熊孩的故事，把我给刺激了。可是那种感觉却怎么会这么真切?

我伸了一个懒腰，却发现腿上的毛发在沙沙作响，爪子上的脚趾正一根根岔开。此情此景让我突然生出一种似曾相识的感觉。那些被遗忘的记忆开始浮现……

我记得在地上打滚，身上沾满了沙土的芳香；我记得伸出长长的湿润的舌头，去舔自己的鼻子；我记得不停地转动耳朵，去捕捉鱼儿击水的声音。

我记得自己是一只小熊。

寒意在我全身游走。尽管我坐在那儿，一动不动，我却觉得自己正从空中坠落，撞向地面。

我在村里长大，却又一直心猿意马，格格不入。可是我从没想过，也许那是因为我命中注定，根本不该与人们——与人类——为伍。也许作为一只熊，我天生就该待在森林里，孤独终生。

眼泪顺着我的脸颊滑落，为了玛莫奇卡，为了萨沙，为了村子里我所深爱却至今才意识到的一切：广场四周林立的小木屋，雕梁画栋的村公所，大伙齐心协力搞节庆的劲头……甚至村民说我力大如熊的比喻。这个比喻也许让我觉得别扭，但何尝不是一种赞美。

自从我进入森林，我第一次觉得，自己也许再也回不去了……这个念头让我感到前所未有的孤单。我张开嘴去叫捕鼠精，声音却卡在了喉咙眼里。我只能紧闭双眼，哭着入睡。

捕鼠精用胡须蹭着我的脸，把我扎醒。我睁开双眼，随即往后一缩：一只死老鼠映入我的眼帘，而且就在我的眼皮子底下！

“喏，我给你弄来了早餐，”说着，捕鼠精推了推老鼠的尸体，“昨晚我捕食回来，你已经睡着了。所以啊，今天我就起了个大早，给你弄来一个新鲜的。”

“不用了，谢谢。”我皱着鼻子，坐了起来。

捕鼠精看看我，又看看死老鼠，委屈地抿了抿嘴巴：“怎么啦？”

“没什么，人家就是不饿呗。”说罢，我从毯子里抽出双腿，打量着自己的熊爪。我知道它们还在——我感受到了它们的重量——可还是挡不住我幻想着它们已经消失。我希望一切都没有发生。我希望我还在家，还长着原来的两条人腿，正和玛莫奇卡吃着早饭。一想到早饭，我的肚子便叫唤起来。

“还说你不饿？”捕鼠精责怪地看着我的肚子。

“反正我不吃老鼠。”说着，我从小面包圈项链上扯下几个小面包圈，丢进了自己的嘴巴。然后，我磕磕绊绊地走过房间，重新去适应那双新腿的感觉。我打开了门闩，一边急切地呼吸着早晨的空气，一边清理那些令人不快的胡思乱想。

屋外，雪地上的阳光令人炫目。我走进雪地，结果被冻得瞬间清醒，立马回神。一只老鼠在我脚下的地洞里狂奔，这让我感到奇妙无比，也让我为自己祈盼熊爪消失的愿望感到愚蠢。我仰起头，对着天空放声大笑。“我长熊腿啦！”我对着森林狂喊，回声从四面八方与我应和。我突然变得迫不及待，只想知道，我怎么长出了熊腿，为什么我会长出熊腿。我的手握住了箭头项链。今天我该去哪儿呢？

我跑进木屋，胡乱地收拾了一番。然后我穿上外套，返回屋外，摊开了地图。蓝山的图标仿佛自带引力，一下子就吸住了我的目光。那儿就是我要去的地方。熊后就在那儿。既然我能和捕鼠精交谈，我应该也能与她沟通。

我遇到了伊凡，听了他说的那番话，又读了“熊孩的故事”。这一切都让我相信，安纳托利的故事蕴含着真相。如果有谁知道真相，那就应该是熊后。在我人生的头两年，是她抚养了我。她应该知道我是谁，我为什么变成现在这个样子。我要找到她。

看到太阳当空，我埋怨自己睡过了头。玛莫奇卡可能就在来这儿的路上，铁了心地要找到我，把我送进医院。而蓝山看起来又那么遥远，走上一天都没法到达。经历了摸黑探路，遭遇过狼群嘶吼，我再也不想走夜路了。这就意味着，我必须想方设法在黄昏之前赶到安纳托利的另外一个木屋。

我又看了看地图。如果我沿着银子溪的河岸向北走，我会经过安纳托利的两个木屋。这条路蜿蜒曲折，但很好走。再说了，只要安纳托利待在其中的一个木屋，他就可以驾着雪橇，把我送到熊窝那儿。

“喂，人类小妞，”听到捕鼠精的呼喊，我扭头望去，看见他正悬吊在屋檐边上，“这上面有一个储藏室呢！说不定安纳托利把鳕鱼放在那儿了，可是我进不去！”

我瞥了一眼安纳托利搭在屋顶的瞭望台。唉，我早把它给忘了。记得我最后一次过来，只有 5 岁。当时我还瘦小，安纳托利还能把我托举到瞭望台上。瞭望台是观察我计划路线的最佳地点，说不定还能让我知道，熊窝究竟有多远。

“来啦。”我一边应着捕鼠精，一边穿过雪地，奔向那个固定在木屋远端的梯子。我试探着向上爬，生怕它承受不住我的体重，幸好梯子的每阶横档都很结实。

屋顶的景色美得令人不敢呼吸。冰雪森林朝着远方延伸，大得让人看不到边际，广袤得让我头晕目眩。

“捕鼠精，你看！”我挥着手喊道。只见远处的蓝山像一颗牙齿，凸现在森林的上方。

捕鼠精却压根没想理会我。他正一边砸着储藏室的门锁，一边咋咋呼呼地呼唤着鳕鱼。

我摊开地图，把上面的地标与实际地貌进行比对。银子溪波光粼粼，在森林里穿行。尽管叫作银子溪，它其实是一条网状的大河——在一些地方，河水又宽又深，更像一个湖泽。河面正在解冻，浮冰随着水流不断地碎裂和游移。我不敢相信，送冬节已经过去了两天。

传来一记响亮的碰撞声，一种击水的声音，还有一声刺耳的尖叫。我吓了一跳，急忙朝下面的河岸望去。尖叫升级，变成了刺耳的哀嚎。我终于发现了那个被困的生物——一个有着长腿的庞然大物，好像是一只鹿或者麋鹿。他掉进了河边的冰窟窿，正在挣扎着自救。

“救命啊！”那个动物的叫喊在我脑海里变成了文字。我一边冲下梯子，一边把地图塞进了衣袋。爬下梯子太费时间，于是我跳进积雪，跑过了空地。“我去救援。”我回头冲着捕鼠精喊着，可是他已经和我齐头并进了。

我顺坡而下，速度越来越快。我一路冲下山坡，脚尖把雪花踢

得四处乱飞。最后，我在山脚下收住脚步，确认呼救声传来的方位。

“这边儿。”说着，捕鼠精冲到了我的前面。我跟着他冲下小路，穿过茂密的松林，直到尖叫声变得响亮。我知道，我们一定是接近了目标。

前方阳光灿烂，闪耀在河面的冰上。一只幼小的麋鹿正在河边的水中苦苦挣扎。我只能看到他那张棕色的长脸，还有他那两截毛茸茸的短角。他的大半身已经掉进了冰河，他又抓不到支撑的东西，只能听凭两条细长的前腿在胸前打滑。

“救命！”麋鹿哀嚎着。我朝他冲了过去，却又停在了半道——透过乱糟糟的树枝，我看见，麋鹿的身边跪着一个人。那人裹着一件超大的连帽大衣；帽子缝着皮毛包边，把脸遮挡得严严实实。捕鼠精见状，立马跳上我的肩膀，挤进我的衣领，不见了踪影。

“别碰我！”看见那人朝自己的前腿上套绳，麋鹿尖叫起来。他又一次呼救，声音里充满了惊慌无措。我实在不想让人看见我现在的模样，只能一边叹息，一边走了过去。我很害怕，人们异样的眼神会扑灭我融入人类世界的最后希望，可我也不能见死不救。

我低头打量自己。长裙遮住了我双脚以外的其他部位，而我的双脚极有可能以假乱真，被人当作长靴。此时此刻，那个人正一心一意地套绳，压根没注意到我在靠近。于是，我在麋鹿旁边跪下，把脚藏在了身后。

“没事儿。”我轻声说着，一只手放在了他那丝绸般软和的鼻子上。麋鹿扭头，棕色的大眼睛圆睁，惊恐地望着我。我伸出双臂，搂住他毛茸茸的脖子，以防他在河里继续下滑。麋鹿的前腿停止了挣扎。“我叫燕卡，”我对着他耳语道，“是来救你的。”

“尤——尤里，”麋鹿结结巴巴地回答，“我叫尤里。我要冻死了，快救我出去。”

我转向那个正在忙着套绳的人。他抬起头看我，那双熟悉的灰眼睛让我目瞪口呆。

“萨沙！你怎么在这儿？”

第十一章
救援

“来救你呗。”萨沙没好气地回答。我对他的气恼感到纳闷，不由得皱起了眉头。他又把绳子套在了尤里的脖子和前腿上：“他们不让我加入搜救队，所以我就——”

“搜救队？”我吓得直摇头。这个节骨眼上，我可不想一群村民把我抓回去——我必须找到熊窝，弄清我的身世。

“放心，他们还走不了这么远，”说罢，萨沙停止了打绳结，抬起了眼睛，“我出发的时候，他们还在准备补给品呢。再说了，我沿着河岸一路滑雪过来，比他们穿过森林要快。”

一股水流涌来，将尤里裹挟。他开始在冰上扑腾，结果踢到了萨沙的手腕。萨沙没有受伤，却弄掉了手中的绳子。

我的双手随即下探，紧抓着尤里不放。冰冷的河水淌进我的衣袖，冻得我的牙齿直打哆嗦。“你就不该来找我，”我嘟哝道，“我又不是不会照顾我自己。”

“我们当然要来找你啊，”萨沙捡起绳子，又打起绳结。他手上的动作又快又急，“你深夜独自闯进森林，而且还受了伤。你到底想怎么样嘛？”

他怒气冲冲，语气像冰冷的河水一样刺人。萨沙还没对我发过火呢。我呻吟着，想把尤里抱起来，可是他却纹丝不动。

萨沙打完绳结，拉紧了绳子。不想绳子勒进了尤里的肉里，疼得他发出一声惨叫。“忍住，”我小声对他说，“我知道很疼，可我们这不是在想办法嘛。”就这样，萨沙拽着绳子，我抓着尤里，拼命地向外拖拽，可是尤里依然一动不动。“唉，这个办法压根没用。”

“要不我们俩试试一起拉绳子？”说罢，萨沙向我靠拢，好让我抓到绳子。可是我却丝毫不敢松手，生怕萨沙一个人拖不住尤里。

我摇了摇头：“我只要抓得牢一点儿就行。”我继续朝水下探身，直到河水漫过我外套前面的衣襟，淌进衣扣之间的缝隙。我冷得直喘粗气，可还是设法环抱住了尤里的胸部。接着，我使出全身的蛮力，把尤里往上拖……可就在这时，我身下的冰块开始倾斜，下沉。

一道裂缝横亘在我和尤里之间。

“小心！”捕鼠精冲着我的耳朵尖声叫道。

尤里惊呼着，沉到了冰下。冰冷的浪花扑面而来，一时间，我的眼前除了亮光和水泡，什么都看不见了。

尤里从我的手臂里滑脱。我还没来得及把他抓住，水流便裹挟着他，飞驰而去，变成了冰下一团模糊的黑影。绳子火辣辣地划拉过萨沙的手心，疼得他叫了起来。

我双脚跳起，沿着河面结冰的地方，拼命追赶。

“停下！”萨沙喊道，“你也会掉下去的。”

可是我只有一个念头：救出尤里。于是我加速奔跑，越过更蓝更厚的冰带，终于赶到了尤里的前面。我找到一处冰层较薄的地方，抬起一只脚，朝着冰面砸去。

冰面有了裂纹。我继续跺脚，直到裂纹变成一个窟窿。接着我趴在冰上，脖子紧贴着水面，双臂伸进了河里。

尤里的黑影飞驰而来。我盯着他，压根感觉不到寒冷。他撞进了我的怀里；我连忙抱住他，双手紧扣，开始向外拖拽。无奈他太重了，而且水流还在把他卷走。我热血上涌，怒吼着拼命拖拽，可是我非但没有把他拉出水面，反而觉得自己也要掉进冰窟。

萨沙出现在我的身边。他挨着我探下双臂，抓住了尤里。我们俩一起拖拽，终于把尤里拖出了水面。可是他却眼神呆滞，一动不动，让人心里发慌。

我们把尤里的后腿拖上了冰面。

“我觉得他死了。”萨沙小声说。

我摇了摇头，只觉得眼眶一热：“他就是冻坏了。”我开始轻揉他的胸口，活动他的四肢，好促进他的血液循环。他求我救救他。他告诉了我他的名字，在我的怀抱里变得平静。他让我觉得亲切，比大多数村民还要亲切。他不能离开。

萨沙低头，把脸凑到尤里的鼻子跟前：“他没呼吸了。”

我的视线变得模糊。千怪万怪，只怪自己没有本事，没能救下尤里的性命。我按压着尤里的胸口，身下的冰面开始颤动。

“我们得离开了，燕卡。这里不安全。”

可是我只顾用力按压尤里，一心想要复苏他的心脏。我的手重重地按在他的胸口，我们身下的冰层开始断裂。裂缝扩大，围着尤里形成了一个锯齿状的圆圈，横亘在我和萨沙之间。

“快点儿啊。”萨沙催促着，可是我的目光却舍不得离开尤里。

一定有办法救他。

裂缝变宽，河水涌出。我绝望地看着萨沙。

他却盯着我的脚，盯着我脚上厚实的毛发，还有又黑又长的脚趾。再往上看，一条湿漉漉的裙子贴在我身上，把我双腿的形状和大小暴露无遗。

萨沙脸色煞白，眉头紧皱。他的这个表情改变了一切，打消了我想返回村里的痴念。因为萨沙，我唯一的朋友，玛莫奇卡之外唯一把我视作同类的村里人，也开始像别人一样，把我看作另类。

我的世界坍塌了。玛莫奇卡夸张的笑容。萨沙惊恐的神色。如果我深爱的两个人都这么大惊小怪，村里的其他人又会有什么样的反应？如果他们尖叫着，像驱赶瞎逛到村子附近的野熊一样把我赶回森林，我一点儿都不会感到意外。

我在村子里，在人类世界里，没有任何归属感。我从来没有过——照这样下去，我将来也不会有——归属感。

我的脸上郁积着窘迫和失望，还有别的一百万种我自己都理解不了的情绪。我可着劲儿，从肺腔的深处，发出一声嘶吼。那是一声愤怒的熊吼，像一个炸雷，响彻河岸。

“求你了，燕卡，”说着，萨沙来牵我的手，“我们走吧。我想帮你。”

有那么一会儿，我朝他抖抖颤颤地伸出了手指，可那也不过是对某种逝去东西的无望奢求。我变了。我与萨沙共有的一切，我与玛莫奇卡共有的一切，我先前人生中拥有的一切，都已远去，永不复返。

我伸手摸摸脖子，捕鼠精还蜷缩在那儿。于是，我抬起一只脚，砸向那个横亘在我与萨沙之间的冰缝。我奋力蹬踏，冰块松脱，载着我和尤里顺流而去。

“燕卡，你这是在干什么？你等等！快停下！”萨沙一跃而起，仿佛要跳上我身下的那块浮冰，可是我已经漂向了远处。他沿着河岸狂追，无奈水流湍急，我漂流的速度比他奔跑的速度更快。我知道自己做了傻事，没了退路，只能瘫坐在浮冰上。

浮冰歪歪斜斜，摇摇晃晃，折腾得让人反胃。它载着我漂在河面上，拐过河湾，把萨沙甩在河对岸，只能耷拉着胳膊叹气。我咽下了呼救的冲动。在另一个河湾处的急转弯之后，萨沙消失在了树丛的后面。

寒冷不断袭来，而我又从头到脚，浑身湿透。就在这时，浮冰侧斜，我赶紧抓住了尤里。只见他呻吟一声，开始咳嗽。水从他的嘴巴和鼻子里喷射而出。

“你还活着！”我搂住了尤里毛茸茸的脖子。他浑身发抖，朝我翻着眼睛。“我们必须摆脱这个玩意儿。”说着，我环顾四周，火急火燎地想着办法。可惜我们正在漂向河心，而周围又没什么东西能让我借力靠岸。

捕鼠精蹿下我的胳膊，跳到了尤里的身上。他瞅了瞅那根依旧套在尤里脖子上的绳子：“能不能用上这个？”

我去解绳结，可是手指冻得僵硬，压根不听使唤。

“喏，给你。”过了一会儿，捕鼠精把一个断裂的绳头丢到了我的腿上。原来他咬断了绳子！我对他道了声谢，不过，我冷得牙齿直打哆嗦，所以我也拿不准他是不是听懂了我的意思。

我们又转向一个河湾。河湾外侧的水面上，垂着一根粗大的树枝。我把绳子拢到怀里，开始活动双手。手指回血，像被荨麻扎过一样，生出一阵阵的刺痛。

我屏住呼吸，静静地等待时机。快到树枝下面的时候，我把绳子的一端抛向了空中。绳子飞过树枝，却被一丛结霜的小枝丫勾住。小枝丫不够粗壮，显然支撑不了我们的体重。我发出一声郁闷的吼叫。

浮冰漂到了树枝的下面，绳子拉长，然后绷得笔直。小枝丫啪的一声断裂，大树枝开始嘎吱作响。我们左右摇摆，尤里朝着水里滑去。

我一手勾住尤里的脖子，一手抓着绳子。慌乱中，我以为我们会掉进河里。可就在这时，我们却加速，转向，撞到了河岸上。

“快起来啊。”我大叫一声。尤里挣扎着抬起前腿，赶在浮冰倾覆前爬了下来。他瘫倒在地，胸部起伏，后腿还在水里不住地扒拉。

我站了起来，却脚下一滑，失去平衡，掉进了齐腰深的冰河。我横下心，准备接受寒冷的冲击。幸好有腿上的毛发保护，我这才没遭多大的罪。于是，我双手抠着冻土，用力一撑，把身体拉到了岸上。

“捕鼠精？”我喘着气叫道。

“我在呢。”说着，他用胡须扎了扎我的耳朵。

我把尤里的后腿抬出水面，再把他推到一棵松树底下。那儿松枝低垂，阻隔了风雪对地面的侵袭。我上气不接下气，瘫倒在尤里身旁。我裹紧外套，却发现它已经湿透，只会让我浑身哆嗦。

“现在你不能睡，”捕鼠精凑到我面前说，“你必须先弄干身体，暖和起来。”

可是我实在是又冷又乏。我支撑不住了，只能闭上眼睛，昏昏睡去。

我醒了。天已黑，我已冻得全身麻木。

“感谢鱼神，你终于醒了，”捕鼠精在我的耳边开心地说，“我叫你都叫了好几个钟头啦。”

“怎么啦？”我喘着气问。嘴唇上的坚冰随着话音不住地迸裂。

“有狼，”捕鼠精低声说，“一大群呢，把我们围住了。要我说，他们一准是冲着你的麋鹿来的。”

第十二章
一场混战

尤里全身僵硬，气息微弱。我揉揉他的脖子、他的胸口。他终于醒了。

“你要看紧他啊。”捕鼠精告诫我。

“为什么？”

“因为他一闻到狼的气味，就会吓得狂奔。就他这个怂样，狼群抓住他，还不是分分钟的事儿。”

我抱住了尤里的脖子。他深吸一口气，睁开了眼睛。

“有狼！”他尖叫道。他吓得眼珠子滴溜溜地乱转，挣扎着，想站起来。

“你们这些被捕食的猎物啊。”捕鼠精一副嘲讽的语气。他跳到尤里的脸上，开始对着人家的耳朵碎碎念：“你们这些被捕食的猎物啊，都是一个怂样，遇到危险只会逃跑。可是对付狼群，你们就不该这样。他们会把你赶进一个陷阱——一个灌木丛，或者一个河谷——然后，你还不明白是怎么回事儿，他们就扑到了你身上。”

“救命啊！”尤里哭喊着，脚蹄子在地上胡乱地踢踏。

“你这不是给他制造恐慌嘛。”我瞪着捕鼠精，抱紧了尤里，“好了好了，没事儿。我会保护你的，我发誓。”我的声音很平静，心里却一直在打鼓。我这是为尤里故作坚强，也是为自己壮胆。

“你要做保护我的人吗？”尤里停止了挣扎。他看了看我，又去看捕鼠精。

“就算是吧。”我点了点头，“好啦，起来吧。”我扶着尤里站了起来。他年岁小，个头却很大，已经能和我平视。“我们沿着河边走。”我凝视着上游的黑影，揣摩着还有多远，才能到达安纳托利的下一个木屋。我不知道我们在哪儿，而天又太黑，压根看不清地图。

捕鼠精抬起鼻子，指了指远处的松树林：“我在风里闻到了饭香，听到了歌声。”

我听了听风声，嗅了嗅空气，却听不到歌声，闻不到饭香。“你确定吗？我怎么记得地图上说，安纳托利的木屋在河边，没在松树林里。”

“我当然确定了。”捕鼠精怒气冲冲地说。我只好低下脑袋，朝着他示意的方向走去。我的衣服上结了一层冰，寒彻入骨。如果我想挺过今夜，无论有没有狼群围攻，我都需要一个栖身的地方。也许安纳托利的木屋就在树林里，但在地图上却仍然靠近河岸。我排除不了这种可能。

我和尤里在密密层层的树林里跋涉，闹出很大的动静，根本没法去留意那些尾随而来的饿狼。不过话说回来，如果附近有狼，他们反而能知道我们的位置。

捕鼠精不情不愿地带着我们下了一个山坡。他一边走，一边埋怨着路途的遥远。他要我们安静，可是我们却只能拖泥带水，连滚带爬地扑倒在山脚底下。

突然，尤里发出一声尖叫——穿云裂石，震耳欲聋，和他掉进冰窟时发出的尖叫一模一样。我不明所以地朝他皱起了眉头——接着便看见，他身上扭动着一个黑影。

那是一只狼。一道寒光闪过，他的牙齿扎进了尤里的臀部。

我还来不及反应，第二只狼就冲了过来，咬住了尤里的一条后腿。又是一个猛扑，第三只狼叼住了尤里的一条前腿。

我一边环视着狼群，一边想着应对的办法。我慌得心跳加速，思路混乱。捕鼠精在我的肩上瑟瑟发抖——然后，他一跃而起。

他像夜空里的一道闪电，在狼群里东奔西扑。尖叫声、咆哮声和呼号声在夜空里此起彼伏。捕鼠精啃了一个鼻子，撕了一只耳朵，又咬了一张眼皮。他移动得飞快，所以，无论哪只狼去咬他，都只会扑空。

尤里弓起背，一边踉踉跄跄地移动，一边抬脚去踢狼群。一只鹿蹄揣在了一只狼的肚子上，痛得那只狼不住地号叫。不过，那只狼又跳了回来，亮出一嘴闪着寒光的獠牙。

我终于恢复了力气。我一把推开尤里，大吼一声，震得森林都在发抖，吓得群狼四处逃窜。

我满腔怒火，瞪着群狼在森林里逃散。搞不清究竟是我的呐喊，还是群狼的逃跑，更让我震惊。

“我们快点儿。等到狼群再集结起来发动反攻，那可就糟了。”说罢，捕鼠精蹿上了我的手臂。他舔着牙齿上的血迹，全身还在发抖。我这才意识到，他确实是因为生气才不住地颤抖。

“你简直太棒了。”我一边轻声夸着捕鼠精，一边跨过一个土沟，走到尤里面前。

“还用你说。”捕鼠精蜷缩在我的脖子上，小小的身子像一团灼热的火苗，“你用不着这么大惊小怪。我不是告诉过你吗？我有独门的猎杀技。”

尤里呻吟起来。我就着黯淡的月光，开始检查他的伤情。他的背上和腿上有几处咬痕和抓痕，斑驳的血正在渗出。他的臀部还有一处严重的裸露伤口。治疗这样的创伤，玛莫奇卡会用芦荟叶包扎伤口，再敷上她用蜂蜡、檀香和别的神秘成分制成的香树脂。想想它的气味就很治愈。

“你感觉怎么样啊？”我摸了摸尤里脖子上的绒毛。

“很疼，”他哼哼唧唧地说，“很冷。”

“我们还是继续赶路吧，”捕鼠精催促着，“反正也不远了。”

捕鼠精蹲在我的肩上指路。我走在前面，为穿荆度棘的尤里奋力开路。我调动所有的肌肉，可还是全身冰冷。这一处的森林感觉并不友好，似乎一直在阻拦我们。

狂风一直把我们往回推。终于，前面那片尖顶的树丛里，出现了黄色的光。

“停下，”捕鼠精扯扯我的耳朵，尖利的爪子扎进了我的肉里。

“怎么啦？”我没好气地说，“那是安纳托利的一个木屋。”

“不，那不是。”

“那就是。”我试图把他的爪子从耳边拂掉，但又不把他给碰到地上，“只有安纳托利在森林里才有木屋。”

“我闻到了骨头的气味。”说着，捕鼠精嗅了嗅空气。

“那又怎样？你不是说你闻到了饭香吗？”

捕鼠精的爪子使劲地挠着我的耳朵：“你懂什么呀。我闻到的可是人类的骨头味。”

第十三章

鸡脚怪屋

“这不可能是真的。”我一边小声嘟哝，一边扫视那个骷髅栅栏，辨别着它的真假。

“可它闻起来很真啊。”捕鼠精将尾巴紧紧地绕在我的脖子上，“我不该带你们来这儿。我们应该离开。”

我点了点头，却没有动弹。我没法把视线从栅栏上移开。那是一长排的脊骨栅栏，中间靠棒骨串联，顶部固定着头骨。冰凌水从脊骨上滴落，烛光从稀疏的牙齿缝和空洞的眼窝里泻出。

村里的人会讲雅嘎——那些住在长着鸡脚、被骷髅栅栏环绕的

怪屋里的女巫——的故事。在这些故事里，雅嘎会吃掉迷路的孩子，偷走他们的灵魂。可是在安纳托利的故事里，雅嘎与死亡有关，却不吃人。所以我也拿不准，她们是好是坏。

我看着栅栏后面的房子。那是一座小木屋，与我和玛莫奇卡的房子没什么两样。我看不到鸡脚，可是我想象得出玛莫奇卡会怎么反应：她会一边摇头，一边怪我胡说八道。不过，木屋的某样东西还是让我脖颈上的寒毛倒竖。

木屋的门框与窗框弯曲，变成了一张笑脸。接着，它在我的注视下，开始变换表情。

“我们走吧，”说罢，捕鼠精伸出细爪，推了推我的脖子，“我敢说，人骨栅栏绝对不是一个友好的信号。”

可是木屋让我好奇得心痒，而我又巴不得找个暖

和的地方落脚。不过，捕鼠精说得对，骷髅栅栏绝对不是一个友好的信号。

我轻叹一声，转过身去。就在这时，木屋扬起半边木头脸，朝我使了一个眼色。“你看见了吗？”我喘着气问道。可是捕鼠精已经钻进我的衣袋，不见了踪影。尤里背对着我躺在那儿，在轻声呻吟着。

吱呀一声，木屋的门开了。一个女孩走了出来。她年龄和我差不多大，身材瘦小，留着一头黑发，长着一双圆溜溜的大眼睛。我躲在离我最近的那棵树后，屏住了呼吸。

“谁呀？”女孩叫道，“你迷路了吗？需要帮助吗？”

我站在那儿，纹丝不动，巴不得她以为自己出现了幻听，把我当成了一只动物。她看起来普普通通，说话也很和气。可是她住在一个有着骷髅栅栏、会眨眼睛的怪屋里，说不定就是一个雅嘎，而且还可能是那种会吃掉迷路小孩的雅嘎。我埋怨自己没听捕鼠精的话，早点儿离开。

“别怕。”栅栏门哐啷哐啷地开了，脚步声嘎吱嘎吱地朝我逼近。我的心跳加速，像一只振翅飞翔的小鸟。捕鼠精在我的衣袋里瑟瑟发抖，尤里低下脑袋，盯着地面。

如果女孩是一个雅嘎，我应该逃跑。如果她不是一个雅嘎，我也应该逃跑。我可不想让她看见我的双腿。我再也受不了像萨沙那样的反应和萨沙那样的眼神。它们只会印证我与人类世界的格格不入。

女孩靠得很近，近得我能听到她的呼吸。我腿上的肌肉像弹簧一样收紧，然后又松开。我想逃走，却脚下一滑，向后倒去。我的头撞在一棵树上，身体倒在雪泥地里，来了一个结结实实的仰八叉，摔得我脊椎骨生疼，头昏眼花。

“你没事吧？”女孩俯身，朝我伸出了一只手，“我叫艾莲娜。”艾莲娜一定看见了我的熊腿，可是她却显得既不吃惊，也不害怕。她看着我，就像我是一个正常人。她只是灿烂地笑着，一张脸显得格外明媚。不知为什么，她的笑容让我想哭。

骷髅在我身后咔嗒咔嗒作响，木头吱吱嘎嘎移动的声音在森林里回荡。尤里爬了起来。我还以为，要么有棵树要倒下，要么有具骷髅要扑到我身上，要么两件事都要发生。我想跟着尤里爬起来，手脚却不听使唤。我只好闭上双眼，等着暴击。

有光晃过我的眼皮，却没有东西将我击中。我睁开了眼睛，却又吓得不住地退缩。我看见，木屋的一扇窗户不偏不倚，正好悬在我的头上！

“你这是干吗？”艾莲娜低声呵斥着木屋，“又要惹事吗？！”

木屋开始摇晃，一个巨大的黑影笼罩了我。那是一只大脚，像鸟爪一样布满鳞片，却是木头质地。它正横冲直撞地朝我奔来。

“停下，你这个卑鄙的女巫之家！”捕鼠精蹿上我的肩膀，亮出了牙齿。

大脚有点儿迟疑。它伸出一个爪趾，捅了捅我的腿部。我全身一颤，顺势来了一个翻滚。可就在这时，大脚其余的木头爪趾岔开，缠在了我的腰上。大脚攥着我，把我拎起，仿佛我没有了重量。我不由得尖叫起来。恍惚间，我只知道捕鼠精怒吼着，在攻击木屋的脚踝。

“这是怎么啦？”上面的门廊里传来了一个老妇人的声音，“怪屋，放下那个女孩！”

我脑袋旋转着，从空中飞向门廊的台阶。我降落了，地板居然不可思议地拱起，把我稳稳地托住。灰白色的斑点模糊了我的视线，我不由地发出一声呻吟。我不要昏倒。我不能昏倒。现在不能。这是一栋长着鸡脚的怪屋，这是雅嘎——那些吃掉迷路的孩子并用他们的骨头做成栅栏的女巫——的家。我想象着，自己的骨架也变成了栅栏的一个部分。就在那怪异又寂静的一瞬间，我居然很想知道，在这样的骷髅栅栏里，自己超大的骨架到底会显得很和谐，还是显得很另类，就像我在生活中一样。这时，捕鼠精咬了咬我的耳朵，把我拉回到了现实中。

“我们应该是来引渡亡灵的。”说着，雅嘎妇人用扫帚捅了捅门廊的顶棚。她又矮又胖，戴着一个骷髅头图案的头巾，一脸愠怒的神色。“你应该吓跑那些活人，而不是把他们捡回家，放在家里的门廊上。你什么时候才能不被这些乱七八糟的小事分心，正儿八经地承担起雅嘎之家的责任呢？”

“她需要救助。”艾莲娜来到我身边，一只手放在了我的胳膊上，“她冻坏了，全身湿透。看看她的麋鹿，他在流血呢。”

尤里躺在门廊的台阶下，正不住地哀号。我不清楚发生了什么，只知道尤里并没有走向木屋，而是木屋走向了尤里！我抱着脑袋，不让它继续眩晕。也许这一切都是我的幻觉。只要紧紧地抱住头，我就会在床上醒来，没有长出过熊腿，也不会发生这一切。

“我的精灵啊。”雅嘎妇人俯身看着我，不由得皱起了眉头。“不管她先前怎么样，反正现在她的情况更加恶化了。你那双大鸡爪抓挠起来，谁受得了啊。艾莲娜，快去拿些热茶和毛毯。至于你……”她抬头瞪着木屋，“还不赶紧再把那扇门打开。总得等我引渡完才能让她进屋啊。”

一听到要我进屋，我吓得就像怀里揣着一只兔子，心脏开始扑通扑通地乱跳。万一我在这儿被雅嘎吃掉，把命丢在了深山老林里，那可怎么办？

第十四章

艾莲娜

雅嘎们进屋了，我挣扎着想坐起来，却感到燥热难受。我眼前一黑，又瘫倒在地上。体力不支让我恼羞成怒，脸颊发烫。

“加油，人类小妞！站起来！”捕鼠精一边说，一边推着我的脖颈，仿佛他凭一己之力，就能把我托起。我又坐了起来，可是两条腿却不听使唤。

“放心好了，”捕鼠精站在我的肩上，牙齿和爪子都做好了进攻的准备，“你没法逃跑，我会保护你的，一直到你能跑能跳为止。”

我想起了捕鼠精大战狼群的情景，忍不住笑了。我慢慢地呼出一口气，一心一意地活动着自己的双脚。突然，一只脚抽筋了，疼得我差点儿大叫起来。

门廊上的栏杆随即弯曲，托住了我的后背。一根纺锤状的木柱弹出，伸到我的手边，冷不丁地开出一捧明艳的白色花朵。我看着花朵，一头雾水，只能不住地眨眼。

“哎哟，怪屋喜欢你呢。”艾莲娜开心地笑着，急匆匆地回到了门口。只见她头上顶着一个盆子，胳膊下夹着毛毯，手里端着一个热气腾腾的托盘。她在门廊上放好东西，用在火边烘过的毛毯裹住了我的上身和双腿。我的脚痛开始缓解，身体也渐渐有了知觉。

我盯着艾莲娜，说不清是感到害怕还是心怀感激。她盖好毛毯，倒了一杯茶，然后递给了我。我摇了摇头。谁知道她是不是一个笑面虎，早已在茶水里下好了毒药。

“你的麋鹿怎么啦？”艾莲娜一边询问，一边拿起了盆子和一小筐蘑菇。她慢慢地朝尤里靠近，一只手抚摸着他的脖子，一只手把蘑菇放在了他的鼻子下面。我还没来得及阻止，尤里就开始狂吃起来。“是狼干的吗？”说着，艾莲娜从盆里拿出一块布，开始给尤里清理伤口。尤里停止了哀号，变得非常安静。这种情形让我怀疑，艾莲娜是不是对他施了巫术。

“她看起来并不危险啊，”捕鼠精对我耳语道，“我把大家领到这儿，说不定还是一桩好事呢。”

屋顶点头表示附和。

“你们的房子——”我不假思索，脱口而出，却又马上闭上了嘴。我还拿不准，自己该不该和一个女巫说话。

“我们家的房子有点儿另类，”艾莲娜笑着说，“抱歉吓着你们了。它年纪轻，还在学习怎么为‘房’处事来着。”说罢，她离开尤里，走到我身边，坐在了门廊的台阶上。“我们本该在森林里深居简出，可是怪屋耐不住寂寞啊。都怪它太热情太好事了，老是惹得妈妈不高兴。”

“你们是女巫吗？”情急之下，我问了一个不该问的问题。

“不是，”艾莲娜摇了摇头。“反正不是你们心里想的那种啦。我们不会把你给吃掉的，”她眨了眨眼，“我保证。”

我瞅了瞅那个骷髅栅栏。

“哦，那些骷髅啊，都是一些老玩意儿啦，”艾莲娜笑着说，

“它们是老辈人传下来的饰品，专门用来召唤亡灵的。”

“召唤亡灵？”我全身掠过一阵寒意，后悔自己没有接过那杯热茶。要是手里有个热乎乎的东西，那该有多好啊。

艾莲娜看了看房门，凑到我跟前。“我们会把亡灵引渡到星星上，”她小声说道，“不过这个要保密哦。千万别让我妈知道，是我告诉你的。”

我缓缓地点了点头。我不确定什么是引渡亡灵，可是看到艾莲娜笑得那么自在，我实在不能想象，它会是一件坏事。

音乐在屋里响起，多姆拉激越的琴声应和着节奏明快的舞步。随着木屋有节奏地起伏，骷髅栅栏开始嘎嘎作响，鬼火忽闪的头骨也不住地摇摆。一扇窗户滑开，飘来了浓郁的奶油香味，勾得我的肚子咕噜咕噜地直叫。

“你饿了吗？”艾莲娜问我。我随着她的目光转向托盘。除了热茶，托盘上还有一碗奶油蘑菇汤、几条鱼卷以及一片厚厚的黑麦面包。

“我先来尝尝啊。”捕鼠精跳下我的肩膀，冲向托盘。

“哇！黄鼬！他是你的宠物吗？”艾莲娜扯下一小块面包，放在了捕鼠精面前。

“我才不是谁的宠物呢。”捕鼠精沉着脸说。

“他好可爱哦。”艾莲娜赞叹着，显然没有听懂捕鼠精的吱吱叫唤。她的手指悬停在半空，像是要去抚摸捕鼠精的后背。不料捕鼠精却龇牙咧嘴，越过那块面包，从盘子上叼起了一条鱼卷。

“好吃好吃，”捕鼠精咕哝着，“你真该吃点儿。”

因为还是没法确认安全，我犹豫着。就在这时，一只狗蹿出木屋的前门，奔到了艾莲娜的脚边。

“狼！”尤里尖叫道。

“那不是狼，是狗……”话没说完，我却惊讶得下巴都要掉了，“怎么是安纳托利的内萨？”我立刻警觉起来。安纳托利一定是被雅嘎给吃掉了！因为他和狗狗们从来都是形影不离来着。“你把安纳托利怎么了？”我喝问道。

“她没把安纳托利怎么样。”内萨转着眼睛，把头放在了艾莲娜的腿上，“艾莲娜，还有她的妈妈，都是安纳托利的朋友。”

“你认识安纳托利？”艾莲娜问道。她一边拨弄内萨的耳朵，一边俯下身去亲吻他的鼻子。

“认识，他是我的——”我寻思着合适的字眼，却没有找到，“你是怎么认识他的？”我还是觉得可疑，就把问题给抛了回去。安纳托利从没告诉过我，他在森林里还有朋友。

“打我记事起，妈妈和安纳托利就做了朋友。他出去探险的时候，经常把狗狗托付给我们照顾。他喜欢给自己的熊孩收集故事——”说到这儿，艾莲娜睁大了眼睛。“你就是那个熊孩，对吧？”她低头看着我的双脚，涨红了脸，“我早该猜到了。都怪我被那些杂事分了神，先是你摔了一跤，接着是房子乱跑，然后又是你的麋鹿……原来你就是燕卡。”她笑了：“我一直都想认识你呢。安纳托利经常说起你来着，感觉我们就像一家人呢。”

我闷闷不乐地皱着眉头：“他怎么没在我跟前提过你们呢？”

“这个啊，他不能提呗。我妈妈让他做过承诺。因为要引渡亡灵，雅嘎——也就是住在我们这种房子里的人——行事都非常隐秘。”说到这儿，艾莲娜的眼睛一亮，“那么，安纳托利一定给你讲过不少故事喽？”

我点点头，想起了安纳托利讲过的那些鸡脚怪屋的故事。他说故事是真的！

“我好想听一个故事啊，”说着，艾莲娜又倒上一杯茶，然后递给了我，“我可以告诉你故事的哪部分是真的。”

这次我接过茶，喝了一小口。随着热流涌入全身，我舒了一口气。“我正好有个现成的故事，叫作‘熊皇与雅嘎’。”我抬起头，怀疑艾莲娜是不是听说过人变成熊这种奇事。

“我还没听过这个故事呢。”艾莲娜微微一笑，靠在了门廊的栏杆上。

捕鼠精一直在吃那条鱼卷。此时此刻，他吃完鱼卷，抹抹胡须，打起了响嗝。内萨，尤里，还有木屋前面的窗户，全都眼巴巴地转向了我。于是，我照着安纳托利的样子，开始讲述：

“从前啊……”

熊皇与雅嘎

从前啊，熊皇，那个森林之王，在高耸入云的松林里发现了一座破败的城堡。它金色的穹顶上色彩斑驳，富丽堂皇的大厅里荆棘丛生。

熊皇皱起了那双粗大的浓眉。城堡感觉很熟悉，可是他却不知道原因。这也难怪，他上了年纪，记忆力也在衰退。于是他躺下来，爪子托着下巴，陷入了回忆。

画面在他的脑海里一一闪现：与一个妇人翩翩起舞，给一个小孩讲述故事。熊皇觉得，自己，还有自己的妻子和孩子，曾经在这儿住过。不过，那是什么时候，现在他的妻儿又在哪儿，他却记不得了。

熊皇渴望找到真相。于是，他迈动巨大的熊爪，走向森林最幽深的地方，向隐居在那儿的雅嘎求助。雅嘎是一个女巫和圣人，据说拥有所有逝去灵魂的智慧。

“别去！”鸟儿们叫道，“芭芭雅嘎的铜牙铁齿会把你咬得粉身碎骨！”

“我的毛皮比钢铁还硬，”熊皇大笑道，“她不可能把我咬得粉身碎骨。”

“别去！”树精们哀号道，“芭芭雅嘎的煮锅能烫死十只熊！”

“我堂堂一个熊皇，二十只熊加起来都没有我强大。她不可能把我塞进那口煮锅。”

“别去！”狼群号叫道，“芭芭雅嘎会偷走你的灵魂，把你送到另外一个世界！”

“我已经老了，”熊皇叹息道，“反正我的灵魂很快就要离开这个世界了。可是在我离开之前，我想知道自己的前尘往事。”

在一道骷髅栅栏前，熊皇停下了脚步。

骷髅栅栏的后面，一栋长着鸡脚的怪屋站了起来，转身面对熊皇。它的窗户像眼睛一样眨巴个不停，它的房门像极了一个打着哈欠的嘴巴。

一个雅嘎走了出来。她的双腿骨瘦如柴，牙齿歪歪扭扭。“你想干啥？”她呵斥道，“我可没时间浪费在笨熊身上。”

“求求您了，亲爱的雅嘎，请帮我找回生活的记忆。我相信我有过妻儿，我想知道他们怎么样了。”

雅嘎的眼里闪着好奇的光。“如果你拥有的不仅仅是一只熊的灵魂，那么我就能帮助你回忆。”吱呀一声，栅栏上的一道门开了，雅嘎举起了一只手，“慢着，我的要价很高哦。我做的是死亡与灵魂的交易。只要你进了这栋房子，你就休想再出来了。”

熊皇回头，望着密林深处。他爱那些窃窃私语的树木，他爱那些吵吵闹闹的动物，可是他知道，自己该做一个了断了。他转身面对雅嘎，点了点自己那颗硕大的脑袋。“我准备好了。离开之前，我只想回忆。”

门廊的地板在熊的重压之下吱吱作响，木屋的房门洞开，迎接熊皇通过。房子里很暖和。一口大得足以烫死十只熊的煮锅，在火上冒着气泡。

“坐吧。”雅嘎指了指从地下冒出的一张椅子。那张椅子变啊变啊，一直变得够宽够大，变得足以承受熊皇的体重。熊皇坐下，安置好了自己那身老骨头。雅嘎给他拿来了一碗格瓦斯和一筐浆果。他吃啊喝啊，直到肚皮吃得滚圆。

这时，雅嘎开始弹奏一把古斯里琴。音乐在五弦琴上流淌，像雨点敲击着鹅卵石小溪的水面。记忆犹如银子溪夏日清澈的河水，涌入他的脑海。他看见了森林边的木屋，闻到了被砍树木的新鲜汁液，想起自己曾经是一个樵夫。他听见了妻子在唱歌，感觉到了儿子柔软的脸蛋在蹭自己的脸颊，想起自己曾经是一个父亲，温暖而快乐。

接着，他看见了森林之魂的神椴树，想起了自己无度的索求。他为自己的贪婪懊悔得锥心刺骨，为自己背负的变形诅咒气愤得怒火中烧。

他看着儿子为了摆脱诅咒而离家出走，进入人类的世界，禁不住热泪盈眶。他看着妻子伤心欲绝，独自爬向一个高高的山洞，却也无能为力。

雅嘎停止演奏，抓起了熊皇的一只爪子。

“我想起来了，”熊皇轻声说道，“我全都想起来了。”他回忆着，巨大的身躯瑟瑟发抖，心里有失去与懊悔的苦涩，也有宽容与挚爱的甜蜜。

“那么我们该走了。”说罢，雅嘎将熊皇托起。熊皇觉得自己像春风一样轻盈；他扭头，看见自己巨大的躯体一动不动地躺在椅子里。他低头，看见自己那双伐木的手上布满了老茧。婚戒在他的手指上闪耀，儿子编织的树皮手环在他的手腕上轻晃。

“你带什么去星星那儿呢？”雅嘎一边询问，一边领着熊皇穿过房间，走向奔赴另外一个世界的大门。

“对妻儿的记忆。”说罢，熊皇微微一笑，跨过那扇大门，永远消失在了那团星光闪耀的黑暗之中。

第十五章

女巫瓦伦蒂娜

“你瞧，我们雅嘎没有铜牙铁齿，我们不吃熊肉，也不偷人灵魂。”说着，艾莲娜咯咯地笑了，“不过，故事有些地方还是真的。人们在穿过那扇大门，飞升到星星那儿之前，雅嘎确实会帮助他们回忆往事，品味人生。这就是引渡亡灵。至于熊皇的那部分故事，我没听说过，也不知真假。不过，我妈妈说不定知道哦。”

木屋的前门开了，雅嘎妇人走了出来。“终于引渡完了，”她夸张地吹了吹嘴唇，“刚才在房间里的所有人。”她双手贴着大腿，看了看外面的黑夜，又低头瞅了瞅我。“有你在这儿，我觉得不会再有人出现了。”

“这位是我的妈妈瓦伦蒂娜。”艾莲娜抬头看着自己的妈妈，“这位是燕卡。安纳托利的燕卡，你知道的。”

瓦伦蒂娜皱起了眉头：“你一个人跑到森林里干什么？你妈妈玛莫奇卡会担心死的。”

一提到玛莫奇卡，我的胃便开始痉挛。“我长了熊腿，”我支支吾吾地说，“我不得不——我是说，我——”

瓦伦蒂娜低头看着我的腿，脸上绽放出一个灿烂的微笑。“熊腿啊！”她惊叹道，“简直太棒了！”

我摇摇头，完全蒙了。

“还不知道燕卡想不想要熊腿呢。”艾莲娜看看我，又看看自己的妈妈。

“干吗不想要啊？”瓦伦蒂娜歪着头说，“它们多棒啊！它们是大森林的一个礼物，是世上万般神奇的一个提示。你怎么会不想要它们呢？”

“因为我是一个人类吧？”我对自己的身份不再笃定，声音变得有些飘忽。

“你是不是人类，关键不在于你的肉体，而在于你的心灵。”瓦伦蒂娜从地上拿起一块毛毯，把它裹在了我的肩上，“好啦，你还是先进屋暖和暖和吧——身体和心灵一起。艾莲娜，你搭把手，把麋鹿弄到门廊上，再给他盖好毛毯。他好像也需要一个温暖和干燥的地方歇息。”

“他叫尤里，”赶在瓦伦蒂娜带我进屋之前，我急忙交代艾莲娜，“麋鹿的名字叫尤里。”

屋内，安纳托利的另外几只狗狗——巴彦、彼得和卓娅——正在熊熊燃烧的火炉前面酣睡。看到他们，我对雅嘎最后的隐忧消失得无影无踪。只有在感到安全的情况下，安纳托利的狗狗们才会这么放松——只要他们觉得安全，那么我也会平平安安。

这时，壁炉架向上弯曲，变成了一个灿烂的笑容。脚下的地板也开始滚动。我只能站在那儿，摇来晃去。即便是经历了这么离奇的一切，可是一想到一栋房子能活蹦乱跳，我还是禁不住抓狂。

瓦伦蒂娜打开了一间小卧室的房门：“你在这儿脱掉湿衣服，我去把它们烤干。架子上的毛毯给你裹身体用。我再去沏些茶来。”

瓦伦蒂娜把我单独留在房间里脱衣服。我腿上的皮毛又湿又冷，我胳膊上的皮肤发黏发皱。我把自己的身体擦干，然后裹在大块的羊毛毯里——感觉真好。

他们在火炉那儿给我预备了一张椅子。我缩在椅子里，任由热浪在我周身畅游，听凭困意让我昏昏沉沉。房间的另外一头有张餐桌，上面摆着足够二十个人享用的美味佳肴，却不见了之前我听到的那些又是说笑又是跳舞的宾客。“您的客人去哪儿啦？”我问瓦伦蒂娜，心里却在怀疑，那些客人是不是真的就是被引渡到星星上的亡灵。

“他们从另外一个门走了。”说罢，瓦伦蒂娜又是给我倒茶递水，又是从桌子上给我端来各种各样的可口菜肴。曾经馋得我肚子咕咕直叫的奶油蘑菇汤，就像它的气味一样鲜美。还有松软的黑面包，酿椰菜卷以及油炸土豆馅饼。瓦伦蒂娜说，所有的菜都要吃干净。什么都好吃，我吃饱喝足，顿时觉得自己变得更加身强力壮。我放松肌肉，嘴角扬起一个微笑。

艾莲娜费了好大的功夫，才哄得捕鼠精开动她手上的鲑鱼。可是他一注意到我在看他，便鼻子冲天，扬言说自己要去捉老鼠了。他沿着墙角线嗅来嗅去，直到木头上的一个节疤裂开，变成一个老鼠大小的地洞。捕鼠精朝地洞里张望了一番，这才小心翼翼地钻了进去。

没过多久，捕鼠精就忙着从地洞里跳进跳出了。地洞随着他奔跑的节奏快速开合，引逗得他又兴奋又沮丧，一直咆哮个不停。长满苔藓的土丘在他四周起伏，细小的树苗向上拉伸，然后趁他不注意的时候，猛戳他的肩膀。

“玩就玩得光明正大。”瓦伦蒂娜抬起头，朝着椽子瞪了一眼。随着木屋的一声轻叹，捕鼠精身后的树苗缩回到了地板里。

“我还从没见过这样的房子呢。”我小声嘟哝道。

“你当然没见过了。”瓦伦蒂娜笑着说，“我真心希望，在以后的很多很多年里，你都不要再见到这样的房子。只有死人才会来雅嘎的家里做客。”说罢，瓦伦蒂娜歪着头，一动不动地盯着我，直看得椅子上的我心神不定，坐立不安。“你长得像你的妈妈。”她最后说道。

“玛莫奇卡吗？”我皱起了眉头。我长得压根就不像她。

“不是，”瓦伦蒂娜大笑起来，“是你的生母。”

我睁大了眼睛：“您认识我的生母？”

“我见过她一次，”瓦伦蒂娜点着头说，“在她去世以后。”

瓦伦蒂娜的话像石头砸在我的胸口。“在她去世以后？”我重复着，心里却只有一个指望，我也许听错了她的话。我一辈子都在苦苦追寻自己的生母，想知道她是谁，她为什么会把我遗弃在山洞里，有一天我会不会与她重逢。我对她一无所知，甚至不知道她是生是死，可是这也意味着，一切都有可能。

现在可好，我打听到的第一个消息却是她已经过世。这个消息让我心痛。

艾莲娜坐在我身边，一只手放在了我的胳膊上。

“我把纳斯塔西娅的亡灵引渡到了星星那儿，”瓦伦蒂娜点着头说，“大约在十二年前。”

“纳斯塔西娅？”我伸手去摸箭头项链，“安纳托利故事里的纳斯塔西娅公主？”

“公主？”瓦伦蒂娜吃吃地笑着，摇了摇头，“安纳托利讲故事啊，就没有不添油加醋的。纳斯塔西娅不是什么公主，她是你的生母。她很坚强，很勇敢，也很善良。如果安纳托利给我说的都是实话，你们俩很像。”

“她是怎么死的？”我轻声问道。

“她与斯迈，也就是那条北方火龙，打完一场恶战，便来到了我这儿。”

“那么斯迈是真的了？”箭头项链从我的手里滑脱，割伤了我的拇指。伤口刺痛不止，这才让我觉得，自己不是在做梦。

“斯迈是真的，而且很危险。”瓦伦蒂娜眉毛低垂，眼里阴影重重，“他满腔怒火。”

“为什么我的生母要和他作对呢？”

“为了救你的爸爸呗。当时他被困在了斯迈的洞穴里。至于你妈妈和斯迈之间的那场恶战，想必安纳托利已经给你讲过了。”

我点点头，想起了安纳托利故事里的所有细节。纳斯塔西娅的丈夫——我的爸爸——掉进了火龙喷出的滚滚烈焰。纳斯塔西娅伤心欲绝。斯迈在空中翻腾，扑向纳斯塔西娅……

我目不转睛地盯着火炉，暗自思忖：难道我的父母真的是被一条火龙所杀？

我心潮澎湃，就像融化的河水裹挟着坚冰的旋涡。我不知道，我是该怀疑这个故事，还是该为我的父母悲伤，还是该对一个我从没见过的生物感到怒不可遏。我甚至不知道火龙是什么东西。

“也许安纳托利的故事有些浮夸，但是它们真实。”说着，瓦伦蒂娜捏了捏我的手，“你的妈妈英勇作战，却不幸身亡。”

一滴眼泪在我的面颊上滑落。就在我抹眼泪的时候，一条藤蔓从椽子上垂下，用一种奇怪的拥抱姿势，揽住了我的肩膀。

“然后，你的妈妈来到了我这儿，”瓦伦蒂娜自豪地环顾着房间的四周，“我们俩又吃又喝，又唱又跳。最后她鼓起勇气，去了星星那儿。她深爱着你，唯一的遗憾就是不能看着你长大。”

“她爱我？”我的心里，某个坚不可摧的东西开始瓦解。我转身面对瓦伦蒂娜，想看看她的眼里有多少真诚。可是我泪眼婆娑，她一团模糊。

“那还用说？她爱你，就像星光照亮夜空一样，不容置疑！”瓦伦蒂娜笑眯眯地说。刹那间，我胸口发胀，一颗心几乎就要爆炸。“她舍不得你，可是她知道，你的奶奶会照看你。”

“我的奶奶？”

“对，那个熊后。”

我张着嘴，却说不出话。

“你没事儿吧？”瓦伦蒂娜关切地看着我。

“熊后是我的奶奶？”

“她当然是啦。”瓦伦蒂娜咯咯地笑着说，“你不是要去她那儿吗？你不是要向她讨教熊腿的秘密吗？”

“我是要去熊窝那儿来着。”我点了点头，“可是我并不知道，熊后就是我的奶奶。”那些关于神树、诅咒、熊与火龙的传说在我的脑海里一一闪过，把我兴奋得脑袋嗡嗡作响。我就要知道自己的身世了。“熊后就是我的奶奶……”我重复着，玩味着这些字眼，想知道它们的滋味、它们的感觉。我没有被遗弃在熊窝，而是被托付给了自己的奶奶。“那么，熊皇是……”

“是你的爷爷。”瓦伦蒂娜点着头说，“我把他也引渡到了星星那儿。”

“那么他们的孩子，那个被诅咒要变成熊，却打破诅咒变成人的孩子是……”

“是你的爸爸。”瓦伦蒂娜又点了点头。

瓦伦蒂娜的话像焰火，在我的心里投射出大片的阴影。“那么，就是因为家族所背负的诅咒，我的腿才变成这样的吗？”

“你完全可以把它们当成一个礼物，而不是一个诅咒。”瓦伦蒂娜笑着说。

我低头看着自己的双脚。可是一想到玛莫奇卡夸张的笑容，还有萨沙惊恐的神色，我又禁不住皱起了眉头。“那么，我命中注定是一只熊呢，还是一个人呢？”

“这个问题，只有你自己才能回答。”瓦伦蒂娜笑了起来，“不过，要是你想多了解一些做熊的经验，去找你的奶奶倒是一个不错的主意。”

就在这时，木屋开始摇晃。瓦伦蒂娜差点儿摔倒，我也急忙抓住了椅子的扶手。可是椅子却拖着我，在地板上胡乱滑动。安纳托利的狗狗们醒了，开始对着屋顶的椽子狂叫。骷髅栅栏在咔嗒咔嗒作响，尤里在外面的门廊上不住地尖叫。

“怪屋，你给我坐下！”瓦伦蒂娜吼道，“没有谁说过我们要去哪儿啊。”

可是木屋只顾上蹿下跳。碗碟从桌子上滑落，砸在地板上。

“怎么啦？”我急忙追问，声音却淹没在了一片嘈杂里。

“快来看啊！”艾莲娜叫道。她示意我走向一扇开着的窗户。我踉踉跄跄地走过倾斜的地板，挨着她跪下，趴在了窗台上。外面，森林正飞驰而过。一根树枝撞在墙上，把我吓了一跳。

“没事儿。你瞧，”艾莲娜指了指下面，“怪屋在走路呢。就是这样。”

遥远的下方，地面在黑暗中隐约可见。木屋正迈动鸡爪，小心翼翼地在树林里穿行。只见它伸长鸡脚，把我们朝着高处托举。我们越过积雪覆盖的树梢，看见了一轮明月，圆润而清朗。

我的心跳随着木屋的加速而加快，我的身体随着木屋的跳跃而飞升，轻盈得就像没有了重量。艾莲娜兴奋得不住地尖叫，我倒抽了一口冰冷的空气。我感受到了锤子的重击，一下一下又一下。

“怪屋，你给我停下！”瓦伦蒂娜用扫把捅着木屋的椽子。只见她满脸通红，头巾都松开了。“你什么时候才能长点心，不这么意气用事呢？”

捕鼠精跳上了我的肩头。“我知道怪屋要去哪儿。”他冲着我的耳朵颤悠悠地说。

“哪儿啊？”我大喊道。风在我的毛发间鼓荡。

“我给怪屋说了，我们是来森林里捉鱼的。这不，它正带着我们去捉鱼呢。”

我爆发出一阵大笑。尽管我不是为了鳕鱼而来；尽管我刚刚知道，我的爸爸妈妈被一条火龙杀害，而我的奶奶是一只老熊；尽管我还不清楚，自己命中注定是人是兽……可当我得知，我的生母爱我，森林拥有魔力，安纳托利的故事包含着真相，我还是觉得不可思议。感觉就像是每逢山穷水尽的时候，你却又看见了柳暗花明。

“我们在沿着银子溪走呢。”说着，艾莲娜指了指月光下的一弯河水。只见它波光粼粼，在树林里静静地流淌。不过，我还看见了远处的一样东西——蓝山，我奶奶的洞穴所在的蓝山。这时我才意识到，我们正朝着蓝山的方向前进。我禁不住打了一个激灵。

“怪屋，你给我停下！”瓦伦蒂娜又开始一边喊叫，一边猛捅房顶的椽子。可是怪屋却不断加速，一路飞驰而去。尤里停止了尖叫，安纳托利的狗狗们变得安静。艾莲娜坐在我身边，面带微笑，欣赏着呼啸而过的风景。

瓦伦蒂娜继续对着木屋喊叫，可是我并不想要怪屋停下。我希望它带着我奔向未来，让我知晓自己身世的所有故事和所有秘密。

第十六章

捉鱼

银子溪一处安静的河湾上，有栋小木屋。房子停在了它的对面。雾霭从水面上升起，在月光下闪动。西边，蓝山的冰峰闪耀着折射的星光。

我站起来，迫不及待地要去寻找奶奶："谢谢你们啦。谢谢你们的款待，谢谢送我这一程——"

艾莲娜把手指放在嘴唇上，指了指瓦伦蒂娜。她在火炉边的椅子上睡着了。

"我得走了。"我小声说。然后，我跨过破碎的碗碟，绕过酣睡的狗狗们，去取晾衣架上的衣服。

"我认得这个地方呢，"捕鼠精颤声说，"这是捉鱼的最佳地点。"说罢，他跳出那扇敞开的窗户，蹿进了茫茫黑暗之中。

我从喉咙里发出一声介于呻吟与咆哮之间的喊叫。

"怎么啦？"艾莲娜听不懂捕鼠精的话，开始发问。

"捕鼠精跑去捉鱼了。"我连忙穿上裙子、套头衫和外套，"我可不想把他丢在森林里。我得去找他。"

"我来搭把手吧。"艾莲娜默默地跟着我，然后又停下，从衣帽钩上取下一条披肩和一条头巾。房门在我们面前旋开，我们走进了凛冽的寒夜。

银子溪在我们的身边汩汩流淌。这里，只有一条细细的冰带固执地守着河岸。月亮和星星在水里浮动，把镶着银边的阴影抛入黑夜。

我离开房子，向前走了几步，倾听着捕鼠精的声音，却只听到了河水的流动，还有尤里从门廊上发出的鼾声。“捕鼠精！”我压着嗓门小声叫着，生怕吵醒了尤里和瓦伦蒂娜。

“人类小妞！”前面小木屋的黑色轮廓里，传来了捕鼠精的声音。这一定又是安纳托利的一栋木屋。它的窗户没有灯光，烟囱没有炊烟，说明没人在家。这下我高兴了。因为此时此刻，我只想确保捕鼠精的安全，然后就是去寻找奶奶。

“捕鼠精！”我又喊了一声，便循着他发声的方向追踪而去。艾莲娜跟在我的身后，紧裹披肩，阻挡着潮气的侵袭。怪屋想偷偷地尾随我们，不料却闹出吱吱嘎嘎的响动。艾莲娜转身，瞪了怪屋一眼。那个眼神让我想起瓦伦蒂娜。怪屋见了，立马趴下，皱起了房顶额头。

“在这儿呢。”捕鼠精颤悠悠地回答。木屋的一侧放着一只倒扣的独木舟，我在上面看见了他的身影。“你们可以用这个看我到河里捉鱼哦。”

“我们现在不能去捉鱼。我要去熊窝那儿。”说罢，我朝捕鼠精招了招手，可是他没有动弹。

“月光下捉鱼最来劲了。”捕鼠精说着，兴奋得浑身发抖。我这才意识到，我进入森林，是为了解开自己的身世之谜；但是捕鼠精进入森林，确实是为了捉鳕鱼尝鲜。

“明晚我们也可以捉鱼啊。”我提议道，“再说了，你在房子里吃了那么多的鲑鱼，不可能就饿了啊。”

“你是在和捕鼠精说话吗？”艾莲娜睁大了眼睛。

我点了点头：“自从长了熊腿，我就听得懂他说话了。”

“好神奇啊。”艾莲娜开心地笑了，“真希望我也懂兽语。他都说了些什么？”

“你告诉她，只要她用心听，她也能听懂，”捕鼠精气得直吹胡子，“还有啊，搅黄别人捉鳕鱼的好事，这也未免太没礼貌了吧？”

“他在大谈特谈鳕鱼呢。”说罢，我抬头望着蓝山，叹了一口气。我的双脚迫不及待地想要爬山，可是捕鼠精却睁着那双亮晶晶急火火的眼睛，看看我，又看了看河水。为了弄清自己的身世，我一生都在等待。所以我觉得，现在为了捕鼠精，我还能再多等一会儿。“你说说看，你怎么去捉鱼呢？”我问捕鼠精，“安纳托利送给我们的鳕鱼都很大，大得都能吃掉你呢。”

“我们这一路走来，你居然还怀疑我捉鱼的本领？”捕鼠精愤愤地哼了一声。然后他跳下独木舟，朝着河水奔去。“快点儿，人类小妞。带上那只小船啊。”

我扛起独木舟，转向艾莲娜：“你要看捕鼠精捉鱼吗？”

“要啊要啊。”说罢，艾莲娜从屋檐下的铁钩上取下一只船桨和一把五齿鱼叉，跟着我朝河边走去。

“那个篮子有什么用呢？”艾莲娜问道。

我把独木舟放进河里，注视着那个铁丝篮。它被烟火熏得通体发黑，悬挂在船头的一个木杆上。我想起了安纳托利给我说过的话：“淡水里的鳕鱼喜光。篮子一定是照明用的”。

“这个我在行呢，”说罢，艾莲娜匆匆离去，带回一个头骨。“从骷髅仓库里弄来的——只要怪屋一有动静，栅栏上的骷髅就会躲进那儿。”她点燃头骨里的蜡烛，然后连同头骨一起放进了篮子。“这样行吗？头盖骨应该能挡点儿风，预防蜡烛被吹灭。”

“简直棒极了。”我点点头，却尽量控制着自己，不去冲着那个瘆人的发光头骨做鬼脸。

“你们快点儿啊。”捕鼠精在船头吆喝着，“我都闻到鳕鱼味了。”

我上了独木舟。船身有些吃水，却很平稳。艾莲娜跟着我上去，把独木舟推离了河岸。于是，我们听凭水流载着我们，漂向河中央。

捕鼠精趴在船帮上，脑袋探听着水里的动静。他身上的毛发闪着金光。

“它们来啦，”他咕咕地叫着，亮出了牙齿，“一条肥鱼进了头骨照明灯的光圈。”

“他说什么？”艾莲娜悄声问道。

“他看到了一条鱼。”说着，我伸手去拿鱼叉。不料捕鼠精却转身，瞪了我一眼。

“我自己会捉鱼。”捕鼠精沿着纤细的木杆，朝着篮子爬去。他发出一声尖叫，音量之大，前所未闻。

一只大鸟挥动着如同我身体一般大小的翅膀，从黑暗中扑了下来。它张开长长的爪子，攫住捕鼠精，消失在茫茫黑暗之中。

河水拍打着船舷；我的身体在摇晃，思绪在纠结。捕鼠精不能走，他不能这样走。冷风钻进我的衣领，在他经常蜷缩的地方打旋。

“这是什么……”艾莲娜的声音在渐渐消散。

我倾听着寂静的夜，终于听到一声细小而遥远的尖叫。叫声越来越大，开始在我的耳边回荡。就在这时，大鸟冲出黑暗，朝着我们飞来。原来是一只猫头鹰——我见过的最大的一只——长着一双明亮的黄色眼睛，还有两撮乱蓬蓬的耳羽簇。它飞到独木舟的前方开始俯冲。我看见，捕鼠精骑在它的背上，正高昂着头，咧嘴大笑。我如释重负。

“那一条！”捕鼠精喊道。他抓着猫头鹰的耳羽簇，好像在指引方向。他们一路向下侧飞，立马就不见了踪影。一阵水花，接着又是一声尖叫。猫头鹰回来了。只见它飞到独木舟的上方，从爪子里丢下一条巨大的鳕鱼。鱼儿扑通一声，掉在了我的脚边，胡乱地甩着水珠。

“我们要捉多少条鱼啊？”捕鼠精喊道。他扯着猫头鹰的耳羽

簇，指引着它转向和折返。

“简直太神奇了！”艾莲娜一边尖叫，一边鼓掌。

我看着脚下的鳕鱼。它有我的前臂那么长呢。“这就够多了。”我追着捕鼠精喊道。

猫头鹰盘旋着，毫不费力地又从水里抓起了一条鱼。他降落在船头，压得船头先是下沉，旋即又浮了上来。捕鼠精跳下猫头鹰的后背，开始了花式吹捧：“这位就是布莱基斯顿，会捉鱼的猫头鹰。我给你说过的，我怎么骑在他的背上，飞了整整三天三夜。这位是和我一起生活的人类小妞，燕卡。这位是我们新交的朋友，艾莲娜。她是一个雅嘎小妞，住在一栋长着鸡脚的房子里。”

“很高兴认识二位。”布莱基斯顿的嗓音低沉而滑腻。

“我也是。”我

点了点头。

“这位是布莱基斯顿。”我向艾莲娜做着介绍。

“你听得懂我说的话？”布莱基斯顿的脑袋转向了我，“能听懂森林动物语言的人类可是很少见哦。”

“我的人类小妞学会了倾听。”捕鼠精骄傲地挺起了纤小的胸膛。

听到捕鼠精把我叫作“他的”人，我的脸开始发烫。

布莱基斯顿把脚下的鱼撕成两半，又把一半推给了捕鼠精。“你不吃你的鱼吗？”他一边问我，一边看着船尾的另外一条鱼。

“这条鱼我们带回去，送给艾莲娜的妈妈瓦伦蒂娜。”我不想拂了布莱基斯顿的好意，只好这样回答。

“太好了！”说着，艾莲娜把鱼抱在了怀里，“下次引渡亡灵的时候，她就能炖一锅鱼汤啦。”

布莱基斯顿把自己的那份鱼囫囵吞下，又转向了我。“你来这么远的森林里干什么？”他问。

“我要去见我的奶奶熊后啊！”我这样说着，禁不住笑了起来。这可是破天荒的头一次呢。“她能给我说说我的身世和我的腿啊！”说罢，我把船桨插进河水，开始朝着岸边划动。

“你的腿怎么啦？”捕鼠精嘴里吃着东西，含糊不清地说。

“它们为什么会变成这样。”我用爪子敲击着船板，心里却在嘀咕，捕鼠精是不是根本没留意过我的双腿。反正他从来没有提过。“还有啊，我究竟应该是人还是熊？”看到捕鼠精只顾吃鱼，头都没抬，我又补充了一句。

“你不知道原因吗？”布莱基斯顿目不转睛地看着我。

我摇了摇头。突然，我感到一阵失落和迷惘，眼里泛起了泪花。

捕鼠精蹿上了我的肩头。“你是人，你是人类小妞啊。”他冲着我的耳朵叫道。可是因为太假，他的话只会让我流泪。事实上，我半人半兽，不是人，也不是熊。恍惚间，船桨从我的手里滑落。

艾莲娜急忙伸出手去接，船桨这才没有落水。“你没事儿吧？”她问。

“我会没事儿的。”说罢，我做了一个深呼吸，继续划桨，“我只是需要找到奶奶。她知道怎么办。”

独木舟靠岸了。我下船，踏上了坚实的陆地，却感觉像踩在风口浪尖。艾莲娜抱着瓦伦蒂娜的鱼，跟在我的身后，可是布莱基斯顿却依然蹲在船头，丝毫没有挪窝的意思。于是，我连他带船一起拖出了水面。

“我的鳕鱼还没吃完呢，”说着，捕鼠精又跳回到了船上，朝着自己的剩饭跑去，“你要吃点儿吗，人类小妞？吃点儿东西会让你好受一些。”

“不用了，谢谢。”我坐在独木舟旁边的河岸上，等着捕鼠精吃完东西。月光在平缓的涡流上起舞。我没多想，只是把脚伸进水里，任凭清爽冰冷的水流围着我的脚趾打旋。

布莱基斯顿用爪子挠了挠耳羽簇：“你的奶奶怎么会知道你应该是人是兽呢？我不明白。”

“因为小时候她照顾过我。”说罢，我却皱起了眉头。因为我没法确定，那时的我究竟是一个小婴儿，还是一个小熊崽。“还因为她像我一样，从人变成了熊。”一个故事——安纳托利几年前讲过的一个故事——浮现在我的脑海中。这个故事开始的时候，熊后还不是一只熊，而是一个小女孩。只不过她也像我一样，觉得无法融入人类。

艾莲娜坐在我旁边，一只手放在了我的胳膊上。捕鼠精折断一根鱼骨，靠在布莱基斯顿粗大的羽毛腿上，开始剔牙。于是，我照着安纳托利的样子，开始了讲述：

“从前啊……”

熊后之舞

从前啊，有个女孩，名叫安雅。她在村子里感到格格不入，可是只要她一走进森林，她就会快乐得踮起脚尖，翩翩起舞。

她随着风的旋律旋转，伴着雨的律动起舞，跟着啄木鸟啄木的节奏跳跃。她在森林里度过了一段段闲暇的时光。等到她长大成人，她居然觉得，自己无须再与人交往。至少在遇到樵夫德米特里之前，她这么觉得。

他对她微笑，她报以微笑。他们一起跳舞，跳过悠长的夏日，跳过寒冷的冬夜，直到他们相爱。

他们在森林边上安了家，把它拾掇得像一个安乐窝。等到家里添了一个男宝宝，三口人会到自家园子的尽头，在高耸入云的松树下，一起跳舞。

一切都那么完美。

直到德米特里从森林里带回奇奇怪怪的礼物：变态疯长的种子，比彩虹还要闪耀的珠宝。每当安雅向他询问，他在哪儿找到的这些东西，他总是笑笑，亲亲她的脸颊。

德米特里的秘密成了安雅沉重的心事。德米特里不愿告诉她实情，这让她在家里坐卧不安，万分沮丧。

一天，德米特里把安雅和儿子带到了一座城堡跟前。城堡有着金光闪闪的圆形屋顶，隐藏在密林的深处。“这是我们的新家。”德米特里得意扬扬地说。

安雅皱着眉头追问，这是怎么一回事儿。可是德米特里只是抓住她的手，领着她不停地旋转。安雅转啊转啊，她感受到了森林的脉动，疑问随之烟消云散。

德米特里和安雅在金色的穹顶下翩翩起舞。在他们的周围，风儿在高歌，小鸟在啁啾，青蛙在合唱。就这样，他们在森林深处的城堡里，度过了一段幸福的时光。

可惜幸福的时光太过短暂。一天，德米特里回到家，却脸色苍白，浑身发抖。他一言不发，只是把脑袋伏在安雅的膝盖上，沉沉睡去。安雅气得火冒三丈，最后也昏昏睡去。醒来的时候，他们变成了熊。

“怎么可能呢?”安雅看着自己巨大的熊爪，目瞪口呆。

德米特里张开嘴巴，却什么都说不出来。愧疚与悔恨令他感到窒息。

“这下你可该说了吧，”安雅吼叫着，“你的秘密对我隐瞒得也够久啦!”

“都怪我，”德米特里小声说，“都怪我太贪婪，我们被诅咒了。”

安雅皱着眉头，回想着那些有关咒语的传说。“我知道咒语很灵验，”她终于说话了，“不过不要紧，我们总算还有选择。”说罢，她后腿直立，开始跳舞。“你们和我一起跳舞啊。”她招呼着德米特里和儿子，“说不定我们会记住做人的感觉。”

可是，森林的声音与气息却穿过敞开的窗户飘了进来。现在，安雅、德米特里和儿子都变成了熊。他们的鼻子可以抽动，耳朵能旋转。他们还意识到：他们一直在城堡的里里外外跳个不停。他们随着小鸟的旋律旋转，伴着蜜蜂的律动扭动，跟着雪兔奔跑的节奏跳跃。

安雅感受到了森林前所未有的强烈脉动。她跳着舞，朝着森林的深处奔去。她跳啊跳啊，跳过银鱼涌动的溪流，跳上白雪皑皑的山峦，跳入散发着泥土与秋天气息的洞穴。

最初的一段时间里，德米特里和儿子陪着她一起跳舞。斗转星移，他们却跳向了不同的方向。最后安雅发现，自己孤零零地进入了一个高山洞穴。看着森林及其乐章在眼前徐徐展开，她觉得自己融入了一个美丽的世界。

第十七章

熊后的洞穴

我讲完了故事，渴望着自己能深入森林，走进奶奶的世界，去探寻所有的神奇。那儿也是我的世界。森林曾经也是我的家。天空泛白，黎明即将来临。雪珠滴落，树枝上的小鸟开始躁动。

捕鼠精挺着肚子，抱着一根鱼骨，正靠在布莱基斯顿的腿上酣睡。布莱基斯顿则把脑袋勾在软乎乎毛茸茸的胸前，双眼紧闭。

我把目光转向蓝山。此时此刻，一轮红日爬上树梢，将一束耀眼的阳光投射在山顶。我站起来，感受着欲望在身体内的冲撞：我要找到奶奶，希望她会解开我的疑问。这个希望像一缕刮起的和风，又像一阵掀起的狂暴。它托举着我，拉拽着我，让我不停地旋转。

"我要去熊窝。"我怕吵醒别人，小声对艾莲娜说。

"什么？现在吗？"艾莲娜追问道，"你一夜没睡，早饭也没吃——"

"我不累，也不饿。"我的双脚灼热，想离开的冲动势不可挡，"你能帮我一个忙吗？"

"没问题。"

"你能帮我照顾尤里吗？他的伤需要治疗——"我迟疑着，开始斟词酌句。“那你能不能再帮我照看一下捕鼠精呢？”我急不择言，生怕自己改了主意。

艾莲娜满眼关切，但还是点了点头：“我说，我们大家可以一块去啊。我们家的房子可以带我们——”

我摇了摇头：“这件事我只能自己去做。”我找不到合适的措辞，只好盯着艾莲娜的眼睛，希望她能够理解。我需要弄清楚我是谁。我爱捕鼠精，可是这件事他帮不了忙。他只是把我当作与他一起生活的人类小妞，可惜我已经不再是从前的我了。

“那好吧。”艾莲娜伸出双臂，却只能搂住我身体的一半。我想起了玛莫奇卡的拥抱，禁不住热泪盈眶。我只好猛眨眼睛，这才止住了眼泪。“我会把捕鼠精带到我家，”说罢，艾莲娜放开我，向后退了一步，“不过，要是你改了主意，或者需要什么，你就呼叫。我家房子能感知到方圆几公里内森林里的所有东西。”

“谢谢你。”我挤出一个笑容。尽管森林里危机四伏，我还是不顾一切，转身离去。

蓝山的山尖躲在树冠后面，不见了踪影。好在我知道该走哪条路。我感觉就像胸中有一种羁绊，脚趾里有一种刺痛。我的情绪随着我的步伐高涨，就像一群蜜蜂一哄而起。

晨曦里，一切都在发光。露珠在蜘蛛网上闪动，融化的雪水在粗糙的树皮上闪亮，树芽像琥珀珠子一般在树枝的末梢闪烁。春天来了，万象更新，森林给人一种生机盎然的感觉。

蓝山再次出现的时候，耸立在一棵随风摇曳的小柳树上。我扫视山体，搜寻着熊后的洞穴。熊后——迄今为止，她只是存在于故事和睡梦里——有关她的记忆都很久远，感觉就像是某种幻象。其实她很真实很亲近，而且她是我的奶奶。她知道我过去的身世，还有我未来的去向。

我很想知道，她从漫长的冬眠醒来的时候，会有什么样的感觉。说不定感觉很好，就像是被温暖的阳光叫醒。说不定她会头昏脑涨，脾气暴躁，就像是被人惊扰了美梦。她几个月没有吃东西，一定很饿。安纳托利给我说过，每年的这个时节，熊都要吃肉。他一直提醒说，春天要提防野熊。可是，她要是不记得我了怎么办？她要是不在洞穴里怎么办？

我越接近蓝山，心里就越紧张。等我到达山脚下，我感觉自己就像通了电，全身都在发光。我腿肚子上的毛发竖了起来，我抬头看着浓雾笼罩的山顶。

“燕卡！小熊燕卡！”一只红腹灰雀叫道。我压下想跑的冲动，在陡峭的山岩间找到一条蜿蜒崎岖的小路，开始小心翼翼地慢慢攀爬。我不知道熊窝还有多远，所以需要把握好节奏。

我的双腿强壮，却很笨重。这样一来，爬山也就成了一件苦差事。身体变得越来越累，我不由得想起了艾莲娜的那番话：昨晚我没有睡觉，今天又没有吃早饭。

我越向上攀爬，天气就变得越冷。等我爬到树线的上方，感觉就像是进入了隆冬，而不是来到了春天。不过我还是停了下来，一边休息一边看风景。只见长天一色，只有远处的地平线闪着微光。

在遥远的东北方，橙色的火焰在浓密的黑烟里闪动。那儿一定是炽烈火山；在那儿，熔岩正漫过嶙峋的岩石，流进热气腾腾的山谷；在那儿，火龙斯迈正盘踞一方。正是这条火龙，据我所知，害死了我的亲生父母。

我看着浓烟和火光，直把眼睛看得酸疼。我希望看见一条燃烧着的尾巴或者翅膀，可是我什么也没看到。没过多久，我的鼻子和耳朵便被冻得失去了知觉，我只好继续前进。

小路转了一个弯，变得非常陡峭。山坡顶上是一个又宽又平的岩架。我看着岩架，一颗心开始狂跳。这个地方看起来和闻起来都很熟悉。一阵微风吹过，飘来了泥土、苔藓、浆果和松果的气味。这是一种很久以前我就记得的气味，让我感到又温暖又安心。

我爬上坡顶，朝着岩架张望。熊窝的出现让我屏住了呼吸。我认出了那个洞口——岩壁的弧线被熊后蹭得又光又滑；岩壁的一边，树根破壁而出，在平滑的石头上撑出好多的裂纹。

我抬脚上了岩架，却又在距离洞口几步的地方停下了脚步。我双手发抖，希望与恐惧纠结着，在心里不住地翻腾。这时，我听见一声熟悉的低吼——那是熊后在呼吸。

一双眼睛在黑暗中闪烁，让我的心脏瞬间骤停。只见熊后吐出一朵云团，一只大脚重重地踩在了石板上面。然后，她缓缓地向我走来，走进了天光底下。她的肌肉颤动着，举手投足间充满了威严与优雅。她的周身洋溢着力量，还有一种怡然自得，就像她知道自己的霸主地位。就在这个时候，就在这个时刻，我只想变成她。

我的那些问题到了嘴边，却又消失得无影无踪。这时，熊后探出长长的棕色口鼻，抽动乌黑发亮的鼻头，开始嗅我们之间的空气。她咕哝着，发出一声低沉而和气的问候，挨着我坐了下来。

她弯曲庞大的身体，从后面把我环绕。我倒在她身上，感受到了曾经熟悉的一切：她厚重而温暖的皮毛，她呼吸的节奏，她胸膛深处心跳的声音……

我用手指梳理着她脖子上的毛发，像小时候那样，把脸埋进了她的怀里。然后，我缩成一个紧实的圆球，蜷曲在她宽厚的怀抱中。她转身，伸出温润的舌头，开始舔我的脸。我闭上了眼睛：自己出走的那些岁月渐渐散去，只留下一段缥缈的记忆和眼前的这一时刻。记忆中，在遥远的森林边缘，玛莫奇卡在我们的家里忙活。而眼前这一刻，我终于觉得，自己有了归属。

我不知道自己睡了多久。外套勒着我的肩膀，我一把把它扯了下来。身上的衣服裹得太紧，捂得我燥热难耐。我抬起熊后的前爪，把套头衫脱了下来。我又去解裙子的腰带，腰带却自己断了。它一定是勾住了什么东西。现在我感到舒服多了，于是又进入了梦乡。

我抬起眼皮，眯眼看着天光。太阳低垂，阴影瘦长，我的毛发已被露珠打湿。我打了一个哈欠，不料胸膛和头骨里却响起一声震颤的嘶吼。我浑身都觉得……不对劲儿。我的脑袋很重，非常沉重；我的嘴巴发黏，嘴唇松弛，之前靠在熊后身上的后背一片冰凉。熊后已经不见了踪影。我转身去找她，却发现自己的动作十分怪异。我的身体笨重，紧贴地面。我想起立，却站不起来。

我看着自己的双手，胸膛里的每一下心跳都像一次剧烈的爆炸。我的手就像我的脚，变成了熊掌。它们又大又圆，还长着长长的黑色利爪。我的手臂，我的胸膛，我的全身都是脂肪和皮毛。我的肩膀像一大截原木，牢牢地架在我的背上。我把一只前爪举到面前，却压根不能把爪子和脸凑在一块儿。我知道了自己的样子：我变成了一只小熊。

第十八章

熊孩燕卡

一声呻吟飞出我的丹田，蹿进了我的喉咙。我想把它咽下去，不料它却变成一阵嘶吼，从我的嘴巴里喷涌而出。身体的变形让我头脑混乱，心生恐惧。我猛击地面，爪子在石头上扒拉出几道抓痕。我盯着抓痕，觉得自己就像暴风雪中失控的一只雨燕。

奶奶出现在洞口。她缓缓地走过来，开口问道："怎么啦？"

她的嗓音低沉而平和。

"您看看我。我变成了一只熊！"我急得鼻子直喘粗气。

"变成一只熊又怎么啦？"说罢，奶奶挨着我坐下，伸出粉红色的长舌，舔了舔前爪上的毛发，"这不是你想要的吗？"

我不由得皱起了眉头。这真是我想要的吗？我心乱如麻，只好抬眼看着奶奶，巴望她能为我解开所有的谜。

"那个时候啊，你是最快乐的小熊宝宝，"奶奶侧身躺下，一双栗色的眼睛盯着我，脸上的表情像阳光一样温暖，"你无时无刻不感到快乐和好奇。你在森林里闲逛——不是去追逐小鸟，就是在嬉戏溪水，刨土挖坑。玩得累了，你会爬到我的背上，在我身边缩成一团，昏昏睡去。"

记忆浮现在我的脑海，清澈得像融化的雪水。我对红腹灰雀狂追不舍；我用牙齿去咬河里的水泡；我抽着鼻子去嗅树根，去嗅奶奶温暖的毛发……

于是，我依偎在奶奶怀中，呼吸着她身上的泥土气息。

“你能回家，简直太好了！”奶奶说着，望向外面的森林，“从前我们天天都这样，一起坐在这儿看日落。”

我点点头，想起了那些五彩斑斓的日落。然后，我的目光转向南边，想起了自己常常朝着这个方向眺望。大冻河，还有坐落在大冻河岸上的某样东西，显得那么渺小，那么遥远……“我们的村子！”我大叫道，“从这儿能看到我们的村子！”

奶奶起身，打了一个哈欠：“我们还是去捉鱼吧。”

“捉鱼？”我转向她，不解地问道，“您想捉鱼？”

“我饿了，”说着，她迈步走过岩架，“你不饿吗？”

我突然感到饥肠辘辘，这才想起，自己已经一天没吃东西了。可是我有太多的问题要问奶奶。这些问题很重要，它们关乎我的过去，我的现在，我的将来……我张开嘴，正想求奶奶多待一会儿，她却不见了踪影。

我摇摇晃晃地站起来，却发现自己的衣服散落了一地。我的外套被撕破了。地图，伊凡的狼趾，还有几颗灰头土脸的杏干，都从衣袋里掉了出来。玛莫奇卡为我绣的那条裙子也被撕烂，胡乱地堆在那儿。我想把它们收拢，放在一个稳妥的地方，无奈我的爪子太大，行动不便。

我沮丧地咆哮着，放弃了努力，急忙去追奶奶，生怕她走得太远，我把她跟丢了。我在陡坡上磕磕绊绊，结果摔了一跤，脑袋撞在了石头上。我竖起后腿，试着直立行走，却依然步履艰难。我找不到平衡，承受不住自己的体重，只好放低身段，四肢着地行走。

我完全找不到步调。我的腿纠缠在一起，脑袋贴近地面，害得我直到跟前，才能看见有东西挡路。奶奶麻利地向远处走去。而我每迈一步，都要使尽全力，才不会滑倒或者摔跤。

等到了山脚下，我累得浑身酸疼，摔得鼻青脸肿，但还是跟丢了奶奶。我抬头去嗅她的气息，却闻到了各种各样的气味，精神不禁为之一振。

我还是人类的时候，森林里也充满了气味，可此刻的森林却令人难以置信，不可思议。每一棵树都有自己的香气：一种混合了树皮和树液的气味，还夹杂着动物路过时残留的体香。每一寸森林都是一部历史，记载着那些来过的动物，那些生长的植物，还有那些阴晴雨雪给予的馈赠。我闻到了雪花和露珠，冰霜和雨水，还有春天温暖的阳光。

我被天地间的气味包裹着，忘记了自己要找奶奶。我在树林里穿行，压倒了树苗，折断了树枝。我嗅着自己所发现的一切，只想弄清楚每一种气味。

就在这时，我听见了流水声，不由得支棱起了耳朵。我歪着脑袋，对这种新的体验既感到困惑，又觉得开心。我闻到了清冷的河水，其中还夹杂着的奶奶身上独有的泥土香。我又找到了她。

我踉踉跄跄，朝着奶奶所在的方向狂奔，最后扑倒在了河岸上。我伸着舌头，喘着粗气，流着口水，尴尬得无地自容，惊慌失措，连忙把口水吞回到了嘴里。

奶奶正站在浅滩上，目不转睛地盯着透亮的河水。只见她走了几步，一只爪子砸向河水，一低头，便拽出一条鱼来。她把鱼拿到我面前，丢在了我的脚下："吃吧。"

我看着那条伤痕累累的野生死鱼，禁不住皱起了眉头："我不吃这个。"

"为什么？"奶奶追问道，"它很新鲜很好吃啊。"

"因为……"我摇了摇头，正想说生鱼应该煮熟，我是人类之类的话，奶奶却没等我张嘴，便又扑通一声跳进河里，抓起了第二条鱼。她把鱼拿到岸边，挨着我坐下，开始撕咬鱼头。我想起了小时候，自己就是坐在这儿，看着奶奶捉鱼吃鱼。记忆从我的脑海深处一一浮现，感觉就像我生命中失去的那一部分，找到了回家的路。

我深深地吸了一口气，肺部鼓胀得像个酒桶。突然，我注意到了森林冠层的变化。就在我白天昏睡的时候，覆盖着森林的白毯变小了，只有针叶树上还留着斑斑点点的残雪。那些针状的树叶闪耀着千百重深深浅浅的绿意。

"难道景色不美吗？"奶奶靠着我，脸上绽放出一个灿烂的笑容，露出了一嘴粉色的牙龈和白色的长牙，"回家了，难道你不开心吗？"

我知道自己很开心，嘴角扬起了一个微笑。可是我的心里还窜动着几个疑问。"为什么我要离开呢？"我突然问道，"既然我是这儿的开心熊宝宝，为什么我还要离开呢？"

"这个并不重要啊。你回来了就好。"说罢，奶奶懒洋洋地眨了眨眼。然后，她迎着落日的余晖，闭上了眼睛。

"求求您了，"我被奶奶挤压得难受，只能胡乱地扭动着身体，"我必须知道自己的身世。"

奶奶叹了一口气："你啊，有的时候太好奇，太耐不住性子。

你老是乱逛，到处去寻乐子找刺激。有一天晚上啊，你不知道去了哪儿，结果却带回家来一个狼趾。真不知道你是怎么把它搞到的。”她放声大笑，直笑得身体隆隆作响。可是接着她又脸色一沉，发出一声叹息。“你对人类也很好奇。你会跟踪猎手、樵夫和采药人。到了夜里，你会朝着村子的方向眺望。逢年过节的时候，你又会过于靠近村子。我阻止过你，警告过你，可你压根不听。”奶奶的眼里噙满了泪水，“最后，你身上的人性超过了兽性，我只好让你离开。”

感觉闪回，我的记忆变得鲜活。我追逐小鸟，因为我想和它们说话，想和它们做朋友。我眺望远处的村子，因为我渴望去那儿。我爱音乐的旋律和人们的笑声。我爱空气里弥漫着的欢欣。

“我离开这里，因为我想成为人类！”我挣脱奶奶，站了起来。我的身体似乎变得格外轻盈，脑子也变得格外清醒。

“可是现在你回来了，”奶奶笑眯眯地说，“我真高兴。我一直都弄不明白，为什么想要变成人类。你和你爸爸居然都有这样的想法——”

“我爸爸？”我连忙把耳朵转向了奶奶。

“没错，就是你爸爸，我的儿子。”奶奶点了点头，“他像你一样，慢慢长大却一直被人类吸引。他也像你一样，变成人类后离我而去。”

“您能给我讲讲他吗？”我恳求道。

“那些被遗忘的梦想，那些记忆，早就烟消云散喽。最好还是忘掉它们，享受做一只熊的快乐。做熊是一种天赐。”

“求求您了，”我还在做着努力，“我对我爸爸一无所知。要是您能给我讲讲他，哪怕一丁点儿，也对我意义重大。”

奶奶没有说话，只是久久地凝视着河水。就在我以为她不会再说什么的时候，奶奶却张开了嘴巴，像安纳托利那样，开始讲述：

“从前啊……”

小熊与少年

从前啊，有一只小熊，他会时不时地变成一个少年。他不知道缘由，只好去询问自己的爸爸妈妈，也就是熊皇和熊后，可是他们也不知道答案。他们只是觉得，这种情形可能与某个誓愿或者诅咒有关。可惜他们的记忆已经模糊，只记得自己变成了熊。

他们让他去看天上的太阳，去看溪水里的月光，去捉鱼，去采摘浆果，去找松针打滚，去找小鸟说话，去享受做一只熊的快乐。他们说，只要他去做了，只要他真心想做一只小熊，他就不会再变成一个少年。

可是没有用。小熊的生活混乱得就像一团乱麻——今天他是一只小熊，明天又成了一个少年。混乱让他痛苦不堪，寝食难安。他被痛苦压得喘不过气，一心只想知道，自己为什么这么另类。

他在森林里游荡，见谁都问："为什么有时我是一只小熊，有时我又是一个少年？"

树上的小鸟不知道，洞穴里的动物不知道，溪水里的鱼儿也不知道。最后，他到了森林最幽深的地方，到了那栋长着鸡脚的房子跟前。他向房子的主人雅嘎求助："为什么有时我是一只小熊，有时我又是一个少年？"

"我是灵魂研究方面的专家，"雅嘎回答，"依我看啊，你的灵魂是人熊参半。做人还是做熊，你必须在两者之间做出选择。"

“但是我该怎么选择呢？”少年追问。

“这个嘛……”雅嘎若有所思地看着少年，沉吟了片刻，“你已经知道了怎么像熊一样坚强独立，在森林里谋求生存。所以现在呢，你必须学会和人打交道。这样的话，你才好做出选择。”

小熊谢过雅嘎，朝着北方走去。他在那儿看到一艘帆船，正在绿涛湾里捕鱼。他游到船边，爬到了船上。

渔夫们吓得纷纷后退。不过，看到小熊又是帮拖渔网，又是帮拉捕鱼器，他们意识到，这个家伙说不定有用。没过多久，他们便习惯了小熊的存在。

渔船在北海航行，从风平浪静的东海域驶向狂风暴雨的西海域，沿途捕鱼捕蟹打捞海带。熊孩渐渐地融入了渔夫这个集体。他学会了与人互助互信，学会了自强自立，学会了在团队协作中变得更加强大。

季节变换，斗转星移，熊孩变成了一个大人。虽然有时他会做梦——在梦里，他不是在光影婆娑的树荫里和鸟儿说话，就是在松针上打滚，直到全身的毛发沾满了松香——可他还是忘记了自己做熊的那段岁月。海风吹走了他的梦。如果说他真的背负着一个诅咒，那个诅咒也早就被他遗忘，被他想做海上渔夫的愿望所埋没。

第十九章
破败的城堡

奶奶眼含泪水，讲完了故事。“他不该离开森林。”她低声说。

“可是他做渔夫好像也做得很开心啊。”

“也就那么一段时间吧。不过话说回来……”奶奶皱起了眉头，“回忆起来太痛苦了。他做人的愿望最终以悲剧收场。他原本就该一直做熊来着，抗争只会带来伤害与悲痛。你现在明白了吧？”

我摇摇头，压根不明白她的意思。

“你在村里做人的时候开心吗？”奶奶问我。

我张开嘴，却说不出话来。我感到心烦意乱：奶奶的问题很简单，我应该知道怎么回答。“有时候我很开心，不过……”

“你却没有归属感，对吧？”奶奶善解人意地看着我，让我如释重负。

“我好像一直都格格不入，可是村里有我喜爱的人啊。我的玛莫奇——”我突然卡壳，只觉得心惊胆战——我居然不记得她的名字了！就在我苦苦回忆她的相貌的时候，她却消失在了迷雾之中。我也不记得好友的名字了，就是那个有着一双灰色——还是蓝色眼睛？——的好友。我脚步踉跄，不知道该去哪里，该做什么。“我不记得了！”我吼叫着，“我不记得他们的名字了！”

“不要紧的。”说着，奶奶推了推她给我捉来的那条鱼，“吃好，休息好，给自己时间调整吧。虽然说变化来得猝不及防，好在你会平平安安。森林里有你需要的一切。”

我蹲坐在那儿，死死地盯着面前的那条鱼，而那条鱼则用一双白眼与我对视。“可是我不记得了，”我低声说，“我甚至都不记得我想要记得什么了。”

“别担心，这就是熊的日常啊。”

我合上双眼，拼命地想记起我想记起的一切。那是我喜爱的某样东西……是我喜爱的某一个人……突然间，我的人类记忆又涌上了心头。它们充盈着色彩，饱含着温度，澎湃着激情，让我差一点儿窒息。

“是我的家人啊。”我喘着气说，却又被这句话吓了一跳。因为我想到的不是我从未谋面的生身父母，也不是此时此刻坐在我身旁的奶奶，而是收留并一直守护着我的玛莫奇卡，是用神奇的故事给我带来欢乐的安纳托利，是一直接纳我陪伴我的萨沙，是做了我的贴身围脖还把我叫作他的人类小妞的捕鼠精。

真不敢相信，我还从未用“家人”称呼过他们。我这才意识到，原来自己苦苦寻觅的正是自己一直都拥有的东西：一个家，一栋房子，一个心有所属的地方。

我低着头，盯着自己的熊爪说：“我不能这样回去。”这句话让人觉得沉甸甸的，听起来却又那么冰冷、阴暗和空洞。

“你的人生记忆会来来去去，反反复复，所以你的困惑在所难免。不过，等到它们慢慢消失，你就拥有了森林的快乐。”

“您说什么？慢慢消失？”

“你在森林里待得越久，你的人生记忆就会遗忘得越多。”奶奶昏昏欲睡地嘟哝着。

“可是我不想忘掉自己的人生。”一想到这个，我便觉得自己脆弱而无形，就像一朵孤独的云彩，“我的人生并不十全十美，而我又一直在努力适应，可是它也有美好的时光啊。”话音刚落，我的脑海里便浮现出许多快乐的记忆，让我大吃一惊。我和玛莫奇卡在园子里翻地；我和萨沙一起爬树，一起滑雪回家；我帮大人做着节日的准备——托举房梁，拖拽满载冰块的雪橇。在村子里，我太在意自己难以融入的时候，却忽略了那些相处得融洽的时刻。我有爱我的妈妈玛莫奇卡，我有最好的朋友萨沙，还有一拨刚刚开始的友谊。我想起了在我掉下冰雪城堡之前向我伸出的所有援手，想起了请我加入他们防守方的小凡尼亚，想起了珀丽娜友善的笑容。村里有我的位置呢。想到这儿，我不由得睁大了眼睛。

“你在这儿会有更多快乐的时光，”奶奶目不转睛地看着我说，“就像你小时候。”

“虽然我小时候很快乐，但是我想做一个人啊。”说罢，我又一次望着南方，望着村子所在的方向。我的过去解释了为什么我难以融入人类，可是此时此刻，那些最初把我拉向村子、引我走向新生的东西还在呼唤我，我在那儿找到的亲朋好友也在呼唤我，而且呼唤来得愈发强烈。我必须回去。我不能留在森林，不能忘记他们。村里的生活有时会很艰难，可也充满了欢乐。“我要回家。”我小声说道。就在那一刻，我终于知道了自己的心之所向：我要和玛莫奇卡一起，守着森林边上自己的家。“您能帮我吗？”我恳求奶奶，“您能告诉我怎么才能重新变成人类吗？”

奶奶扭身站起，摇了摇头。“我帮不了你，我只知道怎么做一只熊。”这时，最后一缕惨白的阳光沉入地下，在我和奶奶之间投下一道阴影。“我很抱歉。”奶奶伤心地说。她的声音很小，我几乎听不见。

一阵寒风掠过我的毛发。

“走吧，”说着，奶奶打转，慢慢地朝着山脚走去，“我们回温暖的家喽。”

我摇了摇头，表示不想回洞穴。我怕忘了自己的过去，自己的现在，还有自己的愿望。我怕失去自己曾经拥有的一切。

我的四肢蠢蠢欲动。还没等我反应过来，它们就开始朝南狂奔，朝着村子的方向，朝着家的方向，朝着玛莫奇卡的方向。玛莫奇卡会把我搂在怀里，告诉我一切都是胡说八道。她会给我端出一杯蜜糖水，给我拿出一罐能褪去我这身熊皮的药膏。我是披着熊皮的人类，也许玛莫奇卡略微施展魔法，就能让我回到从前。

我在森林里狂奔，在低矮的树枝间冲撞。东奔西突中，我逐渐找到了四肢的感觉。没过多久，我便四脚发力，平稳而有节奏地敲击着地面。我的爪子深深地陷在泥土里，腿上的肌肉褶皱堆叠，不住地颤动。

我闹出这么大的动静，直吓得小鸟们纷纷飞走，其他小动物们个个逃离。我感到有风吹过我的毛发，闻到有浓烈的树液与不祥的恐惧在空中飘荡。尽管森林幽暗，阴影重重，我依然能看见一切。这个夜晚远比我用人眼看到的夜晚更为清晰。

我表面上显得强大有力，内心却感到渺小脆弱。我要回家，我要回到玛莫奇卡的身边。我要她搂着我说，无论我变成什么模样，我们都属于彼此。我真心希望，在我刚刚长出熊腿那会儿，她就这么做了。我很想知道，现在的她还会不会这么做。

尽管前路树木森森，我却一直在狂奔。我跑得越来越快，直到我看不见月亮和星星，直到我拿不准自己是不是还在向南奔跑。我意识到自己迷了路，禁不住惊慌失措。我听不到银子溪的声音，闻不到银子溪的气味。我看不到任何一条小路，完全失去了方向。

我放慢脚步，绝望地喘着粗气，瘫倒在一小块空地上。一条小溪从我身边流过，我去舔清冽的溪水，却看见自己那条粉红色的长舌头，还有水中倒映着的那张毛茸茸的大脸。我的喉咙里不由得发出一声叹息：即使我认得回家的路，玛莫奇卡会认出这个样子的我吗？

也许除了捕鼠精，没有谁会知道我就躲在这具躯壳里。对啊，捕鼠精，我干吗不先去找他？还有艾莲娜、瓦伦蒂娜和她们那栋长着鸡脚的怪屋。说不定他们能帮我呢。于是我起身，闭上眼睛，扬起脑袋，开始搜寻他们的气味。

我闻到了浓郁的甜味，开始猛抽鼻子。我还不知道是怎么回事儿，鼻子就拱进了一堆嫩绿的叶蔓之中。那儿居然藏着早熟的小草莓！我一通狂吸，它们便成了我嘴巴里的美食。我很久没有吃过草莓了，而它们又是那么多汁那么美味，弄得我心无杂念，只想找到更多。

咔嚓！我的前爪碰到了一个坚硬的物件。我用鼻子去闻，用爪子去抓，想知道它到底是什么东西。它光滑而冰冷，一直延伸到荆棘丛里。它像是抛光的大理石或者是……瓷砖。对了，它是残败的地板！于是我蹲下，打量着四周。

树丛的后面，一段残垣断壁掩映在藤蔓之中。几根石柱耸立，支撑着一个单薄的弧形房顶。房顶塌陷处的缝隙里，闪耀着满天璀璨的星光。这就是那个城堡，安纳托利故事里的那个城堡。

这就是熊皇、熊后和他们的儿子——我的爸爸——在变成熊之前住过的地方。也许它曾经是一座宏伟的城堡，有过拱形的城墙和金光闪闪的穹顶，可是现在它却成了一堆废墟。城堡，还有城堡里住过的人类，都被森林所吞噬。此时此刻，树叶在我的头顶沙沙作响。我闭上了双眼，只觉得森林也在把我吞噬。它步步紧逼，想抹去我身上的人类痕迹，只留下一只迷失的小熊。我瘫倒在地，觉得自己就像身边的城堡，支离破碎。

一股熟悉的气味扑鼻而来：那是雨水与落叶的霉臭，还夹杂着食物的腐酸。我竖起了耳朵，可是除了潺潺的流水声，四周都安静得出奇。气氛异常紧张，就像是森林里的所有生物都屏住了呼吸，等待着什么事情的发生。

不安的感觉让我如芒在背。就在这时，一声嗥叫划破寂静，吓得我差点儿没了心跳。又传来一声嗥叫，接着又是一声。我转动耳朵，追踪着所有的声音。狼，至少有四只，正将我包围。我像是被虫蚁叮咬，毛发直竖，起了一身的鸡皮疙瘩。

我耸动硕大的肩膀，给自己打气：我是小熊我怕谁。即便是一群狼，他们也不会对一只熊贸然发动攻击，不是吗？

第二十章

狼的约定

一只白狼龇牙咧嘴，从树后闪出。他没有伊凡那么庞大，却比伊凡壮实。他那双蓝色的眼睛里寒意森森，一下子将气氛降到了冰点。“你闻起来弱爆了，像个猎物。”说罢，他舔着牙齿，缓缓地向前挪动。

“我才不弱呢。”我大吼一声，后腿直立，不料却打了一个趔趄，仰身向后倒去。白狼迫不及待——只见他张着大嘴，一跃而起，朝着我的脖子扑了过来。我去阻拦，可他还是狠狠地撞上了我。我摔倒在地，只能听凭他的牙齿扎进我的肩膀。

另外几只狼从阴影里蹿出，对着我的四肢和身体一通乱咬。疼痛让我怒不可遏。我翻身，挥起熊爪，开始朝着狼群猛击。刹那间，尖叫声和咆哮声撕破了夜空。我连忙将耳朵贴紧脑袋，以降低声浪的侵扰。

我挣扎着站了起来。两只狼松了口，却又跳起来，咬住了我身体的其他部位。白狼的牙齿丝毫没有松懈。他只顾甩着脑袋，撕扯我的肉体。我怒吼着，吼得嗓子发痛，却只让他的牙齿咬得更深了。

我气喘吁吁，视线也变得模糊。好几张嘴巴叼住了我的脖子、我的后背和我的腿，几十颗牙齿穿透了我的皮肤。血液上涌，在我的脑壳里突突狂跳。我承受不了狼群的重量和力量，瘫倒在地。我浑身剧痛，而我的肩膀——那只仍然被白狼死死咬住的肩膀——在不住地抽搐。

我竭尽全力想站起来，却被咆哮翻滚的狼群压在身下，根本没法动弹。我想嘶吼，嘴唇却哆哆嗦嗦，只发出一声微弱的呻吟。我的心跳开始变缓。

挫败感将我裹挟。我要回家。我满脑子都是回忆的画面：玛莫奇卡在忙着配药，捕鼠精在木地板下跑动，安纳托利安坐在火炉边，萨沙如飞燕般滑着冰奔向村子。

我想着这些，心跳开始变得强劲。于是，我奋力爬了起来，踉踉跄跄地穿过空地。狼群用牙齿和爪子附着在我身上，不住地晃来荡去。我把身体撞向一棵又一棵树，用粗大的树干去挤他们，用尖利的树枝去扎他们。狼群尖叫着纷纷落地，在我身下缩成一团，只有白狼还在死咬着我不放。

“让她走。”一声低沉的咆哮让狼群瞬间安静。白狼停止了撕咬，嘴巴却没有松开我的肩膀。他灼热的呼吸让我的伤口一阵刺痛。

我转向那声咆哮，看见的却是一双金色的眼睛，闻到的是一股腐酸的气味。原来是伊凡！只见他双眼冒火，正瞪视着白狼。

白狼终于松开了我的肩膀。他舔了舔牙齿，冲着伊凡叫道：“你瞎吵吵什么，伊凡？”

伊凡走近白狼，低头看着他：“别去惹她！”

“为什么啊？”白狼歪着脑袋发问。

我躲开了狼群。没有谁来阻拦我。他们全都低着脑袋，垂着耳朵，抬眼盯着伊凡。

“因为我要你这么做。”伊凡咆哮道。

“你又不是我们的头狼，凭什么啊。是你抛弃了我们。”说罢，白狼环视四周，好像在寻求同伴的支持。其他几只狼又是点头又是嗥叫，忙不迭地表示赞同。

伊凡勃然大怒。他傲然耸立，力压白狼：“有朝一日我重振雄风，我还是你们的头狼。”

“可惜你老喽，”白狼嘲笑道，“你当头狼的时代已经过去了。不过，你仍然可以成为这个集体的一分子。只要你肯屈尊俯就——”

“我不老，”伊凡吼叫道，“而且我只会以一种身份回归，那就是头狼！”

白狼发出一声令人毛骨悚然的大笑：“居然让一个区区毛头熊崽掰掉一根狼趾，你不配得到大家的尊重。”

“你说得没错。”伊凡一本正经地点了点头，“不过，我能证明自己有实力重新领导大家。”说罢，他回头看了看我。“这只熊便是夺走我狼趾的那个熊崽。两天前她回到了森林。我一直在跟踪她。据我所知，她不是一只普通的熊。”

白狼那双冰冷的蓝眼睛直勾勾地盯着我。“可她闻起来像一只普通的熊，咬起来也像一只普通的熊呢。”说罢，他舔了舔嘴唇，冷笑起来。我的肩膀上，他留下的伤口痛得火烧火燎。

“我亲眼看见，她从银子溪的冰层下救出一只麋鹿，然后把他拖上一块浮冰，在冰雪融化的河道里漂流。我躲在阴影中，看着她的宠物鼬在你们这群狼里杀出一条血路；我亲耳听见，她从胸膛里发出一声嘶吼，把你们吓得四处逃窜。”

听了伊凡的这番话，白狼退缩了。狼群也羞愧地低下了头。

“我亲眼看见，她去了雅嘎那儿。她与骷髅栅栏上的头盖骨对视，乘着那栋长着鸡脚的房子飞奔。但更要命的是……”伊凡打住话头，扬起脑袋，享受着成为焦点的快乐，“我看着她走向那个高山洞穴，从人变成了一只熊。”

狼群爆发出一阵窃窃私语。我转动耳朵，捕捉着他们的声音。

“她背负着那个诅咒呢，”一只土黄色的狼低吼道，“神树的诅咒。”

“那她一定是熊后的后代喽。”一只长着浓密灰毛的小狼心领神会地点了点头，“她这是要去见斯迈吗？”

我竖起了毛发。我害怕狼群，害怕他们可能采取的行动；而且我的伤口刺痛，我还想回家。可是我也充满了好奇，想知道他们对我的身世，还有那个诅咒，有多少了解。

白狼狂吠起来，打断了我的思绪和他手下的嘀咕。“我实在看不出，这些事儿对你回来当头儿有什么用处。”

伊凡咧嘴笑了，露出一口长长的白牙：“你们都知道，斯迈是森林里最凶险最具有破坏性的家伙。”

狼群咆哮着表示赞同。

“他让东北边那地儿没法居住。”一只愤怒的黑狼叫嚣道。

“他那硫黄一般的气息污染了空气，把土地烧成了冒泡的泥浆。”那只土黄色的狼嘟哝着。

“他还把石头融化成了炽热的岩浆。”小灰狼补充道。

“他在森林里放火，烧毁我们的树木，烧焦我们的洞穴。”那只土黄色的狼发着牢骚。

“他用臭烘烘的灰烬掩盖我们的印迹。”黑狼愤愤地说。

“都怪他四处放火，我们的猎物才纷纷逃离森林，弄得我们几个月都在挨饿。”小灰狼抱怨道。

“和他决一死战的时刻到了，”伊凡的声音盖过了狼群的喧哗，“这只熊返回森林就是一个信号。我要和她一起，去破除她身上的魔咒。我们将联手打败斯迈，从而证明我的实力。等到我凯旋，我就是头狼。”

听到要破除我身上的魔咒，我立马竖起了耳朵。我不明白，斯迈到底和这件事有什么关联。可是破除魔咒也就意味着，我又能变成人类，彻头彻尾的人类。那么我就能回家，不用担心我会被森林吸引，或者我又变成了一只熊。我就能回到村里，像别人一样，与村民融洽无间。

“斯迈是不可战胜的，”白狼对伊凡嗤之以鼻，“再说了，狼也不会和熊并肩作战。你发什么疯啊，老伊凡。”

伊凡的眼里闪烁着坚定的光芒：“我们要与斯迈作战，我们要战胜他。我要以头狼的身份回归族群。”

“只要你战胜了斯迈，只要你回归族群，我会把头狼的位置拱手相让。”说罢，白狼对着狼群点头示意。他们便像微风中飘飞的飞蛾，悄无声息却又风驰电掣般地消失在了阴影之中。

我环顾四周，考虑着自己是不是也该像狼群一样，消失在阴影之中。可是，那个变成人类回家的渴望却把我钉在了原地。

伊凡转身，朝我点头致意：“多亏我出手，你才没有被撕成碎片。”

“原本我自个儿就能应付。”

“你欠我一个人情。”伊凡歪着头说。我突然感到一阵内疚。幸亏伊凡赶到，白狼才松开了我的肩膀。我张开嘴巴，正要对他表示感谢，伊凡却没有给我机会，只听他说道："我已经向你证明了自己的实力，而且还在你患难的时候出手相助。作为报答，你要让我和你一起对付斯迈。"

"我干吗要对付斯迈呢？"我懵里懵懂，不明白斯迈和我背负的诅咒有什么关系。

"因为他看守着神树啊。正是神树的诅咒，你们全家才变成了熊。如果我们打败了斯迈，你就能请求神树，把你变回人类。"

我盯着伊凡，不知道该说些什么，该做些什么。我对火龙一无所知。疑问在我脑海里萦绕……这时，远处传来一声细小的尖叫。我把耳朵转向那个声音，只听见，一声熟悉的尖叫不断扬升，最后变成了一声啸叫。只见布莱基斯顿，那只会捉鱼的猫头鹰，背上驮着捕鼠精，正穿过树林，向下俯冲。

布莱基斯顿在空地的上方盘旋。捕鼠精在大喊大叫，满嘴的牙齿像微小的星辰，闪动着寒光。然后，布莱基斯顿在一根树枝上落定，捕鼠精瞪着我喝问道："我的人类小妞去哪儿啦？你怎么会有她的项链？"

自从我变成熊以后，我第一次感觉到，脖根儿的毛发里箍着什么东西。我低下脑袋，看见了那个冰蓝色的箭头。此时此刻，它在黑暗中闪动着幽光。"是我呢——燕卡。"说罢，我抬头看着捕鼠精，希望他能相信我，"我变成了一只熊。"

"哦，原来如此。"捕鼠精回答，"这么一说，项链的事儿也就说得通了。你擅自把我托付给那个雅嘎小妞，这也未免太不礼貌了吧？不过这个事儿呢，我们以后再谈。"说着，捕鼠精跳上树枝，滑下树干，落在了我的脖子上。“我们一直在找你来着。你的朋友——那个人类小子……”

“萨沙？”我急忙追问，“他怎么啦？”

“我想他可能死了。”

第二十一章

萨沙的遭遇

布莱基斯顿飞在前面领路，苍白而沉默，像月光下的薄雾。我紧跟在后面，一心只想找到萨沙，不由得脚下生风。我的身体终于做到了行动自如。我在森林里狂奔，只想看到萨沙平安无事。

我听不到伊凡的声音，却闻得到他的气味。即使我们远离了空地，他的气味仍未消散。所以我推测，他一直跟着我们，在附近的阴影里默默地穿行。

捕鼠精紧紧地贴着我的耳朵：“那个人类小子就在河对岸。我和布莱基斯顿找你的时候，发现了他。他就躺在河岸上，没了声息，又湿又冷，还散发着一股难闻的气味。”

“他怎么了？”我气喘吁吁地追问。为了找我，萨沙才进入森林，而我却把他抛在了银子溪那儿。河道里一半是坚冰，一半是激流，而我却把他孤零零地丢在了河边。他若有任何闪失，都是我的过错。

“我不知道。”捕鼠精回答。随着我向前猛冲，他把我的耳朵抓得更紧。“不过，我闻见了他手指上的冻伤。他浑身湿透，一定是掉进了河里。也许他死了，不是被冻死，就是被淹死了。”

“求您了，”我小声祷告着，“千万别让他死掉。求您了，千万别让他死掉。”

空气中弥漫着河水的气息和声音。我披荆斩棘，不顾一切地冲了过去，终于看见了树丛后面的河水。它就像黑漆漆的暗夜，浩浩荡荡，奔流不息。

捕鼠精爬上了我的额头。“喏，那个人类小子。”它用鼻子示意道。我早就看到了萨沙，河对岸那团小小的黑影。布莱基斯顿飞过河，落在了萨沙身边。

我蹚进了河水。等到河水淹到我的下巴，我抬起腿一阵扑腾，生怕自己庞大的身体会沉到河底。可奇怪的是，我居然漂浮了起来，凭着爪子一下一下地划水，平稳地开始了泅渡。

厚实的皮毛护着我，挡住了冰河的侵袭。可是我一看见萨沙，却不由得打了一个寒战。他看起来是那么瘦小，那么虚弱。我爬上堤岸，向他冲了过去。捕鼠精说得没错，萨沙浑身冰冷，毫无生气。我用鼻子碰了碰他那张青紫色的脸，又把脑袋贴在他的胸口，巴望着能听见他的心跳，可是什么都没有。

我开始呼唤瓦伦蒂娜、艾莲娜和木屋。萨沙需要救助，可是我却被困在熊的躯壳里，无能为力。我发出的呼喊像一阵回荡不已的怒吼，透着一股沮丧：就我现在这副模样，她们哪里还认得出来？！

“捕鼠精！布莱基斯顿！”我一边大叫，一边托起萨沙，把他像婴儿一样抱在了怀里，“雅嘎的房子怎么走啊？”

“朝河上游走。”说罢，捕鼠精冲到布莱基斯顿跟前，跳上了他的后背。

他们起飞了。

我跟在后面，踉踉跄跄地沿着河岸奔走。我想奔跑，可是我后腿直立，双脚深陷泥潭，只能勉勉强强、摇摇晃晃地慢跑。月光在水流上旋动，星光在翻腾的浪花里若隐若现。

伊凡的气息跟着我，像挥之不去的烟雾。我知道他在附近，可是我看不见他的身影。我想驱散他的气味，不愿再去想他，还有他那要与斯迈决一死战的执念。我不关心什么火龙或者诅咒，我只要萨沙平安无事。

可令人心寒的是，我每走一步，萨沙就变得更轻——仿佛他的灵魂正在飘离。他悄无声息，一动不动，让我心如刀割。我低头，凑近他的脑袋，只想听到他的呼吸。

一声巨响，震得地动山摇。接着又是一声巨响。原来是女巫的房子！只见它的窗户灯火通明，高悬在树梢之上。我的心开始狂跳，巴望着艾莲娜与瓦伦蒂娜会出手相助。

一只鸡脚跨过一棵枯槁的榆树，长长的脚趾杵进河堤上的泥巴。接着，另外一只鸡脚在旁边降落。只听砰的一声，房子扑倒在地。

尤里还躺在门廊里，嘟嘟哝哝地抱怨着自己的晕动症。捕鼠精和布莱基斯顿站在房顶上。只见捕鼠精挥动前爪，冲着我打了一个招呼。“我们给你叫来了怪屋，”他颤悠悠地说，“雅嘎听不进我们的话，好在怪屋还算明白。”

“谢谢了。”说着，我跌跌撞撞地朝门廊走去。

房子的前门开了，却把我吓得目瞪口呆：

瓦伦蒂娜的身边漂浮着萨沙的灵魂！

第二十二章
萨沙的灵魂

我盯着那个纤弱的半透明身影，感到难以置信。一个灵魂，一个真的灵魂，一个看起来和萨沙一模一样的灵魂，萨沙的灵魂。我的世界崩塌了。萨沙不能死。他是我最好的朋友；我们每天一起走路，一起说话，一起滑冰……他不能离我而去。

我低头看着怀里软绵绵的萨沙，一颗心揪了起来，痛得我直喘粗气。

“那是我的身体！”萨沙的灵魂惊叫着，吓得睁大了双眼。我望向他，目光却洞穿他的眼睛，闯进了后面的房子。

瓦伦蒂娜走到我身边，把一只手放在了萨莎真实而冰冷的脸颊上。“你刚刚死掉，也许还有救。”说着，她伸手来接萨沙的尸体，“快，快把他递给我。”

“您能救活他吗？”我把萨沙放进瓦伦蒂娜的怀中，爪子颤抖着，等待她的回应。

“燕卡，我听不懂你的熊语。”瓦伦蒂娜抬头看着我说，“如果你问的是这个男孩，我只能告诉你，我将尽力而为。”说完她转身，抱着萨沙的尸体消失在了房子里，留下我在希望和恐惧中纠结。

萨沙的灵魂待在门廊上，看起来和我一样的害怕和困惑。“她

把你叫作燕卡，”说着，他飘到我跟前，凝视着我的眼睛，“真的是你吗？”

我蹲下，四肢着地，点了点头。

萨沙难以置信地摇了摇头：“你怎么啦？”

即使我能说话，我也不知道从何说起。于是，我低头看着自己又黑又长的脚趾，耸了耸肩膀。

“当初你为什么不告诉我？”萨沙的眼里充满了痛苦，“我们一向是无话不谈，而我只是想帮帮你。”

我要是还能跟他道歉，那该多好啊。我真是蠢到家了。当初萨沙看见我长出熊腿的时候，我就该告诉他我的感受。可是我却跑掉了，把他丢在了银子溪那儿，现如今……我抬头看着萨沙，看着他的灵魂。现如今他不是死了，就是快要死了，而这一切都是我的过错。想到这儿，我不由得发出一声叹息。

“我不相信你变成了一只熊。”萨沙伸手来摸我的脸，手指却径直越过我的身体，在我的鼻翼旁擦出一串炽烈的火花，让我直打喷嚏。萨沙急忙把手缩了回去。他看着那只手，一脸的困惑：“真不敢相信我居然……这也太古怪了吧。”他笑了，眼里却噙着泪花。

我来回抬动着巨大的爪子，不知道怎么办才好。

“我说，燕卡，”萨沙捅了捅我的肩膀，又给我制造了一次火花冲击，“不管我们变成了什么，我们都是最好的朋友，对吧？”

我抬眼看着他，忍住眼泪，点了点头。

“萨沙，”门开了，艾莲娜走了出来，“我妈妈要你进屋，和你的身体待在一起。”说着，她把萨沙的灵魂朝屋里拂去，就像他是一缕青烟。

“等一下！”我冲着萨沙的背影喊道。我不知道他是不是听懂了我的话，反正他停下了，转过了身来。“我很抱歉，”我盯着他那双迷蒙而空洞的眼睛，巴望着他能听懂我的话，“我真的为自己的所作所为抱歉。我不要你死。”

“我们很快就能见面了，燕卡。”萨沙微笑着说，“不过下次滑冰的时候，你可千万不要抢跑啊。”说罢，他和艾莲娜消失在了木屋里。我望着他们的背影，离别的愁绪像雪崩一般，扑向我的肩头。

捕鼠精跳下房顶，落在了我的脖子上。接着他爬到我的耳边，缩成了一团。“我相信，那个人类小子不会有事的。怪屋可是给我说了，那个雅嘎妇人既古老又睿智呢。”

这时，门廊的阶梯开始朝我延伸。门廊的栏杆张开，像迎接客人的双臂。

“如果你用心倾听，”捕鼠精咬了咬我的耳朵，“你会听见，怪屋在请你到它的门廊上就座呢。”

我抬头看着怪屋。只见房顶弯曲，绽放出一个笑容。

“挨着我坐吧，”尤里一边喊我，一边挪着地方，“你可以和我盖一条毯子。”说罢，他从腿下推出一条绿色的毛毯，再用鼻子把它摊开。

我轻手轻脚地爬上门廊，慢吞吞地向尤里走去。栏杆七弯八拐，忙不迭地为我让路。“你的伤口怎么样了？”我看着他的后背问。最深的伤口已经包上了芦荟叶，闻起来有点儿像玛莫奇卡的蜂蜡檀香膏。其实两样东西并不相同，但是那股家的味道还是让我的眼睛发酸。

突然，我想起了狼群留在自己身上的伤口。于是我转身，本能地伸出舌头，开始舔舐我能够得到的伤口。

“谢谢，我好多了。雅嘎妇人和她的女儿都是疗伤好手呢。”尤里抬眼看着我，大声地抽着鼻子，“可是你抛下了我，让我很难受。你说过要保护我的，可是你却抛下了我。”

“你这样不辞而别，也未免太不礼貌了吧。”捕鼠精附和着，“我一觉醒来，发现你不见了，急得我简直要发疯了。”

“对不起啊，”我先向尤里道歉，又抬头去找捕鼠精，可是他早已爬到了我的头上，不见了踪影，“对不起啊，捕鼠精。我应该带着你的。”

“就是，你就该带着我的。”捕鼠精趴在我的鼻子上说。一股熟悉的尘土与麝香的混合体味扑鼻而来。

“都怪我，同样的错误一犯再犯。我抛下了你，抛下了玛莫奇卡，抛下了萨沙……”我有些哽咽，“现如今萨沙……都怪我，他才……”

“够了。”捕鼠精跳到了我的鼻子上。他离我很近，我要对起眼来才能把他看得清楚。“那个人类小子会平安无事的。嘘，你们听。”说着，他抬起一只爪子放到唇边，竖起了耳朵。

我竖起耳朵，屏住呼吸，却什么都没听见。“什么啊？”我小声地问。

捕鼠精失望地摇了摇头：“我还以为你学会倾听了呢。”

我皱着眉头，不停地转动耳朵。我听见，尤里在平稳地呼吸，布莱基斯顿在上面的房顶上整理羽毛，屋里的木地板在嘎吱作响，屋外的小溪在汩汩流淌。我还听见，树梢在窃窃私语，一只松鼠在粗糙的树皮上攀爬。我在幽暗的灌木丛里闻到了伊凡的气味，我听见他的一只爪子在扒拉地面。“什么啊？”我又追问道，“你听到了什么？”

“怪屋啊，”捕鼠精悠悠地回答，“怪屋在跟你说话呢。”

我抬头看着房檐：“不好意思啊，我压根没听见你说话来着。”

“怪屋想给你讲个故事呢。”捕鼠精爬回我头上，蜷缩在了我的耳边，“只要你愿意听，我给你转述。”

“那就有劳你了。”我点了点头。

“这是一个真人真事儿。”捕鼠精钻进了我的毛发，“说的呢，就是它和雅嘎妇人怎么救了人一命。”

“真的吗？”我的心里燃起了希望。说不定她们能救活萨沙。

“千真万确呢。”捕鼠精咬了咬我的耳朵，“好了，你乖乖坐好，听故事吧。”

于是，捕鼠精开始了讲述：

“从前啊……”

误入女巫之家的灵魂

从前啊，有个渔夫死了。他的灵魂在森林里游荡，却被骷髅灯所吸引，来到了女巫之家。房门开了，里面生着温暖的炉火，聚集着一团团冰冷的亡灵。

“你们已经死了。”女巫之家的主人笑着说，“你们来到这儿，是为了在回归你们的本源星球之前，回忆往事，品味人生。”说罢，她递给渔夫一杯浓黑的格瓦斯和一碗浓稠的香辣汤。

更多的亡灵赶来了。他们围着炉火又吃又喝，等到吃饱变暖，大家便开始分享各自的故事。一时间，女巫之家人声鼎沸，激情四射。

渔夫伤心地回忆自己的童年，可是他一说到海上的时光，眼里便顿时有了光彩。屋里的亡灵都停止了吵闹，开始聆听。渔夫描述广阔的天空，还有因海风每一次亲吻而变得更幽深的海水。他描绘连绵的波涛和细碎的涟漪，还有海面上雪白的泡沫。怪物和神兽在他的语句中翩翩起舞，冒险和传奇在他的舌尖上恣意流淌。

女巫的怪屋被迷住了。它抑制不住自己的兴奋，一心一意要去海上历险。于是它爬起来，迈动巨大的鸡脚，开始在森林里狂奔。

“停下！”雅嘎一边大叫，一边敲着房上的椽子，“我们要引渡亡灵。”

“停下！”亡灵们一边大叫，一边胡乱地旋转，“我们要奔赴星星那儿。”

可是渔夫还在不停地诉说。他说到迷人的波浪，耀眼的珍宝，还有黑暗中闪闪发光的生物。

就这样，怪屋一路狂奔，到了北海。它扑进激流，朝着深海走去。海水渗进了地板和墙壁。

“停下！”雅嘎吼叫道，“我们不会游泳。”

“停下！”亡灵们尖叫道，“我们会在波涛中迷路，变成像水妖鲁萨尔卡一样不散的阴魂。”

可是渔夫还在不停地诉说：他说到沉没的城市，被遗忘的海岛，还有飞向星空的鱼儿。怪屋在水里游泳：它越游越快，一直游到遥远的海上。它长出一桅树叶做成的风帆：风帆滚动着，鼓荡着，把怪屋推向天际。

怪屋不听使唤，气得雅嘎只能唉声叹气。她坐下来，有了一个主意。她看着渔夫，听着他鲜活的故事，突然意识到，渔夫一定是没死多久——说不定他刚刚咽气，还有被救活的可能。“怪屋听令，”雅嘎高声说道，“渔夫还没有准备好去星星那儿。快，赶快游回到岸边。我们必须找到他的身体，让它与自己的灵魂合二为一。”

听到命令，怪屋失望得连连下坠。不过，它还是转身，朝着海岸游去。话说回来，谁又能见死不救呢？怪屋从水里爬出来，抖掉脚上的海水，开始在森林里狂奔。它在火龙的洞穴下面找到了渔夫的身体，已经被烧得面目全非，支离破碎。

雅嘎抓起渔夫的灵魂，跑向他的身体。“魂归本体！”她霸气地命令道。渔夫不敢拒绝。他即刻灵魂附体，开始了呼吸。

疼痛走窜到渔夫的四肢，游移到他的皮肤。雅嘎为他包扎好伤口，给他敷上止痛的草药，留下让他恢复体力的水和食物，这才又返回女巫之家，开始平心静气地引渡亡灵。

女巫的怪屋救了渔夫，开心极了。它对着渔夫微微一笑，平静地回到了森林。不过，它还是赶在海浪消失在树丛后面之前，又望了一眼大海。它发誓，总有一天，它也会体验到属于自己的海洋历险。

第二十三章

同舟共济

捕鼠精刚讲完故事，艾莲娜便紧裹披肩，走出了房门。“萨沙现在好多了。他的灵魂已经归体，他也有了呼吸。”听了她的话，我如释重负，不料她又继续说道，“不过他还没有苏醒，气息也很微弱，身上到处都是冻伤。”

冻伤。每年都有人因为冻伤失去手指和脚趾，甚至是整只手和整只脚。如果萨沙因为我发生了不测，我永远都不会原谅自己。于是我站了起来，想搭把手做点儿什么，却什么也做不了。

“你还是坐着吧。”眼见我们脚下的房子吱吱嘎嘎地叫唤着开始移动，艾莲娜说，“我们要赶到村子那儿——当然了，我们不能太贴近村子，免得让人看见，但又要尽量靠近村子，好让我妈妈驾着雪橇，把萨沙送到你的玛莫奇卡那儿。好在安纳托利把狗和雪橇留在了这儿，萨沙的这段短途旅行还不至于受罪。我妈妈说了，要论给人治病疗伤，你的玛莫奇卡比她高明多了。她还说了，萨沙苏醒的时候，最好是在家里，身边有亲人的陪伴，而不是在女巫的怪屋里，身边围着吓人的雅嘎。”说罢，艾莲娜放声大笑，可是她空虚的笑声却难掩担忧。比起死亡，也许萨沙是“好多了”，可是他目前的处境分明还很凶险。

怪屋突然蹿了起来。捕鼠精冲出窗户，跳上了我的后背。“那个人类小子看起来情况不妙啊，”他对着我的耳朵吱吱叫道，“所以呢，雅嘎妇人准备把他送到你的玛莫奇卡那儿。”

怪屋旋转着上升。这时我瞥见，伊凡从阴影里走了出来。在他金色眼睛的注视下，我的脑袋被火龙、诅咒、神树和愿望所占据。

一个念头在我的脑海里闪过。它像炙烤的松枝，噼啪作响。

“停下！”我吆喝着，跌跌撞撞地穿过门廊，奔向台阶。可是此时此刻，台阶早已升到了森林上方的高空。

“怎么啦？”艾莲娜和捕鼠精齐声发问。

“我不能回村里！”我喊道。

“为什么？”捕鼠精趴在我的脸上追问。

“没时间解释了。拜托，快把我放下来。”我抬眼看着房顶说。怪屋缩回到了地上。我踏上河岸，禁不住松了一口气。

尤里一路滑行着下了门廊，瘫倒在我的身边。“你不能再抛下我了。”他斩钉截铁地说，“还记得吗，我们是队友啊。”

我看着尤里那双棕色的大眼睛，终于明白，队友对他意味着什么。就像家人给我的感觉。玛莫奇卡和萨沙是我的家人，这种感觉给了我一个家，给了我一个归属。而这正是尤里所寻觅的东西。

“你们不和我们一起行动吗？”艾莲娜看看我，又看看捕鼠精和尤里。

我一边摇头，一边后退，不知道该怎么向她解释。

“没关系的，”艾莲娜点了点头，“我能理解。再说了，你在村里也帮不了多少忙。”她轻轻地拍了拍栏杆，沉吟道：“那好吧……我们先把妈妈和萨沙送过去，回头再来找你们。你说呢，怪屋？”

怪屋点点头，猛地蹿了起来。布莱基斯顿飞下烟囱，落在我们身后的树枝上。艾莲娜挥着手，随着怪屋转向，加速，消失在夜色之中。我看着怪屋的背影，嘴里不住地念叨，希望下次见到萨沙的时候，他不再是一个灵魂。

“现在你可以告诉我是怎么一回事了吧？”捕鼠精说罢，对着我的耳朵咬了一口，疼得我直往后退缩。

“你能不能不咬我的耳朵？”我咆哮道。

“人家才没有咬你呢。”捕鼠精打着哼哈，“我也就是轻轻地啃了一下，好提醒你注意的啦。”

“有狼！”尤里突然尖叫着，向后退却。

只见伊凡龇牙咧嘴，正朝我们走来。“没事儿。”我走过去，挡在了他们中间，“他是伊凡，不会伤害你的。”说罢，我瞪着伊凡，希望他能明白，有我在，他休想打尤里的主意。我耸动肩膀，想让自己显得更加伟岸，只可惜我四脚着地，并不比伊凡高出多少。

“可是他是一只狼，”尤里发出一声啸叫，“一只狼啊！”

“他是我们的队友。”我安抚尤里说，“我、你、捕鼠精、布莱基斯顿，还有伊凡，我们现在是一个集体。”

尤里看了看我们几个，高高地昂起了脑袋。“我们是一个集体？”他满怀希望地重复道。

伊凡点点头，眼睛在黑暗中闪烁：“我要加入你们这个集体，帮助大伙儿打败斯迈。”

“打败斯迈？”说着，捕鼠精溜下了我的鼻子。只见他转过身，对我怒目而视：“火龙斯迈吗？”

我不断地腾挪爪子，变换着身体的重心，突然对自己的计划产生了怀疑。可是刚才在怪屋的门廊上，我怎么觉得那么有底气呢。“也许不用和他干仗，只要绕开他就行。伊凡说了，斯迈看守着那棵能让愿望实现的神椴树。只要我能找到神树——”

“她就能实现变回人类的心愿啦！”伊凡不耐烦地抖抖毛发，打断了我的话，“我说，我们现在可以出发了吧？炽烈火山还有大老远的一段路呢。”

“和火龙干仗，这事儿也未免太艰巨太危险了吧。即使是我这么一个身怀绝技的捕猎高手，恐怕也难以搞定哦，”捕鼠精一边说，一边凑到月光下，端详着自己的利爪，“你确定你要这么做吗？现在你也就是徒有一副熊的外表，内里仍旧还是人类。”

“我有一个比成为人类还要重要的心愿。”我惦记着萨沙，回头望了望怪屋远去的方向。萨沙是我的家人，我的伙伴，我的港湾。我在银子溪畔辜负了他。现在我要补救我的过失，我要他康复如初。“我祈愿萨沙能早日康复。”

“只要我们打败了斯迈，你爱咋咋地。”说罢，伊凡朝北走了几步，回头望着我们，“快点儿吧，队友们！我们在浪费时间呢。”

我跟着伊凡，心里充满了忧虑——为萨沙，也为别的队友。我只知道，与火龙搏斗很危险，我不想有谁再受伤。

“你原来的同伴去哪儿啦？”我想在找到斯迈以前把尤里安全地送回他的族群，便这样问他。

“他们不要我了。”尤里嘟囔道，“一到春天交配的季节，成年雄鹿就会被赶出族群。”

“那么，别的雄鹿去哪儿了？”

“有的独自游荡，有的建立了自己的小团体。”

“要不我们帮你找个小团体，你加入他们？”

“可是现在你们是我的队友啊，”尤里自豪地说，“你自己亲口说的。”

“没错。”我叹息道，“我只是不想让你因为我受到牵连，在与火龙的搏斗中受伤。”

“危难时刻，队友们要齐心协力。”说着，尤里在泥地上打了一个趔趄，“你们会需要我的。”

“那个猎物说得没错，”伊凡咆哮着说，“集体的所有成员都派得上用场。”

我担心地皱起了眉头：“可是尤里只是一只小麋鹿，捕鼠精只是一只小黄鼬啊。”

“但我有一身猎杀技哦。”捕鼠精对着我的耳朵吱吱地叫唤道。

“你的确机智勇敢，意志坚定，可是捕鼠精，我们对付的是一条火龙啊。我不知道你能派上什么用场，”我摇着头说，“我甚至都不知道，自己能派上什么用场。”

“我给大家讲一段往事吧。好多年以前，有人请我与一群了不起的伙伴并肩作战。”说着，伊凡放慢了脚步，和尤里我们俩并排前行，“我怀疑伙伴们的能力，尤其是那只龙虾，可是大家却齐心协力，打败了巨魔不死怪。”

“我们听过这个故事呢，”捕鼠精颤悠悠地说，“你还记得吗，人类小妞？十五个季节以前，安纳托利就给我们讲过了。”尽管我已经彻底变成了一只熊，可是听到捕鼠精依旧把我叫作人类小妞，我不由得笑了。我努力地回忆着巨魔不死怪的传说。那是安纳托利给我讲过的最奇幻的故事，我喜欢听，却从没真心相信过——冰雪

森林里会有这么一个邪恶的不死巨魔，所向披靡，不可一世。

“你们想再听一遍这个故事吗？”伊凡问道。

“想啊。”我点着头说，体内顿时涌起一股热流——不管故事是真是假，不管接下来会发生什么，这一刻突然有了一种特别的感觉。伊凡、尤里、捕鼠精与布莱基斯顿都想留下来帮我，这让我觉得自己成了不可或缺的一分子，有了归属。

此时此刻，尤里和伊凡陪伴在我的左右，捕鼠精蜷缩在我的耳畔，布莱基斯顿在我的头顶上飞舞。河水潺潺流淌，树叶窃窃私语，我有了一种感觉：我属于尤里的鹿群，属于伊凡的狼族，属于这片神奇的森林。

“那好吧。”伊凡低吼一声，清清嗓子，开始了讲述。

“从前啊……”

巨魔不死怪的传说

从前啊，巨魔不死怪来到了冰雪森林。他比树木还要高大，比石头还要坚硬，冷酷得就像隆冬的冰霜。他臭气冲天，直熏得鸟儿从天上纷纷跌落。他把狼像浆果一样捡起，囫囵吞下，再把狼的头骨像果核一样吐出。他折断美丽的桦树当作牙签；他狂饮河水，害得鱼儿搁浅，龙虾爬向大海。

生活在森林里的一个人，一个名叫纳斯塔西娅的伟大勇士，看到冰雪森林里生灵涂炭，感到非常痛心。她发誓要除掉这个巨魔。于是，她来到森林中最幽深的地方，向雅嘎求教。

“巨魔不死怪隐藏了自己的灵魂，”雅嘎告诉她，“所以能长生不死。可是没有了灵魂，他无法理解别人的感受，这才变得冷酷而自私。只有他与自己的灵魂合体，被引渡到星星上面，他才会安生。可是他的灵魂被困在鸭子体内的一枚蛋里，而鸭子又躲在铁箱子里的一只野兔的腹中。铁箱子上了锁，深埋在死亡之岛——布扬岛的大橡树下。而我们只有航行到世界的尽头，越过北极星，才能到达那个地方。”

纳斯塔西娅明白，要想解救巨魔的灵魂，她需要帮手。于是她请求熊后，那个森林里最壮硕的动物，加入她的队伍。她还邀约了跑得最快的灰狼，飞得最高的金鹰，以及潜得最深的巨钳龙虾。

绿涛湾的海岸上，他们遇到了一个愿意帮忙的渔夫。于是，他们乘着渔夫的船，驶过世界的尽头，越过北极星，来到了布扬岛。熊后使出全身的力气，拔掉大橡树，从地底下拎出了铁箱子。她砸开锁，野兔像疾风一样，窜了出去。

可是灰狼跑得更快。他一口把野兔咬成两截，鸭子飞出来，冲上了云霄。可是金鹰飞得更高。她一把抓住鸭子，鸭蛋掉出来，掉进了大海的深处。可是龙虾紧追不舍，又用巨钳把鸭蛋捞了上来。

渔夫把大伙送回家后，纳斯塔西娅把鸭蛋绑在了一支箭上。她一看到巨魔不死怪，便举弓拉弦，瞄准射击。那支箭笔直地向前飞去，鸭蛋不偏不倚，正中巨魔的额头！灵魂涌入他的双眼，巨魔跪倒在地，被突如其来的感受击垮。

森林的幽深处，雅嘎和怪屋听到了巨魔不死怪倒地的声音。怪屋急忙朝他奔去；雅嘎走出房门，抓住了巨魔不死怪的手。她招待他吃喝，听他倾诉，把他快快乐乐地引渡到了星星那儿。巨魔的心境归于平和，再也没有打扰过冰雪森林里的生灵。

第二十四章
一路向北

我们向北走了几个小时，直到夜幕褪去，黎明带来喧闹。麻雀在低矮的灌木丛里叽叽喳喳，金翅雀在树梢上又唱又跳，一只翠鸟在河边嘹喉高歌。搁在平时，鸟儿们的乐曲会让我充满快乐，可是这个早晨，我满脑子想的都是萨沙。

我想知道，他在森林里的什么地方，他与死有多远的距离。艾莲娜说，怪屋会接近村子，以便瓦伦蒂娜驾着雪橇，把萨沙送到玛莫奇卡那儿。现在他们的任务可能已经结束，浑身涂满药膏的萨沙可能已经苏醒。也许他还在昏迷，只能任由冻疮像阴影一样在身上蔓延，听凭灵魂在身体里进进出出。

我双腿发软，扑倒在一簇金雀花中。

“你没事儿吧，人类小妞？”捕鼠精从我的耳边探出身体，盯着我的脸问。

“我就是累了，担心萨沙而已。”说罢，我抬起头，希望能看到远处炽烈火山喷发出的烟雾，却被一簇高大的桦树挡住了视线，“神椴树还有多远啊？”

“两三天的路程吧。”伊凡回答。

“两三天的路程？”我觉得周围的森林似乎在旋转，“可是萨沙现在很危险啊。要是我来不及救他怎么办？要是他……”说着说着，我的眼里噙满了泪水。

“专注！”伊凡叫道，“我们要对付的可是一条火龙。焦虑只会让你分心。”

我点点头，不由得加快了脚步。我需要专注，需要制订一个方案，以便攻破斯迈的防守，接近神椴树。目前看来，萨沙很安全。毕竟他的身边有瓦伦蒂娜和玛莫奇……我紧皱眉头，努力地回想着她的名字。“玛莫奇……”我大声念叨着，希望那个名字能脱口而出，不料却卡了壳。我发出一声沮丧的吼叫。

“怎么啦？”尤里问道。

“和我一起住的那个妇人，我想不起她的名字啦……”我努力回忆着她的样子，脑子里却只有一团黑乎乎的浓雾。

“你的玛莫奇卡吗？”捕鼠精吱吱叫道。

玛莫奇卡随即现身。她回到了我的脑海里，清晰而明朗。我看到了她强壮而忙个不停的双手，听到了她毫无波澜的声音，闻到了她椴树花一般的体香。

“对，就是玛莫奇卡。”我如释重负地叹了口气，心里却有一种沉甸甸的感觉：我怎么能忘记玛莫奇卡？

“你一定累了。”捕鼠精关切地盯着我的左眼，“你上次睡觉是什么时候？吃饭是什么时候？”

我想起来了，上次醒来的时候，我在熊窝里，已经变成了一只熊。简直难以相信，这件事仅仅发生在昨天！经历了这么多，一切都恍若前世。记得奶奶说过，只要变成一只熊，我的人类记忆就会逐渐消失。一股寒意掠过我的皮毛。可是我变成熊还不到一天的时间，不至于已经开始忘记自己的人生，对吧？

“我们应该停下来休息。”捕鼠精果断地点了点头，“我可以给你捉一只老鼠，或者兔子。”

“我们继续走吧，我没事儿。”说罢，我加快了脚步，只想尽快赶到神椴树那儿。我描绘着萨沙的模样——高个子，细长腿，一头羽毛般的头发东奔西突——努力把他镌刻在脑海里。我必须记住他，直到炽烈火山那儿。只有这样，我才能央求神树救他。说不定在救下他之后，我还能请求神树救救我。

太阳升到了森林的上空。我被树木包围着，看不到地平线，完全不知道我们走了多远的路。萨沙的模样在我的脑海里不断浮现。我疲惫不堪，走着走着就打起了瞌睡。

“女巫之家！”三只红腹灰雀齐声叫着，飞进了松林。只见巨大的鸡脚落下，地动山摇；怪屋的阴影扑来，压在了大伙儿的身上。难道它带来了萨沙的坏消息？恐惧像风暴一样，在我心中肆虐。

怪屋抬起一只鸡脚，张开了脚趾。我正懵里懵懂，那只鸡脚却俯冲下来，一把抓住我，把我丢到了门廊上。

就在我挣扎着爬起来的时候，伊凡咆哮着，被丢到了我的左手边，而尤里则尖叫着，被丢到了我的右手边。布莱基斯顿优雅地落在了屋顶上；捕鼠精一边沿着栏杆奔跑，一边喋喋不休地对怪屋说着什么。他说得太快，我一个字都没听懂。

“燕卡、尤里，你们好呀。”门廊的那头，艾莲娜在朝我们挥手致意。

“萨沙怎么样了？”我脱口而出，却又突然记起，艾莲娜听不懂我的熊语。

“你在问萨沙的情况吗？”艾莲娜一边慢慢地朝我靠近，一边怯生生地瞅着伊凡，“我和怪屋往回走，让妈妈驾着雪橇把他送到村里。他……”艾莲娜的声音开始颤抖。“他的呼吸不正常。尽管妈妈给他涂了兔脂膏，他的冻伤却在变黑。反正是情况不容乐观。我很难过，燕卡，”说着，她把一只手放在了我的背上，“不过你也不要太担心，说不定你的玛莫奇卡能帮上忙呢。”

话是这么说，可听起来她自己都未必相信。

内疚和绝望裹挟着我，可是在我的心里，救助萨沙的那把火却燃烧得更加炽烈。“怪屋！”我对着怪屋的前门叫道，“你能不能把我们送到炽烈火山那儿？这样我才能找到神椴树，救我朋友一命。”我屏住呼吸，等着房子的回答。它狂奔上山的速度可比我走路快多了。何况我越早赶到目的地，救活萨沙的机会就越大。

怪屋点点头，却把大伙儿甩向了栏杆。只见它一跃而起，开始沿着河岸奔走，并且步子越迈越快。“谢谢您啦！”我冲着它敞开的窗户和微笑的房门发出一声咆哮。如果可以，我真想抱抱它。

“你慌里慌张地去哪儿啊？”艾莲娜不解地对着房顶大喊。

怪屋舒展鸡脚，把我们托起，越过高高的树梢。只见东北方漆黑的云团下，透出一束疏淡的橘黄色光芒。

“那儿就是我们要去的地方吗？”艾莲娜问道，“炽烈火山？”

一听到炽烈火山，怪屋便开始狂奔，直晃得尤里站不住脚，在门廊上滑来滑去。

“你们干吗要去——哦，我明白了！”艾莲娜睁大眼睛，叫了起来。她转向了我：“你们要去找神椴树！它长在炽烈火山上，对吧？

我听过好多它的故事呢——它能像长树叶一样长出小鸟，能实现愿望。难道你们有什么愿望吗？”艾莲娜看着我的眼睛问。“萨沙！”她拍了拍双手，“你们要请神树去救萨沙！”

我点点头。艾莲娜伸出胳膊，搂住了我的脖子：“好棒的主意！我相信神树帮得了忙。我可是听说，它一颗花蕾的魔力比一千栋雅嘎怪屋的魔力还要大呢。”

怪屋扑通一声跳进河里，溅起一簇冰冷的水花，溅了艾莲娜一身。艾莲娜吓得倒吸一口冷气，却又会心一笑，开始扭干披肩上的冰水。“没有瞧不起你的意思哦，”她抬头看着房顶，摇着头说，“《雅嘎宝书》就是这么写的。其实呢，据宝书上记载，神椴树的一截树根开了小杈，变成了雅嘎最早的怪屋。这么一说，神树还是你远古的祖先呢，对吧？所以你也拥有同样的魔力。”

怪屋抱歉地耷耸屋檐，敞开了前门。炉火的温暖一泻而出，燎烘着艾莲娜。

“我一直都想去看神树来着。”艾莲娜的眼睛闪闪发光。“我读了它的一个故事后，曾经问过妈妈，我们能不能去拜访神树。妈妈说，火龙把守着神树，很危险。”艾莲娜的眉毛拧在了一起，“你想好怎么突破斯迈的防线了吗？”

我没有想好，只能不自在地扭着身体，目光从捕鼠精移向尤里，又转向布莱基斯顿。恐惧在我的心里偷偷滋长，躁动不安。我的目光落在了身强体壮的伊凡身上：“一旦我们到了炽烈火山那儿，我想应该由我和伊凡对付斯迈，你们都好好地待在怪屋里。”

“这个主意可不咋地。”捕鼠精摇着头说。

“和斯迈打交道太危险了。再说了，我和伊凡又最强大。”

“你可拉倒吧，别以为有肌肉和尖牙就算强大。真正的强大才没有这么简单呢。它就像蛛丝术，你要有一张蜘蛛网才能打败斯迈，而我们——”捕鼠精转着圈说，“就是你的蜘蛛网。”

“要是我听得懂你们的话，那该有多好啊。”艾莲娜看着大伙儿说，“我不知道你们想出了什么主意，不过也许我，还有怪屋，能帮上忙呢。怪屋很年轻，可并不愚钝。它能保证我们顺顺利利地抵达炽烈火山，安安全全地返回家中。是不是啊，怪屋？”

怪屋腾空而起，又扑通一声落入河中。它在河里狂奔，溅起好多的浪花。

一道彩虹出现在我们面前。

艾莲娜拍着手，笑眯眯地说：“好美啊。”

“你究竟是怎么想的啊，人类小妞？”捕鼠精颤悠悠地说，“你就不能坦然接受大伙儿的帮助吗？不就是点个头嘛。”

我想答应他，可是烦恼却在我周围嗡嗡作响，像一群蚊子一样挥之不去。“如果你们当中有人受伤怎么办？”我小声说，“就像萨沙这一次。唉，都怪我。”

捕鼠精咬了咬我的耳朵：“你要是不让大伙儿帮忙，我们才受伤呢。”

怪屋欠了欠身，表示赞同。我改变了主意：捕鼠精说得没错。我没接受萨沙和玛莫奇卡的帮助，结果却伤害了他们，让事情变得不可收拾。这一次我需要做出正确的选择。

“那好吧，”我缓缓地抬起了大山一般沉重的脑袋，“大伙儿一起行动。”我点点头，心里顿时觉得轻松了许多。

我的嘴角浮起一抹笑意。此时此刻，怪屋正带着我们朝炽烈火山飞奔。到了那儿，我会和队友们齐心协力，想方设法突破斯迈的防线，请求神椴树解救萨沙——接下来也许就是我。然后我就能回家，回到家人们的身边，永远不再离开。

第二十五章
森林的那一边

怪屋平稳地奔跑着。我很累，眼皮开始打架。于是我挺直腰板，深吸一口清冽的空气，摇摇脑袋，好让自己保持清醒。

“我需要制订一个计划，”我朝门廊上的伊凡望去，只见他蹲坐在那儿，目光坚定地看着炽烈火山的方向，“你能告诉我有关斯迈的一切吗？”

伊凡打了一个哈欠：“先休息，再计划。”

艾莲娜端着一托盘的食物，奔出了房门。“饿了吧？”她问。我的肚子开始咕噜咕噜地叫唤，直吓得捕鼠精一个激灵，跳下了我的脑袋。“你看，我还找到了这个。”说着，艾莲娜拿出一罐东西，闻起来有点儿像玛莫奇卡的蜂蜡檀香膏，“给你疗伤用。”她看着我的后背和四肢，冲着白狼及其同伙抓咬的伤痕点了点头。我对她的好意报以微笑，不由得想起了萨沙和玛莫奇卡，我的家人。此时此刻，我体会到了家人的重要，只想让一切回归正轨，回到家里，回到他们身边。

艾莲娜给尤里端来一碗青菜，给捕鼠精和布莱基斯顿端来几盘烟熏鲑鱼，又给伊凡端来一盘炖肉。伊凡嫌弃地转身，咆哮着说，自己会捕猎，不吃嗟来之食。艾莲娜把香膏涂在我的伤口，然后又回到屋里，端出两大碗菜汤。她挨着我坐下，开始用勺子把菜汤舀进嘴里。我看着自己的菜汤，正不知道怎么下嘴，鼻子却闻到了香味，开始抽动。我的舌头也变得灵活起来，忙不迭地开始舔食菜汤。汤汁溅到了我的毛发上，我急忙用爪子去端汤碗，不料却打泼了剩余的一点儿汤汁。我仰身后退，舔干净鼻子，毛发掩盖下的那张脸却窘得通红。

除了对炖肉不屑一顾的伊凡，大伙儿都吃了东西。然后，我们安安静静地坐在那儿，看着大地一闪而过。春光随着我们北行的脚步渐渐隐去。树上的积雪越来越多，周围的空气越来越冷。艾莲娜拿出一条毛毯，靠着我的后背睡着了。布莱基斯顿在屋顶上轻轻地打着呼噜，捕鼠精钻进了我耳朵后面的毛发，尤里挨着我酣然入睡，梦里还在抽动鼻子。伊凡一直盯着地平线，可是他的双眼却半开半合，脑袋在不住地下垂。

我努力地回忆着那些关于斯迈的传说，希望从中找到行动的灵感，可是我的脑子里却是一团糨糊。我怕又一次忘记自己的人生，只能努力地回想着过往的点点滴滴：我和玛莫奇卡在园子里播种；她伸出光滑而有力的手，把我的头发拢到耳后；安纳托利坐在火炉边，布满老茧的手指滑过一幅标记满满的地图。我回想着萨沙——他从毛茸茸的帽子下面冲我微笑，邀我和他比赛滑冰，大笑着滚下雪橇。

我思考着该对神椴树说些什么，可是我累得够呛，思绪混乱。没过多久，伙伴们轻柔的鼾声，怪屋的鸡脚有节奏的脚步声，还有慢慢摇晃的地板，便把我送进了幽深的梦乡。

我醒了，却发现春天已没了踪影。树木被积雪压得东倒西歪，河里结了一层厚厚的坚冰。太阳苍白而遥远，正缓缓下坠，划过冷灰色的天空。已经是下午了。艾莲娜的鼻尖被冻得青紫，我们俩呼出的哈气交汇，变成了一大团白色的云朵。我环绕着她为她保暖，就像熊后，我的奶奶，当年为我所做的那样。

一想到自己丢下奶奶，我就感到难过。她也是我的家人啊。可是，如果我留在她身边做熊，我就会失去我作为人的一切，包括记忆。正是它们造就了我……不过话说回来，奶奶也造就了我啊。突然之间，我被这一切搅得心思大乱，不由得皱起了眉头。

我推开纷乱的思绪，专注地思考着自己认定的那件事：我要救萨沙。他有可能随着白天的消逝而消逝。于是我站在那儿，观察着周围的地形，想弄清我们还要赶多远的路。

前面不远处就是冰雪森林的北部边缘。银子溪在这儿终结，变成了一个开阔的新月形河湾，上面结着一层厚厚的绿色坚冰。河湾的那边是一汪广袤的海洋，蓝色的海面上，散布着明晃晃的巨大冰块。

森林的东面，陆地与大海的交界处，炽烈火山赫然耸立。黑色的浓烟遮蔽住了它的山峰；浓烟下方，红色的火舌肆意窜动。浓烟里面，橙色和黄色的光点闪爆，火花飞溅。我抬头望着屋顶，突然意识到，雅嘎的怪屋有那么多木料，是多么容易着火。“我们怎样才能安全到达神树那儿呢？”我嘀咕着。

艾莲娜醒了。她伸伸腰，揉揉眼，目光从怪屋转向前方的大海。“我们已经到了北海呢！我们只要沿着海岸线，走不了多远，就能到达炽烈火山啦。”说罢，她微微一笑，一只手放到了我的背上。

怪屋纵身一跃，跳进了冰河。它向前冲去，速度快得让我怀疑它是不是已经失控。门廊上，尤里一边尖叫一边滑行。捕鼠精被甩得前仰后合，只能爪子发力，紧紧地揪着我的耳朵不放。

随着嗖的一声巨响，还有一阵可怕的摇晃，怪屋恢复了平衡，平稳地滑向那个新月形的河湾，滑上了厚厚的绿色冰面。

“瞧，那是什么？”艾莲娜盯着远处的一个物体问道。只见河湾的深处，一个庞然大物悄然现身。随着我们靠拢上去，它变得越来越大。等到它变得轮廓分明，我兴奋得简直奓了毛。对于怪屋如何把我们安全送达炽烈火山，我想我已经知道答案。

“捕鼠精。”我晃晃脑袋，看看他是不是又进入了梦乡，“你看，是一艘船呢！”

“我看见了。”捕鼠精伏在我的脑袋上，咧嘴笑了，“雅嘎小妞不是说过嘛，怪屋会确保我们的安全。我们要去炽烈火山那儿，还有什么能比沿着海岸线航行更保险的呢？”

我笑了。捕鼠精说得没错——冰冷的海水才是抵御火山烈焰的最好法宝。我们离火山越来越近了。我注视着那艘船，心里充满了敬畏。它很大，大得甲板上足以容纳至少五个女巫之家。它那霜雪一般洁白的桅杆直插云霄，狭长的船头闪动着雪花星斗的光芒。

“是一艘被冰封的船呢，”艾莲娜兴奋地拍着双手，“像极了安纳托利的一个故事。”说罢，她转向我，眼睛像那艘船一样闪闪发光：“他给你也讲过那个故事吧？”

我摇了摇头。我确实记得那个故事，不过在当时，安纳托利还有一个故事更加奇幻，更加让人难以置信。所以呢，那个故事再听一遍也不错。

艾莲娜捡起毛毯，裹住了自己的肩膀。此时此刻，房子正朝着那艘静止的白船，做着最后的冲刺。于是，艾莲娜照着安纳托利的样子，开始了讲述：

“从前啊……”

飞船的传说

从前啊，世界上到处都是飞船。丰富的想象力和执着的信念是它们的动力。它们像海中遨游的鲸鱼一样在天上翱翔，忙着冒险与探奇。

斗转星移，信念与想象力变得稀缺。于是，飞船一艘接一艘地跌落到了海上，变成了货船、客船和兵船。有些飞船消失在海浪之中，成了海蛇和美人鱼的家。

没过多久，世界上就只剩下一艘飞船。船长是一个名叫科西切的年轻巨人。他在天空中翱翔，在云层上穿行。100年过去了，他变得像风雨肆虐的大海一样面目沧桑，皱纹纵横。年轻的巨人科西切青春不再，他的妻子也日渐衰老。可是他那么酷爱驾驶飞船，只想长生不死，永远翱翔。

科西切悲伤不已。

他想出了一条妙计。于是，他飞过世界的尽头，飞越北极星，来到了布扬岛。他将自己的灵魂藏匿在大橡树底下，从此便可以长生不老，还永远不会终止飞行。

科西切没有了灵魂，变成了有名的巨魔不死怪。可是，失去灵魂的科西切却发现，自己也失去了驱动飞船的信念和想象力。飞船因此从空中跌落，掉进了北海。科西切悲愤交加。狂怒之下，他折断飞船的主桅杆，冲向冰雪森林，留下那艘船在风浪里独自颠簸。

就这样，那艘失落的飞船孤零零地随波逐流，直到被一艘捕鱼船上的渔民发现。捕鱼船上的一半渔民爬上了飞船。他们修好主桅杆，又添置了一支新桅杆和一个起网机，把飞船妥妥地变成了一只捕鱼船。然后，他们开着这艘船，从风平浪静的东海域驶向狂风暴雨的西海域，捕鱼捕蟹打捞海带。他们心无旁骛地捕鱼，却没有足够的信念与想象力，让飞船翱翔。

后来有一天，在绿涛湾的岸边，他们中的一个渔夫坠入了爱河。他满心欢喜，飘然若飞。让他喜出望外的是，女孩也爱着他！渔夫的同伴们把捕鱼船作为贺礼送给了这对新人，又回到了他们原来的船上。

渔夫和妻子有爱，有信念，有想象力。就在他们扬帆启航去度蜜月的时候，船升上了天空。海风鼓荡着船帆，船头展开了笑颜。他们穿过世界的尽头，越过北极星，朝着布扬岛和远方飞驰而去。

七个季节过去了，渔夫和妻子把船驶回了绿涛湾。他们即将迎来自己的孩子，所以想在森林里安一个家。就这样，飞船又一次被孤零零地抛却。不过他们在离开飞船之前，在船舷上缘刻上了这样一句话：致仰望星空、砥砺前行的探险者们。

冬天来了，霜神发现了这艘被遗忘的孤船。他坐在船头，把船封冻在了冰霜之中。从此船便沉睡在那儿，年复一年，等待着自己的真命船员，期待他们有足够的信念与想象力，能让它再一次腾空而起。

第二十六章

冰封之船

怪屋冲进了河湾。快到冰层边缘的时候，它开始滑步减速。它的动作很大很急，窗户全部敞开。我觉得，如果可能，它会高兴得大声欢呼。

那艘冰封的船耸立在我们面前，熠熠发光，璀璨夺目。怪屋纵身一跃，跳上了甲板。它在甲板上走动，所到之处，冰层碎裂，木头吱嘎作响。整艘船都动了起来，仿佛有了生命。

怪屋走到船头坐定，双腿从船的两侧朝下探伸，直到踩上冰冻的海面。房门两侧高高翘起，弯成一个笑容，把屋檐挤作皱巴巴的一团。

一声巨响划破长空，余音回荡。船身下沉——我的心也随之一沉。又一声巨响，紧跟着另外一声巨响，船体开始倾斜。撞击声在我们的脚下此起彼伏，冰面像雷鸣一样隆隆作响。

我伏在门廊的栏杆上，想看个究竟。捕鼠精跳了下来，向船舷跑去。“怪屋在用脚破冰呢，”冰块迸裂与水花四溅的嘈杂声里，传来了他的尖叫，“我们就要扬帆起航啦！”过了一会儿，他又出现在了房顶上。只见他整个身体朝东倾斜，仿佛他这样做，便可以让船和怪屋朝着那个方向前进。“向着炽烈火山，出发！”

我们的周围，坚冰迸裂，噪声四起，就像有个巨无霸的怪物刚刚从沉睡中苏醒。随着一阵剧烈的颠簸，船掉进了冰窟。冰冷的海浪扑向船舷。在这令人恐惧的时刻，我以为我们就要沉到海底，不料船又反弹了回来。我悬着的心落了地。

尤里尖叫，伊凡咆哮，布莱基斯顿发出一阵嘶鸣。捕鼠精快活得发抖，艾莲娜踮着脚尖，不住地跳来跳去。

怪屋开始划水。它来回摇晃，双脚不停地扒拉着船侧布满浮冰的水面。巨大的冰块渐渐散去，怪屋带着我们进入了一条空旷的航道。

尤里身后的地板上，突然冒出一棵粗壮的树苗。尤里吓了一跳，一边惊恐地转着那双原本就很大的眼睛，一边呜咽着，摇摇晃晃地躲到了一旁。树苗蹿到了门廊的上方，只见它舒展巨大的树叶，仿佛扯起了一面风帆。

“简直太美妙了！”艾莲娜笑容满面，一只手搂住了我的脖子。

我依偎在她怀里，笑了。的确很美妙。幽蓝的大海，明亮的冰面，还有天边闪耀的金光，一切都美得让人惊叹。雅嘎之家的兴奋太有感染力了——它的树叶风帆在鼓荡着，我也随之挺起了胸膛。

航道越来越宽，怪屋的节奏越来越平稳。它的双脚在水中划拉着，身体在轻轻地摇摆。就在这时，太阳钻出了云层，阳光喷薄而出。耀眼的光在冰雪森林上拂掠而过。遥远的南边，蓝山的山顶光芒闪动，像星尘一样璀璨。

“星尘！”我喊道。一个念头在我脑海中闪过。

捕鼠精落在我的鼻子上，一脸困惑地看着我：“人类小妞，你在说什么？”

“就在蓝山的山顶，就在那个被天空润染成蓝色的古老山巅，纳斯塔西娅打磨出六个箭头。箭头用厚实的蓝冰打造，用星尘硬化，坚韧又冰冷，足以冷却火龙心中的怒火。”我一字不差地复述着安纳托利的故事，激动得热血沸腾，“我的项链就是其中的一个箭头！我们可以用它对付斯迈！捕鼠精，麻烦你把皮绳咬断。”

捕鼠精跑到了我的脖子后面。我觉察到，他在我的毛发里开始啃咬，然后箭头滑落。

没等箭头落地，艾莲娜便将它一把抓住。“这是你生母的一个箭头，对吧？”说罢，她迎着光举起了箭头，“安纳托利给我讲过她与斯迈之间的那场恶斗。”

我点了点头，看着艾莲娜捧在手里的那块冰蓝色的石头——最后的那支箭。在安纳托利的故事里，它承载着纳斯塔西娅的信念和爱恋，划过繁星，又吸纳了月光和魔力，在月亮下坠落。它让我想起了自己亲生母亲的故事——她怎么死去的故事。她的形象浮现在我的脑海。瓦伦蒂娜说过，当初我还是人类的时候，长得很像她。可是在我的想象中，她却更高大更强壮。她是一个伟大的勇士，却在与斯迈的搏斗中失去了生命。那么我们还有什么获胜的希望呢？我的肌肉就像蜜蜂振翅，开始震颤。

捕鼠精咬了咬我的耳朵："还记得吗，团队的力量？"

我深深地吸了一口气，看了看艾莲娜、伊凡、尤里和布莱基斯顿，还有怪屋。捕鼠精说得没错。纳斯塔西娅是孤身作战，而我却有一支团队。

"我说怪屋，"艾莲娜拍了拍门廊的栏杆，"你能给我弄出一把弓箭吗？"

"妙极了。"捕鼠精颤悠悠地说，"如此这般，雅嘎小妞就能把利箭射进斯迈的心脏。"

"不行，"我摇了摇头，不想让艾莲娜去冒这个险，"我要用牙齿持箭，去完成这场搏杀。"

"我的攻击术也会大显神通。"伊凡咆哮着，霸气十足地抖了抖背上的毛发，"到时我会把斯迈逼进一个死角，你再用箭刺穿他的心脏。"

"恐怕没等你们俩靠近斯迈，早就给烧成灰喽。"捕鼠精看看我，又看看伊凡，不由得摇了摇头，"算你们走运，身边还有个智多星。"

伊凡亮出一口獠牙，发出一声低吼。捕鼠精蹿上了房顶。

栏杆纺锤状的木柱上，一张长长的弯弓赫然而出。

艾莲娜拿起了那张弓："燕卡，你看！简直完美极了！"我举起一只爪子，想去触摸。捕鼠精说得对，相比近距离的肉搏，从远处射杀斯迈会更安全。不过我希望，自己能完成这次射杀。

一根细细的纤维藤蔓从屋顶上袅袅垂落。艾莲娜将藤蔓绕在了手指上："我要用它做一张弓弦。"说罢，她折断藤蔓，把它系在了弓的一头。"我很乐意参与你的计划。"她笑着说，"我来射杀斯迈，你去求助神椴树。然后，怪屋护送我们回家。我们会看到萨沙，健健康康，平平安安。”艾莲娜系好弓的另外一头，举起弓，开始欣赏自己的手艺。“我需要点儿东西练练手。我说怪屋，想个办法啊。”

细长的箭杆像黑麦一样，从地板上赫然而出。它们的端头变厚，变成了锐利的木头三角形箭头。“谢谢啦！”说着，艾莲娜抓起几支箭，走到了船甲板上练手。

她笨手笨脚地拉弓搭箭，却把箭弄掉了好几次，这才把箭搭好。然后她闭上一只眼，瞄准了堆在船尾的大圆桶。她松开弓弦，箭却落在了离她几十厘米远的船板上。她又拿起一支箭，射了出去。接着又是一支。

艾莲娜练习着，慢慢地有了进步。每一次她都能把箭射得更远更有力量，可惜却怎么也射不中那些木桶。她射出的箭大多落在了船甲板上，有些干脆偏离方向，掉进了海里。

眼见又一支箭从艾莲娜的手里离弦而出，冲向船甲板，掉下船舷，不见了踪影，伊凡禁不住嘟哝了一句：“唉，她射中斯迈的概率简直是微乎其微啊。”

我点了点头。伊凡说得没错，却也给了我一个主意：“我把斯迈引出山洞，牵制住他，好让艾莲娜瞄准。如果艾莲娜失手了，我们中得有谁把箭给她找回来，让她再试一次。”

布莱基斯顿张开翅膀，从屋顶飞下，落在了栏杆上。“这个我可以做到哦。”他伸缩着一双利爪说，“必要的话，我可以中途拦截。”

伊凡点了点头：“我会把斯迈逼到一个对我们最有利的位置，确保艾莲娜拿回那支箭。”

“那我做什么呢？”尤里后腿直立，连忙问道。

“你的拿手好戏不就是逃得快嘛。”捕鼠精说着，从屋顶上跌下，掉在了尤里短短的鹿角上。

“可不，我的强项就是逃得快啊。”尤里骄傲地附和着。

我忽然有了一个奇思妙想，不由得笑了：“危急时刻，你可以驮着艾莲娜一起逃啊。”

“乐意效劳。”尤里点着头说。

“至于我的拿手好戏嘛——”捕鼠精卖起了关子。

“你的独门猎杀技吗？”我索性把话给他挑明了。

“随意打断别人讲话，这也未免太不礼貌了吧。”捕鼠精对我怒目而视，“其实啊，我最擅长的是战舞。你们将要看到的是最棒的战舞，没有之一哦。”说罢，他跳上我的鼻子，挺起胸膛，开始摇头晃脑：“我要用它迷惑斯迈。我要让他动弹不得，等着雅嘎小妞的射杀。”

行动方案在我的脑子里逐渐变得清晰。尤里要驮着艾莲娜，让她远离危险。我要把斯迈引诱到一个空旷的地方，与伊凡联手牵制他。艾莲娜将从远处射击；如果她失了手，布莱基斯顿和伊凡会把箭再送回来。捕鼠精可以大跳特跳他的战舞——管它到底是什么东西呢。而我们一旦突破斯迈的防线，我会与神椴树面谈，求他解救萨沙，还有我。

方案会成功的，我这样说服自己，顿时有了一种全新的陌生的感觉。我肌肉放松，却感觉强健有力，身体轻盈得像天上的云朵。我一向以为，勇敢是一个人单枪匹马，孤军作战。也许我错了。大家协同作战，共同进退也是一种勇敢。

怪屋突然倾斜，把大家甩得东倒西歪。原来它正拖着海水里的一条腿，漂移过一个岬角。冰冷的海风扑向我的脸，让我禁不住眯起了眼睛。等我再次睁开双眼，眼前的景象让我屏住了呼吸。

一座陡峭嶙峋的火山拔地而起。稀疏的森林七零八落，一路延伸到火山的山脚，草木枯败萧索，俨然成了生灵涂炭和浓烟滚滚的坟场。一道道橙黄色的熔岩在石头缝里闪动，五颜六色的岩浆在低洼处冒着气泡。

“炽烈火山！”捕鼠精叫着，爬上了我的头顶，想要看得更清楚一点儿。

就在这时，我看到一条通向火山的小路，不由得额头一阵发紧。小路随着一条条融化的积雪，在发光发热的岩石间蜿蜒穿梭。但愿路面不那么烫，能在上面行走。

火山的半山腰那儿，有个巨大的黑洞，比我家的房子还宽，比我家园子边上的巨松还高——斯迈的洞穴。一想到斯迈，我不由得起了一身的鸡皮疙瘩。此时此刻，虽然我已经有了行动预案，可我还是无法预料，斯迈会有什么样的疯狂举动。

洞穴的上方，火山的山巅被黑色的浓烟遮蔽。不过，就在我朝它凝望的时候，乌云开始消散。我看到了硕大的青枝绿叶！它们像落日一样宽阔，像天空一样高大。

“是神椴树。”我低声说道，却又不敢相信。它长在一座炙热的火山山顶，显得特别怪异。“它怎么能在这样的地方存活？”

“它别无选择，”伊凡闷声闷气地说，“这儿曾经是冰雪森林的灵魂之地。它美丽而宁静，充满了生机。可是自从斯迈横空出世，神椴树不再能庇护一切。炽烈火山在斯迈的触控下滋长肆虐，把神树孤零零地困在了这儿。”伊凡抬头看着滚滚浓烟里若隐若现的神椴树，眼里闪过一丝痛苦与悲悯交织的神情。

“你先前给我说过，斯迈看守着神椴树，”我皱着眉说，“可是现在你说得又像斯迈在伤害它。”

“两种说法都成立啊。”伊凡点着头说。

“我不明白。斯迈到底从哪儿来的？为什么他要以一种伤害的方式看守神椴树呢？”

“我还以为你知道那个故事呢。”伊凡转向我，两只耳朵一只往前一只朝后，“斯迈的出世，还不都是因为你爷爷的所作所为。”

“我的爷爷？”又是一阵寒风袭来。它裹挟着针一样锋利的冰碴，钻进了我的毛发。我禁不住打了一个寒战：“熊皇吗？”

伊凡又点了点头：“没错，就是他，只不过那时他还没有变成一只熊。他还是人类，还是一个名叫德米特里的樵夫。你且坐下，听我告诉你事情的来龙去脉。反正我们还没到地儿，正好有时间讲讲故事。”

我依了伊凡，乖乖地坐下，却又被满腔的期待搅得心潮起伏，不能平静。怪屋平稳地划着水，驶过一排排烧焦的树木，还有嶙峋的黑色山岩。夕阳在我们面前投下长长的影子，地上的裂缝里冒着滚滚浓烟。

硫黄散发出一阵阵臭鸡蛋味，渗进我的鼻孔，在我的嘴里留下苦涩。就在这时，伊凡吐出一小团蓬松的云朵，开始了讲述：

“从前啊……”

神椴树的心愿

从前啊，有一棵神椴树，像天空一样高大，像日出一样宽阔。它与四周的树木一起欢舞，和树枝上的鸟儿一同吟唱。它是冰雪森林的灵魂。

可是樵夫出现了。

神椴树原本可以击落樵夫手中的斧头，但它慈悲为怀，宁愿用一个愿望，换取樵夫的恻隐之心。

樵夫实现了自己的愿望，却索求的更多。神椴树被折腾得筋疲力尽，心灰意冷，只能拒绝。

樵夫却利令智昏。他怒吼着，砍啊……

……砍啊……

……砍下了一根树枝。

神椴树疼得叫唤起来。

地面上，被砍下的树枝愤怒地扭动着，膨胀着。它噼里啪啦地断裂，长出了三个脑袋。一条狂暴的火龙腾空而起，喷射着愤愤不平的怒火。

神椴树吓得瑟瑟发抖。它无法控制火龙，只能惊恐地看着火焰和熔岩从火龙的嘴巴里喷涌而出。森林着火了。霎时间，鸟儿飞窜，河流干涸，花朵被烟尘笼罩。

神椴树祈求火龙息怒，不料火龙却喷出更加炽烈的火焰。它发誓要守护神椴树，再也不会让神树因为人类的贪欲受伤。它对着大地咆哮，把地下水引爆成滚烫的喷泉。泥浆被炙烤得沸腾，不住地冒着气泡。清澈的水塘被黄色的硫酸污染；毒气四处飞旋，形成致命的毒瘴。神椴树周围的岩石间，岩浆奔涌。一座火山拔地而起，火山半山腰的洞穴里，盘踞着那条火龙。

火龙一低吼，大地便会震颤着狂摇森林；火龙一发怒，火山便会猛烈喷发，天上便会电闪雷鸣。

神椴树伫立在洞穴的上面，孤独而忧伤。火龙原本只想守护神树，不料却把神树困在了那儿，让它远离了自己所爱的森林。每当火龙醒来，对着天空喷火，神椴树便会为燃烧的森林哭泣。它多么希望，有一天火龙会冷却心中的怒火，自己能回到所爱的森林。

只可惜神树虽然充满了魔力，却实现不了自己的愿望。

第二十七章

炽烈火山

“这么说，一切都怪我的爷爷喽？”我凝视着烧焦的森林，裂缝里直冒气泡的火山，还有山顶那棵被烟熏火燎得几乎窒息的神椴树。“正是他的贪婪、自私和冷酷才招来了这场横祸。”我低头看着自己的熊脚，禁不住摇了摇脑袋，“我的家族活该遭到诅咒。”

“胡说。”捕鼠精咬了咬我的耳朵，“你的爷爷犯了错，神椴树却拿它来惩罚别人，这也未免太不公平了。你的奶奶，你的爸爸，还有你又没做错什么。”

“也许神椴树没想诅咒你家的祖祖辈辈，只是诅咒就像愤怒和火龙一样，难以控制。”伊凡盯着火山，肌肉紧绷，好像要猛扑过去，“重要的是你来了，为了弥补你爷爷的过错而来。只要我们同心协力，就能打败他造出的那条火龙。”

我深深地吸了一口气，高高地扬起了脑袋。伊凡说得没错。我来到这儿，是为了解救因我而处在死亡边缘的萨沙，是为了找到一条变成人类回家的路——只不过现在我意识到，自己还可以做得更多。我可以弥补爷爷的过失，还可以救出神椴树。

只要我们能用那支箭冷却斯迈的怒火，我们就能把神椴树从熊熊烈焰和滚滚浓烟中解救出来。炽烈火山也许会就此平息，山上又会重新长出树木。神椴树会回到它自己归属的地方，回到森林中间。伊凡会回到他自己归属的地盘，做回自家族群的头狼。而我，只要神椴树把我变成人类，我会回家，回到我自己归属的地方。

“只要我们同心协力，就能打败斯迈。”我默默地重复着伊凡的话，只想体会它带给我的感受。我感受到了一线希望和一丝信心，不由得挺起了胸膛。我们必须这么做，我们必须纠正过去的错误。

捕鼠精趴在我的额头上，咧嘴一笑。“我们必将打败斯迈。”他颤悠悠地说。我听了，抬头对他报以微笑。尤里也站了起来，忙不迭地点头附和。布莱基斯顿则张开翅膀，发出了一声低沉而持久的啸叫。

怪屋兴奋得全身发抖，朝着岸边划去。岸上，一块又长又平的石头伸向大海，像一个码头。前方，炽烈火山赫然耸立，像一只赤红色的冒着烟的可怕怪物。半山腰的那个黑洞如此迫近，我能感觉到空气在里面滋滋作响。斯迈，还有神椴树，近在咫尺。

我感到毛发直竖，皮肉刺痛。

艾莲娜从怪屋里走了出来。原来她趁着伊凡讲故事的时候，进屋把箭头固定在了一支箭杆上。此时此刻，她正笑吟吟地举着那支箭杆。只见一根浅色的皮绳，牢牢地把那块冰蓝色的三角形石头绑在了一支坚韧的长杆顶端。“箭做好啦。”艾莲娜一边说，一边用手指转动着那支箭。箭头闪耀，像映在雪地上的星光；箭头锐利的棱角闪烁，像伊凡满嘴的獠牙。

我紧张得像触电一样，四肢开始抽搐。我已经做好了准备，却又感到前所未有的慌张。我走下门廊，来到甲板上，然后转身看着怪屋：“你要乖乖地待在这儿，待在船上。地面貌似很热，我可不想让你着火。”怪屋听了，不满地眯起门窗，可还是勉强地点了点头。

“哦，等等！”说着，艾莲娜从腋下取出一捆皮革碎料，“我想我可以把你和狼的爪子包裹起来，以免烫伤。”

伊凡点了点头，慢慢地朝着艾莲娜靠近。他一只接一只地伸出爪子，让她用一块块皮料和一条条皮绳捆好。等到她包裹完毕，伊凡轻柔地咕哝了一句“谢谢”。

我也让艾莲娜包好了我的爪子。我站了起来，爪子却产生了一种异样的感觉。也许它们得到了更好的防护，不会被灼热的地面烫伤，可是脚底板感受到的那种震颤却被阻隔，让我觉得自己似乎失去了某种感知力。我突然想到，如果自己变回人类，就会失去这种感觉。我会想念我的熊腿呢，我这样想着，却又急忙摆脱了这个念头，以免分心。

“我的蹄子没事儿。”说罢，尤里快步走下门廊，加入了我们的行列。

“好吧，我们出发！”我朝尤里、伊凡、艾莲娜和布莱基斯顿点点头，又摇摇耳朵，看看捕鼠精是不是还蜷缩在那儿，然后走到了船舷边。舷板上刻着一句话，在冰霜的掩映下若隐若现：致仰望星空、砥砺前行的探险者们。

我想起了安纳托利的故事——艾莲娜讲过的那个关于飞船的故事——心里却犯起了嘀咕：这艘船真的会飞吗？

这也太荒唐了吧？就像变成一只熊，就像与一条火龙交战，就像请求一棵神树解除魔咒。想到这儿，我禁不住笑了。安纳托利的故事究竟哪些是真，哪些是假，我可能永远都不会知道。可是自从我长了熊腿，至少我能确认，一切皆有可能。

就在这时，我的胸口一紧，四脚离开了船板。有那么一会儿，我以为大船起飞了，可是接着我便意识到，那是怪屋的一只鸡爪把我提溜起来，越过了船舷。

我被放在了下面那块又长又平的岩石上。石头微微下沉，尽管裹着皮子，我的爪子还是感受到了它的温热。几步开外，海水拍打着陡峭的海岸，雾气蒸腾，嘶嘶作响。

接着，尤里被放了下来。伊凡赶在怪屋抓住自己之前，急忙跳进水里，爬到了岸上。布莱基斯顿展翅飞下房顶，艾莲娜则听凭自己被提溜到了船下。只见她亲热地抱着长长的鸡爪，嘱咐怪屋道："乖乖地在这儿等着哦，我们很快就回。"说罢，她朝怪屋挥手告别。然后她把弓挎在肩上，将箭攥在手里，对我点了点头："准备好了？"

我点点头，把她轻轻地推向了尤里。她这才意识到，我想让她爬到尤里的背上。"哎哟，我还从没骑过麋鹿呢，"说着，艾莲娜双手搂住尤里的脖子，抬腿骑了上去，"除了雅嘎之家，我没骑乘过别的东西。"

"尤里，你要确保艾莲娜的安全哦。"我叮嘱道。

"那还用说，"尤里信心满满地回答，"逃跑我最在行了。要是雅嘎小妞遇到危险，我就逃回来，回到船上，回到怪屋里。"

"布莱基斯顿。"我冲着在我们头顶盘旋的猫头鹰叫道。他俯冲下来，降落在了我的背上。"你飞到前面，给艾莲娜找一个安全的地方射箭，好吗？"布莱基斯顿点点头，又飞走了。

"我要和你并肩作战，"伊凡咆哮道，"我们要齐心协力，确保一箭射中斯迈的心脏。"

我点了点头："如果万不得已，艾莲娜和尤里必须逃命，我们俩就顶上。"

"还有我呢。"捕鼠精说着，爬下我的耳朵，在我的额头上翻起了跟头，不料却一个趔趄，把一只脚捅进了我的眼睛。"不好意思哦，"他一边说，一边弯下腰，开始左右摇摆，"我这就热身，为跳战舞做好准备。"

我疼得直眨巴眼睛："你还是待在我耳边吧。说不定这样，我们俩还会更安全些。"

捕鼠精在我的鼻子上倒立，然后一个跟头，翻上了我的头顶："你们要是没看过我的战舞，那才叫遗憾呢。"

我带路上山，在黑黢黢、阴森森的乱石阵中穿行。腐蚀性的浓烟从石头缝里渗出，火山喷发的熔岩在地裂缝中明灭。滚滚热浪扭曲了周遭的一切，让我觉得自己正在爬进一个巨大的烤箱。我张着嘴，耷拉着舌头，呼吸变得急促。

布莱基斯顿盘旋了一阵，又落在我的背上。"斯迈老巢左边的悬崖上有个平台。我建议尤里把雅嘎小妞送到那儿射杀斯迈，视线好，又相对安全。"

"你能把他们俩带到那儿吗？"我询问道，"剩下我们几个走路过去。等我们靠近洞口，我就把斯迈引出山洞。"我焦急得声音发抖，只好壮着胆子，发出一声咆哮。

布莱基斯顿点点头，展开双翅，冲向了天空。尤里跟在后面，蹄子踏过脆性岩石，嘎嘎作响。艾莲娜看到我们分头行动，一脸的困惑，随后她似乎明白了我们的意图，对我会心地笑了。

我转身，望着前面那个阴森森的洞穴。"你见过斯迈吗？"我小声询问伊凡，“他是不是一个巨无霸？”

“只要斯迈愿意，他可以变大变小。”

“你这话什么意思？”我追问道。

“火龙是火化形的。”伊凡咆哮着回答，“它可以爆燃，膨胀成一座大山，也可以熄灭，缩小成一缕烛光。”

“火化形的呀。”我讷讷地说。就在这时，一股热浪从山洞里喷射而出，朝我扑来。可是，我满腔的热血却在奔涌。我多么希望，安纳托利的利箭故事真实地发生过——我真心希望，利箭能摧毁一个火做的怪物。不过，无论它有没有这个神通，我都得面对斯迈。为了救萨沙，为了找到一条回家的路，哪怕我手无寸铁，只有一个雪球做武器，哪怕我必须面对一千条火龙，我都会在所不惜，万死不辞。

第二十八章
火龙斯迈

我穿过狰狞嶙峋的石头阵，靠近了火龙的洞穴。捕鼠精蜷缩在我的脖子上，伊凡陪伴在我的身边。尤里驮着艾莲娜，正在我们左边的山崖上攀爬。布莱基斯顿在他们的上方飞翔。

空气中微光闪烁，让我的感觉变得格外灵敏。尤里的蹄声响得犹如滚雷，布莱基斯顿扇动着翅膀，快得就像闪电。艾莲娜弯弓搭箭，头发飘动得像刮着一场狂风。伊凡不小心碰到了一小块石头，感觉却像雪山正在崩塌。我的身体里，一颗心在怦怦狂跳，仿佛正经历着一场地震。

因为我们即将迎战斯迈。

洞穴离我们只有几步之遥。一道血红色的光从洞内射出，亮得刺眼。我抬起头，目光越过洞穴，朝着神椴树的方向望去。乱飞的乌云中，神树若隐若现。

它的树皮光滑而坚硬，就像玛莫奇卡的双手；它舒展的树枝，就像玛莫奇卡搂抱我的双臂。有那么一会儿，我闻到了椴树花香。我想起了有关玛莫奇卡的点点滴滴，禁不住热泪盈眶。

我缓缓地舒着气，蹑手蹑脚地向前挪动。每走一步，我都在给自己打气：我们能行；我们一定能平息斯迈的怒火，救出神椴树，救出萨沙，救出我自己。

我真傻。直到进入森林以后我才明白，自己割舍了什么。直到失去以后我才知道，自己对先前拥有的一切有多么地眷恋。直到弄清身世以后我才懂得，自己想要一个什么样的未来——我要拥有一个爱我的家。我已经在玛莫奇卡、萨沙和安纳托利那里找到了一个这样的家。尽管有时候，我在村子里活得很拧巴，可是此时此刻，当我离开了，我却开始想念那儿的一切。现在我才意识到，人生中的某些困顿——值得。

就像我要去直面斯迈。只有这样，我才能让一切恢复如初。

我在洞口前面停下了脚步。伊凡还要稍稍靠前一些。耀眼的光照下，他的躯体化作一个黑色的剪影，伫立在宽敞的洞口下方，显得那么渺小。这时，山洞里的红光变得更加强烈；灰色的浓烟匍匐着，朝我们漫卷而来。我眯着眼，想看看浓烟后面躲着什么东西，却什么也看不见。

火舌从山洞里蹿了出来。它旋转着，扭动着，化作一条长长的麻花绳。我看着麻花绳燃烧，膨胀，升腾，变成一根火柱，不由得瞠目结舌。火光中闪出一只明晃晃的眼睛，还有一张长满了獠牙的亮铮铮的嘴巴。

伴随着细碎的嘶嘶声，那张嘴巴慢慢地张开。接着，它向前一扑，喷出一个火球。火球像飓风一样嘶吼着，地动山摇。

“伊凡快跑！”我大叫着，躲开了热浪的袭击。可是伊凡并没有跟上。我听到他在原地不住地咆哮，连忙回头望去。只听嗖的一声，一支箭贴着我脖颈的毛发，呼啸而过。

“抱歉啊，”艾莲娜在我们身后的山崖上喊道，“我失手了。”话音未落，那支箭便飞向了远方。布莱基斯顿和伊凡一路狂追而去。

火龙变得更大更高。我看着斯迈现形，又是敬畏又是害怕。空中，三个长长的脖子像蛇一样，在不停地伸展和扭动。每个脖子的末端都长着一个锯齿状的脑袋，上面有角，还有尖尖的鼻脸。突然啪的一声，就像燃烧的松果爆裂，火龙咧开了嘴巴。他的笑把三个脑袋变得狰狞，也把我的勇气打击得分崩离析。三口蓝绿色的獠牙闪烁着，噼里啪啦地往地上倾泻火珠。三条分叉的舌头像电光匕首，弹射而出。

我又怒又怕，急忙后退。这就是斯迈。是他害死了我的父母，是他每年都在冰雪森林里吹风引火。此时此刻，他就挡在我和神树之间，而那棵神树能救我和萨沙的性命。我只想打败他，好去弥补爷爷的过失，好让一切恢复正常。可是面对这样一个由熊熊烈火化形而成的庞然大物，我不知所措。

斯迈的身体膨胀着，遮住了天空。他胡乱地甩着三个脑袋，仰着鼻孔，仿佛在嗅着空气。他的眼睛幽暗而空洞，只有一只眼睛是混合了橙、红、紫和蓝的斑斓漩涡。我的亲生妈妈射瞎了斯迈的五只眼睛，这一定是真的。她的箭击穿了火龙的气焰，这些幽暗而空洞的眼窝——虽然只是五个很小的区域——便是证明。想到这儿，我充满信心，不由得骄傲地挺起了胸膛。因为只要斯迈的火焰能被压制，那么他就能被击败。

那只斑斓的眼睛发现了我，变得更加明亮。三个脑袋径直朝我俯冲了过来。热浪像一堵墙，撞得我直喘粗气。我飘移着后退，一颗心止不住地怦怦乱跳。我抓狂地看着四周，想找到某样我可以用作武器的东西——任何一样东西。伊凡，布莱基斯顿，还有那支

箭，都不见了踪影。

我的目光落在洞口上面的一块巨石上。我朝着石头跑去，可是山坡太陡，我只能放慢速度，听凭斯迈的怒吼逼近。捕鼠精牢牢地揪着我，爪子把我的耳朵抠得生疼。不过我并不介意，而是感到欣慰——至少还有他陪着我。

高温烧穿了裹在我爪子上的皮子，一股难闻的焦臭味扑鼻而来。我的眼睛一直盯着巨石，余光却瞥见，斯迈的脑袋正对我紧追不舍。他长长的脖子在我身边弯曲起伏，他的嘴巴冲着我的喉咙，喷出一道道黑色的浓烟。

我的心乱跳着，直击肋骨；我的肺紧绷着，像雨中的松果。我终于到了巨石跟前，却发现它横卧在那儿，被困在密密麻麻、纵横交错的树根之中。我躲在石头后，开始扒拉地面，一边撕扯着裹在爪子上的皮子，一边把灰蒙蒙的泥土抛向空中。

斯迈喷出的浓烟包围着我，呛得我难受。我只能屏住呼吸，在地上扒拉得更快更深。有那么一会儿，我以为树根怜惜我，开始变得松动，只可惜那要么是乱飞的烟雾在作祟，要么是我产生了错觉。等我觉得自己挖松了石头，我便使劲去推它。

不料石头却一动不动。于是我吼叫着，使出了浑身的力气。只见它慢慢地、缓缓地开始了晃动。我最后用力一推，它便滚过洞口，径直朝着斯迈的胸口砸去。斯迈想要躲避，无奈他体格太大，动作又太慢，根本没办法躲开。

只听砰的一声巨响，地动山摇。火花弥漫的气浪冲天而起，把我团团围住。我小心翼翼地走到前面，朝下望去。

下面，就在火龙刚刚喷火叫嚣的地方，只剩下那块巨石。它的四周摇曳着一小圈橙色的火焰。

“我成功了！”我感到不可思议，开始用熊的咆哮为自己喝彩——可是我的吼声还没来得及出口，斯迈的火焰就再次从石头下腾起。只见它翻卷着旋转着，比先前燃烧得更加明亮，更加炽热。

就在这时，伊凡朝火龙冲了过去，那支冰蓝色的箭头在他的嘴里闪着寒光。可是他每靠近一步，火龙就变得更加庞大。斯迈的三个脑袋再次现形，扑向伊凡。它们像愤怒的云一样盘旋在伊凡的上空，发出暴风般的狂笑。

伊凡发出一声令人毛骨悚然的咆哮，一头扎向火龙的心脏。

“不要！”我大叫一声，连滚带爬地冲下山坡，朝伊凡跑去。

可是伊凡已经冲进火龙的身体，变成了一个被火焰吞噬的黑影。我的心在怦怦狂跳。

伊凡甩动着脑袋，嘴里的箭头闪着明晃晃的白色寒光。箭头所到之处，斯迈的火焰四分五裂。他痛苦地咆哮着，扭动着，变成了一团红色的火焰。我盯着那团乱七八糟的火，拼命地寻觅着伊凡的身影。

我看见了他，就在火焰旋涡的正中央。尽管身上着了火，他还在劈杀斯迈的火焰。“伊凡！”我大叫道，“别冲了！快回来！”可是伊凡要么没有听到，要么选择了不听。

趁他还没有被烧焦，我必须把他救出斯迈的魔爪。于是，我深深地吸了一口气，冲向伊凡，冲进了火海。

火舌扑向我的鼻子、耳朵和眼睛，可是我还是咬紧牙关，冲到了伊凡跟前。只见他又一次甩动脑袋，箭头在斯迈身体的正中央割出一道深深的黑色切口。

一声尖叫从切口里喷涌而出。透过伤口，我看到一颗火做的心脏在跳跃在律动。伊凡扑上去，想要捅开斯迈的心脏，不料随着一声爆炸，光波与热浪四处飞散，把我们弹射了回去。

伊凡痛苦地呜咽着，沉沉地落在了地上。那支箭从他嘴巴里飞出，掉在了几米远的地方。我眼巴巴地看了看箭，又望了望斯迈那颗暴露在黑色伤口深处、熊熊燃烧的心脏。我可以跑过去，抓起那支箭，亲手捅穿那颗心脏……我回头看了看伊凡。只见他一动不动，毛发还在冒烟。

我跳到伊凡身边，用前爪把他抱起。然后我后腿直立，踉踉跄跄地走出了斯迈的火焰阵。眼前一片漆黑，我只能循着艾莲娜的喊声，挣扎着爬上山崖边的平台。艾莲娜的身后有一片雪地。我倒在雪地里，把冰冷的雪泥朝着自己和伊凡身上一通抛撒。我们的身体不再冒烟。

伊凡挣扎着站了起来。“我打败斯迈了吗？”他问。说罢，他回头朝我的身后望去。恶龙的火光照进他的眼睛，却又让他沉下了脸。我随着他的目光望去，心情也变得沉重起来。斯迈又一次现出原形，而且还在不断地变大。

“我失败了。”伊凡咆哮道。随着夕阳的最后一缕光线沉入我们身后的大海，他的脸消失在了阴影之中。除了斯迈肆虐的火舌，四周一片黑暗。

“你没有失败，”我看着火焰，摇了摇头，“不信你看看他。”只见斯迈身形飘忽，遭到伊凡重创的黑色伤口里，一颗跳动的心脏暴露无遗。“你刺破了他的胸膛呢。”我轻声说道，“现在我们要打败他，还不是轻而易举。”说罢，我却咬着嘴唇，皱起了眉头。没有了那支箭，我怎么去对付斯迈？！

就在这时，布莱基斯顿穿过斯迈的胸膛，朝我们冲了过来。他的翅膀尖着了火，爪子里却抓着那支箭！我心里涌起了希望，却又马上屏住了呼吸。只见斯迈伸出一个脑袋，朝着布莱克斯顿发起了进攻。多亏布莱基斯顿一个闪躲，把箭丢到了艾莲娜的怀中。然后他在我身边降落，就地一个翻滚，把羽毛埋进了雪里。

“这下好了，雅嘎小妞一定会刺穿斯迈的心脏。”说着，尤里扬起了脑袋，显得高大而坚定。

我满怀期盼地看着艾莲娜，激动得皮肉发疼。只见她把箭搭在弓上，拉开了弓弦。斯迈的心脏就在不到 10 米远的地方，足足有伊凡的身体那样庞大。可是就在她瞄准的时候，斯迈开始旋转。那颗心脏消失在火焰里，随后又出现在另外一个地方。

“这也太难了。”艾莲娜一边嘟哝着一边校准。突然她皱起眉头，放下弓箭，直愣愣地盯着斯迈前面的地上。那儿有一样东西，一个微小的东西。“捕鼠精！”她大叫道，“快回来！”

我这才注意到，捕鼠精压根没有蜷缩在我的耳边，而是站在了斯迈的面前，正做着伸展运动。

“捕鼠精！”我喊道，“赶快回来！”

可是他只是微微一笑，便开始起舞。

第二十九章

捕鼠精的战舞

捕鼠精凌空而起。只见他弓着背，四肢僵硬却又舒展。然后他落到地上，身体开始伸缩与收放。他的动作花样百出，表演如行云流水。他来回飞奔，却又突然停下盯着斯迈，然后就是一连串高难度的跳跃和空翻。

在斯迈火光的映照下，他的皮毛闪闪发光，有时是古铜色，有时又是铁锈红，或者亮金色。

斯迈的脑袋随着捕鼠精的舞姿左右摇摆，身上的火焰渐渐熄灭。捕鼠精又是翻跟头又是扭身体，还表演了侧空翻和前空翻。斯迈变得昏昏欲睡。

我自己也开始走神。捕鼠精的动作没什么节奏，却死死地黏住了我的目光。我无法动弹，只能直直地看着他，任凭睡意爬上身体的每一块肌肉。我垂下了眼皮。

斯迈瘫倒在地，一动不动，胸膛里那颗缓缓跳动的心脏清晰可见。一看到它，我又睁大了眼睛。

“艾莲娜可以瞄准了呢。”我咕哝道。

艾莲娜举弓，眯眼，瞄准了目标……

我屏住了呼吸：这次她不可能再失手了。

砰的一声，那支箭脱弦而出，射向空中，飞向斯迈的心脏……

我张大了嘴巴，希望在我的舌尖嘶嘶作响。

时间在变慢。我飞快地眨了眨眼睛，这才意识到，慢下来的不是时间，而是那支箭。最后它完全静止，停在了距离斯迈心脏只有几厘米的地方。箭杆烧尽了，只剩下箭头在火焰里颤动，就像失去了前行的动力。

斯迈从恍惚中苏醒，火焰开始变得明亮。他用那只仅有的好眼向下看了看那支箭头。箭头扎在他的胸口，但扎得不深，还没有刺穿他的心脏。他抓住箭头，愤怒地咆哮着，可是箭头却一动不动。于是他懊恼地扭着身子，仰起三个脑袋，开始朝着黑漆漆的天空狂喷怒火。火焰啸叫着，轰鸣着，像燃放的烟花。

高高的山巅上，神椴树的树枝开始燃烧和断裂。几根树枝随着一阵火花跌落，吓得尤里哀嚎着，慌忙后退。

“大家赶紧撤到船上！”眼看又一根树枝掉下，差点儿砸到尤里的前蹄，我大声喊道。好在尤里已经跑远，艾莲娜骑在他的背上，紧紧地抱着他的脖子。我跨过那根滋滋冒烟的树枝，努力地搜寻着捕鼠精的身影。只见他双腿直立，正死死地盯着那个扎在斯迈胸口的箭头。“捕鼠精！”我大叫道，可是他却纵身一跳，朝着那块明晃晃的三角形石头扑了过去。

捕鼠精咧开嘴

巴，牙齿闪着寒光，样子比嘶嘶叫唤的狼獾还要凶残。他朝箭头抡起了爪子，却不料斯迈突然一个转身，冲着捕鼠精张开了那张满是蓝绿色獠牙的血盆大口。

“不要！”我冲进那团滚滚热浪，朝着捕鼠精扑去。可是斯迈却对着捕鼠精，一口吞咬了下去！接着，他咧开嘴巴，闪过一个讥笑。捕鼠精消失在火焰之中。

我怒不可遏，死死地盯着斯迈发光的身体，终于看到了那个蓝白色的箭头。它像一颗遥远的星辰，闪烁着幽光。我穿过灼热的火焰，朝着箭头冲去，直到脑门感受到了它冰冷的颤动。我顶着箭头，把它朝着斯迈的心脏推去。可是我越使劲，它就越抗拒。火焰在我的四周蔓延，我闻到了毛发烧焦的味道。

斯迈发出一声震耳欲聋的咆哮。我闭上眼睛，张开嘴巴，冲他吼了回去。天地间的万物仿佛受到惊吓，瞬间变得寂然不动。

除了那个箭头。

它也只是朝前移动了那么一丁点儿。

我绷紧身上的每一块肌肉，又一次顶住箭头，向前推进。箭头平滑的尾端钻进我的脑袋，扎得我生疼。终于，箭头的顶端触到了斯迈的心脏……

一声爆炸，白光闪耀。

看着空气瞬间跌到了冰点以下，我不由得倒抽了一口冷气。寒风扑来，吹灭了我毛发上的火苗。雪花飞旋，到处都是刺眼的亮白。我眯起双眼，看着斯迈的三个脑袋和獠牙，还有分叉的舌头，全都变成了冰雪。他眼巴巴地盯着我，五只黑黢黢的瞎眼，连同那只亮闪闪的好眼，一并消失在闪烁的白光中。此时此刻，就在他曾经熊熊燃烧的地方，他却像隆冬的暗夜，沉静而冷酷。他在空中摇摆着，化作一团飞舞的雪花，随后便四分五裂，像炊烟一样飞离，融入了黑夜。

斯迈消失了，我却怎么也高兴不起来，满脑子想的都是捕鼠精。我一边呼唤他，一边寻着地面，嗅着空气，希望能捕捉到他身上那股尘土与麝香混合在一起的体味。

山上的神椴树发出噼里啪啦的爆响。几根树枝燃烧着，将炽热的火花一倾而下。

“救命啊！”头顶响起一声古朴而深沉的呻吟。

可是我必须找到捕鼠精。我看不见他，也闻不到他，心里禁不住一阵慌乱。只见雪花与烟尘飞扬，冰霜与烟雾弥漫，天地间冰火交织，黑白交汇，乱成了一团。

就在这时，伊凡在我身后大叫起来：“那儿，燕卡！捕鼠精在那儿！”

我朝着伊凡的喊声跑去，看到捕鼠精蜷缩着小小的身子，趴在一个雪堆上。我冲过去，开始用鼻子拱他。他浑身冰冷，毛发像周围的积雪一样洁白，只有尾巴尖还泛着金光。“你醒醒啊，捕鼠精。”我又开始拱他。我觉察到他在颤抖，顿时如释重负：“你的皮毛换颜色啦！”

捕鼠精呻吟着，睁开了一只眼。他抬头望着我，开口问道：“我的战舞好看吧？”

“好看好看，是我看过的最好看的战舞呢。”我笑着回答。

伊凡瘫倒在捕鼠精身旁。他的毛发烧焦了，肌肉也在颤抖，脸上却挂着一个大大的笑容。“我们打败了斯迈。”说罢，他昂起头，开始对着月亮嘶吼。吼声悠长，响亮，霸气十足。

我的目光穿过漫天的飘雪与烟尘，望向那个幽暗而空旷的山洞，我这才回过神来，开始体会胜利的喜悦。一声大笑在我的喉咙里隆隆穿过，又从我的嘴巴里咆哮而出。

“救命啊！”那个声音又叫了起来。

好像是山洞上面的那棵神椴树。

“是神树呢，”我惊奇地盯着它，“是它在说话。”

捕鼠精想站起来，却又发出一声呻吟：“哎哟，我好像拉伤了几块肌肉。”

“我把捕鼠精送回到鸡脚怪屋那儿吧。”说着，伊凡低下脑袋，好让捕鼠精爬上自己的耳朵，“你不会想要我们陪着你和神树说话吧？”

我摇了摇头：“拜托，你还是把他送回去吧。正好也让艾莲娜给你俩都检查一下。”我抬头望着神树的枝丫，紧张和兴奋得四肢抽搐。我好想知道，下次再见到伊凡和捕鼠精的时候，事情会有什么变化。我对萨沙的担心会烟消云散吗？我又会变成人类吗？我最后能回家吗？

我深呼吸，平复好思绪，然后转身，开始朝山洞的上方攀爬。

我靠近神树，又一次听到了它的呻吟，低沉，嗡嗡作响。“救命啊！”它咕哝道。一根树枝冒着烟，在噼里啪啦地焖烧。突然，树枝断了，神树疼得大叫起来。

我跨过地上纵横交错的树根，终于来到了神椴树跟前。神树高大得叫人吃惊。只见它千枝万条，纵横交错，树冠比我家的房子还要宽大。我抬头仰望，却看见大树开枝散叶，连绵不绝。

“喂？”我小声叫道。

“救命啊！”神树又是一声呻吟。我不知道哪儿发出的呻吟，只听见树干在吱吱呀呀地叫唤，树根在窃窃私语，枝头上的树叶在窸窣作响。可是不知为什么，这声呻吟却响彻我的脑海。

“我怎么才能帮您呢？”我问。

“把我挪走，”神树咕哝道，“把我从这个地方挪走，挪到森林里。”

“可是……”我盯着神树，觉得自己像鹪鹩一样渺小，“您太高太大了，我压根挪不动啊。”

就在这时，我脚下的树根开始滑动。我低下脑袋，就像在梦里一样，眼睁睁地看着树根变成流水，顺着火山的斜坡一泻而下。突然，空气里掀起一阵喧嚣与躁动。我抬头望去，只见一群红腹灰雀鸣叫着，腾空而起。月光下，他们粉色的胸膛泛着红光。“燕卡！”他们边飞边叫，“森林才是你的家！”

看着他们消失在夜空里，我这才意识到，神树的许多枝丫已经没了踪影。神树全身都在萎缩。

“什么情况？”我看着流水上升，开始拍打我的脚踝，禁不住倒抽了一口寒气。

“我的树根会流回到我身边，我的树枝会飞回到我身上，但是你必须把我的树干搬到森林里，让我能靠近别的树木，能看见动物玩耍，能听见鸟儿喧闹。”

此时此刻，神树已经萎缩成了一段树干，可是它依然有我两倍那么高大，至少和我的身板一样宽阔。

“我尽力而为吧。”说罢，我绷紧肌肉，走到了树干跟前。我去搬树干，可是它却一动不动。“我怎么觉得，有些树根还在拉扯着您啊。”

神树晃了晃剩下的树叶：“我的树根都流走了，身体也变到了最小。你要加倍努力才行啊。”

我眉头紧蹙，又一次去搬树干。我给自己打气，我是小熊我怕谁，然后便开始了一次又一次的尝试。无奈树干太重，我甚至没法把它弄倒，好把它推下山坡。我只能靠在树干上，气喘吁吁。

“把我挪走啊。”神树催促道。

“我不是在努力着嘛。”我呼呼哧哧地喘着气说，“您让我先歇会儿，我再加把油。”

我注视着火山下面远处的大船。只见一簇簇的星团下，它正随着银色的波浪上下起伏。鸡脚怪屋坐在甲板上，门廊里是我那帮朋友的身影。尽管我只能勉强认出他们，可是一看到他们，我浑身就充满了力量。

“我们再努力一把吧。”说罢，我重新站起来，却又停在了那儿。一样东西——一个活物——吸引了我。

火山的山脚下，另外一只熊，一只公熊，正迈着脚步，走出一片松林。他慢悠悠地朝我走了过来，可是他每走一步，我的心跳就会加快。他走路的姿势似曾相识，可是我并不认识他。我也不可能认识他，对吧？

他越走越近。我盯着他那张大圆脸，一颗心几乎要爆炸。他的毛发上有冰霜，眼睛里有月光，浑身散发着一股淡淡的柠檬茶、新鲜的雪、柴火的烟混合着旧皮子的气味。

“安纳托利，”我悄声说道，“原来您是一只熊呢。”这也太荒唐了吧？我忍不住放声大笑……却又倒抽一口寒气，心碎成了两半。我意识到了他的另外一重身份。“您是我的爸爸，”我心头蹿起一股无名火，直让我对他怒目而视，“您为什么不告诉我？”

“对不起啊。”尽管安纳托利体格庞大，可是此时此刻，他却显得那么渺小，那么挫败，充满了悲伤，“我是有很多话想对你说，可是我每次去看你，不知为什么，嘴里头就只会讲故事了。”

“这么多年啦！”我咆哮道，“您居然瞒了我这么多年！您让我相信我的爸爸死了。”我瞪着他说：“可是您却活得好好的。您抛弃了我，把我丢给奶奶抚养，把我丢给玛莫奇卡抚养。反正谁抚养我都行，除了您自己！”

我怒不可遏。因为父母双亡，我从小就被遗弃是一回事。因为爸爸不想受累，把我遗弃了十二年，又是另外一回事。想到这儿，我将一只爪子砸在地上，对着茫茫夜空，开始嘶吼。

我吼得撕心裂肺，气喘吁吁，瘫倒在树上。我抬头看着安纳托利，希望他能说点儿什么——说什么都行——只要能让我原谅他。

不料他却坐了下来，沉默不语，直到我开始听见周围细小的响动。神椴树的树叶在窸窸窣窣；炽热的岩石上，水蒸气在嘶嘶作响；甚至还有安纳托利胸膛里的心跳，深沉而急促。

最后，安纳托利终于开口说话了。他像往常一样，娓娓道来：

“从前啊……”

冰封的心

从前啊，有个鳏夫为了妻子的离世而自责不已。他被内疚所碾压，觉得自己不配拥有爱情，也没法面对自己年幼的女儿。

恍惚中，他一路随着寒风北上，来到了绿涛湾的岸边。他的心里羞愤交加，怒火滚滚，却欲哭无泪。

在冰封的海面上，鳏夫看到一艘被困住的帆船。想着这艘船或许能缓解自己内心的灼痛，鳏夫便踏上冰面，朝着被冰封的帆船走去。他看到了坐在船头的霜神。

霜神转身，看见了鳏夫眼中的痛苦。“告诉我，”他说，“是什么让你这么痛苦？”

“我害死了我的妻子。为了救我，她失去了生命，”鳏夫跪倒在地，攥住了自己的胸口，“这种痛苦让我难以承受。”

“只要你愿意，我可以消除你的痛苦。”说着，霜神抬起了一只手，手指头闪着耀眼的白光。他把手伸到鳏夫的胸前：“一颗心被冰封住，就感受不到痛苦了。”

鳏夫注视着霜神冰蓝色的眼睛，点了点头。此时此刻，只要能摆脱那种撕心裂肺的痛苦，他什么都愿意做。

于是，霜神把那只手贴在了鳏夫的胸口。

鳏夫倒抽着寒气，一颗心渐渐冻结。随着一次次僵硬的心跳，他的血管里充满了冰霜，全身开始变得麻木。他仰望着灰蒙蒙的天空，一张脸变得像冰山一样冷酷。他的痛苦消失了，却又被什么东西包裹着，躲在了某个遥远的地方，就像被掩埋在了一个巨大的雪堆下面。

鳏夫游荡回森林，看见自己的宝贝女儿嬉笑着，在阳光下打滚、玩耍。看到女儿无忧无虑，对一切充满好奇，他的心开始融化。

鳏夫的胸口一阵剧痛。悲伤和内疚涌上心头，让他痛苦得难以承受。他只能跑进深山老林，把女儿丢给奶奶，也就是熊后，让她在奶奶的呵护下无忧无虑地玩耍。

鳏夫一个人孤零零地住在深山老林里，躲着一切能融化自己内心、给自己带来痛苦的事物。他一个人觅食，一个人打猎，一个人钓鱼，一个人看斗转星移、季节变化。可是他忘不了自己的女儿。没过多久他便发现，自己又在观察她了。

他的心在痛，在燃烧，在碎裂，可是他尽可能地忍受着痛苦。第二天，他又多忍了那么一会儿。

每一天鳏夫都躲在阴影里，看着女儿的日常。就在他鼓足勇气，开始对女儿说话的时候，他的心也在一点一滴地慢慢融化。

第三十章
故事里的真相

“这么说，您的心并没有真的被霜神封冻，是吗？”安纳托利的故事含糊其词，模棱两可，惹得我心烦意乱。我有点儿生气。

“我的故事都是真的。”安纳托利轻言细语地回答。

“可是它们并不是真相。您歪曲了真相，粉饰了真相。您把真相给美化了，”我想起了瓦伦蒂娜的话，不由得怒气冲冲，“比如您就给我说过，我的生母是一个公主。”

“对我来说，她就是一个公主。”

我气得咆哮起来。“您是我爸这件事，”我质问他，“玛莫奇卡知道吗？”

“不知道，”安纳托利摇了摇头，“我原本想告诉她来着。我原本想告诉你们俩来着，可是——”他低头看着自己的爪子，大大的眼睛里水雾迷离，像两方银白色的水塘。

“您给我一个说法，”我强求道，“把所有的事情都说清楚。不要随便编个什么故事来糊弄我。这样，我才能确认什么是真相。”

安纳托利点点头，张开了嘴巴，可是并没有马上说话。等到他开始说话，他的语气却生硬做作，一点儿都不像他讲的那些故事，侃侃而谈，娓娓动听。不过，我更喜欢他这个样子，因为我知道，他所说的这些话会是我一生都在等待的真相。

“小时候啊，我和爸爸妈妈住在森林里。我只记得他们是熊，森林里的其他动物把他们叫作熊皇和熊后。

“大部分时间呢，我也是一只熊。可是有时候我一觉醒来，却变成了一个男孩。这种情况可能会持续一天，一个星期，或者一个月，然后我又会一觉醒来，重新变成了一只小熊。爸爸妈妈对我说，这是一个诅咒；等我长大了，诅咒就会破除。”

“可是诅咒并没有破除。”说罢，我注视着安纳托利的眼睛。他摇了摇头。

“随着年龄的增长，我变成人的时间多了，变成熊的时间少了。最后我离开了森林，成了一名渔夫。一年又一年过去了，我再也没有变成过一只熊。”安纳托利苦笑了一下，“我几乎让自己相信，这一切都不过是童年的幻想罢了。后来我认识了你的妈妈，也就是纳斯塔西娅，我们有了你，不过……”

“我是一只熊？”

“开始的时候不是。你生下来就是一个女娃娃，像杉树一样结实和美丽，所以我们给你起了一个名字，叫作伊莉莎[1]。”

听说自己居然有过另外一个名字，我差点儿惊掉下巴。玛莫奇卡不知道我有名字，所以她叫我燕卡，因为她觉得我像河流一样坚强和美丽。我倒是觉得，燕卡这个名字更适合我。因为我和河流一样，也会变化。

“出生后第五天，你变成了一只熊宝宝。你真该看看你妈妈当时的表情。”安纳托利耸着肩膀，无声地笑了，“当然了，不管你变

[1] 伊莉莎原文为“Elitsa”，在保加利亚文化中有“小杉树”之意。——编者注

成什么样子，你妈妈都会爱你。可是我却有点儿不甘心。一时间，所有的童年记忆涌上心头。我想起了那些难熬的时刻，我没变成熊，也没变成人，而是变到一半就打住了……我要保护你，不让你再受同样的罪……”安纳托利看着自己毛茸茸的大身板，皱了皱眉头：“于是，我去找了我妈妈，也就是熊后，想方设法让她回忆往事。我花了好几天的时间，终于从她残存的人类记忆中，拼凑出了神椴树和诅咒之间的前因后果。”

“然后您就来到了这儿？来找这棵神树？”

“我以为我自己可以搞定一切。”安纳托利叹了一口气。“我以为我可以设法绕过斯迈，可以说服神树解除诅咒……”说着，安纳托利的眼睛里充满了泪水，“不料我却激怒了斯迈。你妈妈赶过来援助，结果……”他打了一个冷战，像是咽下了一个抽噎，又像是压下了一声怒吼。“我却害死了她。”

我想去拥抱安纳托利，却又静静地坐在那儿，等着他继续讲述，任凭冰冷的空气在我们俩之间穿插。

“我躺在火龙的洞穴下面，面目全非，支离破碎。如果不是瓦伦蒂娜，我早就没命了。”

我点了点头，这才意识到，原来怪屋讲的那个故事——那个渔夫的灵魂回归身体的故事——就是瓦伦蒂娜抢救安纳托利的真实写照。

“瓦伦蒂娜把我的灵魂与肉身合体，又处理了我满身的伤口。即使是这样，后来还是有那么几天，我觉得自己会心碎而死。我没法面对。做了这些糊涂事以后，我没法面对你。可是我看着你，每一天都看着你，我的心在慢慢地愈合，勇气也在渐渐地增加。我希望有一天自己变得足够强大，配得上做你的爸爸。”安纳托利抬头看着我，眼里都是回忆，“有时你是一只熊宝宝，有时你是一个女娃娃，但是你一直都很快乐。奶奶疼爱你。你笑嘻嘻的，玩得很是投入。你不需要我，也不需要我的悲哀。”

我张开嘴，忍不住要顶撞他——我想冲着他大喊，我当然需要一个爸爸，也会接受他的悲哀；他原本就该把我接走，亲自抚养。可是我看到，安纳托利的眼里充满了愧疚和缺憾。我的愤怒渐渐平息，慢慢消散，像极了暴风雪中烟消云散的斯迈。

“我知道自己错了，”安纳托利难过地说，“只可惜等我意识到的时候，已经为时过晚。你和你的玛莫奇卡住在了一起，从此似乎也就没有了告诉你真相的机会。”

“我是怎么到玛莫奇卡那儿的？”

“有一天我去看你，你却不见了踪影。”一滴眼泪滚下，落在了安纳托利的腮毛上。它凝结在那儿，反射着星光。“你奶奶告诉我，她把你送给了一个充满爱心的人类妇女。”

“奶奶把我送人啦？”

“可不是因为她不想要你了，”安纳托利赶紧解释，“她只是做了她认为最正确的事儿。你变成人类的时间越来越长了，这叫她觉得，要是能和一个人类妈妈一起生活，你一定会更幸福。就这样，她为你精挑细选，这才选中了玛莫奇卡。她可是趁着玛莫奇卡在森林里采药，观察了好几个月的时间来着。你的玛莫奇卡终于来到了熊窝附近。于是，奶奶把你推向了她。”

“我一得知这事，就想方设法找到了你和玛莫奇卡。我下了决心，一定要和你们俩实话实说，一定要把你接回来亲自抚养。我本该说到做到，只是——”说到这儿，安纳托利叹了口气，摇了摇头，“你跟着玛莫奇卡，生活得很幸福。她爱你。你们俩的关系，从一开始就很特别，很美好。我不想打搅你们，何况我又感到力不从心，给不了你玛莫奇卡能给予你的一切。所以啊，不管我内心怎么挣扎，我都没有对你们俩实情相告。我很抱歉。你可千万不要以为，我不爱你了，或者不想要你了……因为那不是事实。事实上，我爱你想你，胜过生命中的一切。”

安纳托利的一番话说得我的心都软了，可是一想起自己一觉醒来，却变成了一只熊，我又变得怒气冲冲。“您至少该给我说说诅咒这事儿吧，”我嘟哝道，“也好让我做好心理准备。”我低头看着自己的爪子，不由得摇了摇头。

“我不是要为自己开脱，可当时我以为，你再也不会变成一只熊了。自从你进了玛莫奇卡的家门，你就一直保持着人类的模样。所以我以为，你和她住在一起，远离森林，已经让你摆脱了诅咒。”

“显然并没有啊，”说着，我把爪子捅进了地上的火山灰里，“为什么现在我变成了一只熊，您知道吗？”

安纳托利摇了摇头：“我从来都不知道怎么管控我们身体的变化。不过呢，我倒是学会了怎么辨别我们身体变化的前兆。它还是有一些规律的。”

“比如说？”

“比如说我做渔夫的时候，整天和一群人类水手打交道，我就没再变成过一只熊。比如说我和你的生母，也就是纳斯塔西娅，一起生活的时候，我就一直保持着人类的模样。可是她去世以后，我一人在森林里孤苦伶仃，结果就变得更像一只熊了。”

“奶奶给我说过，只要变成一只熊，我的人类记忆就会逐渐消失。这是真的吗？”

“是真的，但它们不会彻底消失。你看你奶奶，她完全变成了一只熊。即使是这样，她有时还会想起一些往事。在我变成熊的时候，我的人类记忆来来去去，我却从来没有忘记过你，没有忘记过你给我带来的那种感觉。我觉得吧，即使是某些特定的记忆消失了，可是你所爱的那些人那些事儿，你决不会遗忘。它们会牵绊着你，把你拖向人类的生活。”

“那么，您现在多久变化一次呢？”我问。

“一年也就那么几次吧。随着我和你的玛莫奇卡走得越来越近，我变化的次数也越来越少。她让我又有了想做人的渴望。”说罢，安纳托利一个嘴角上扬，羞涩地笑了。我这才注意到，就在他原本的人脸上，就在他脸上原本有胡子的部位，现在却长着斑白的毛发。“也许我们俩都能控制身体的变化，只不过我们没意识到罢了。”

“可是送冬节那天，我并没有想变成一只熊啊，为什么我却长出了一双熊腿？”

“如果你想要人类的生活，你就得去接近人类，让他们进入你的世界。我觉得吧，我们俩和人类打交道，有时候会很挣扎。不过，无论是求人帮助，还是受人恩惠，好像也没有那么不堪。”

我想起了自己从冰雪城堡跌落的那一瞬间。那时我还没有长出熊腿。大伙儿朝我伸出了手臂，我却因为害怕，不敢伸手去抓住他们。我怕他们支撑不住我的重量，我担心大伙儿会舍弃我，或者我会把他们拉下来。

我看着远处的那艘船。船上，捕鼠精、尤里、伊凡、布莱基斯顿、怪屋，还有艾莲娜，都在等着我。“这次旅程教会了我一个道理：如果没有朋友们帮忙，我不可能来到这里，也不可能打败斯迈。”

安纳托利顺着我的目光望去：“看起来你这几天所悟，胜过我十年所学啊。”

“我知道了自己的归属。”我小声回答。一股强烈的冲动让我四肢生风——我要奔跑，跑回到船上，跑回到朋友们的身边，对他们的帮助表示感谢。我要一路跑回家，跑回到玛莫奇卡和萨沙的身边。可是首先我必须挪走神树，这样我才能央求它解救萨沙，解救我自己。

我站起来，转向了安纳托利：“我需要您的帮助。”

“乐意效劳。”

“您能帮我把神树搬到鸡脚怪屋那儿吗？虽然它很重，但只要我们齐心协力，我们就能做到。”

第三十一章
神椴树

我和安纳托利抬起神椴树，把它扛到了肩上。神椴树忍不住叫唤起来。我们只能后腿直立，踉踉跄跄地滑下陡峭的山坡，艰难地保持着平衡。安纳托利走在前面。可惜我们才走了几步，他就踩上了松动的石头。只见他一个趔趄，便拖着我们飞快地坠落。最后几片树叶从神树上掉下；它们还没有落地，就变作一群红腹灰雀，慌不择路地四散飞走了。

我张开四肢，尽量让神树保持平稳。我用爪子扒着地面，却发现它们只是像耙子一样，在松脆的碎石间抓挠而过。我们就像雪地上驰骋的雪橇，朝着山下冲去。尽管身体被颠得东倒西歪，前仰后合，我们还是把神树妥妥地扛在了肩上。尖锐的石头戳进我的小腿，痛得我大叫起来。

安纳托利拼命地挣扎着，想要减缓我们下滑的速度。这时我注意到，我们正冲向火山的山脚，冲向一个冒着泡泡的泥塘。我吓得禁不住瞪大了眼睛。

硫黄烟雾在泥塘上升腾。我们越接近泥塘，烟雾就变得越浓，直到我的呼吸变得困难。神树上残留着几段短小的树枝和树根。只见它们悬荡着，伸向地面，徒劳地做着减缓我们速度的努力。

尽管后背会划破，皮肤会灼伤，我还是一屁股坐到了地上。可是不管用。我们失去了控制，风驰电掣般地朝着山下冲去。血液在我的耳朵里跳动，灼热的空气在我的毛发间穿梭。我屏住呼吸，准备扑通一声，扑进那口滚烫的泥塘。

就在这时，什么东西挡住星光，把我们笼罩在了凉爽的阴影之下。一个锯齿状的物件滴着冰冷的水珠，俯冲了过来。它张开了长长的指头——我认出那是女巫之家的巨无霸鸡爪，不由得松了口气。

鸡爪抓住神树，把它拎起。我的前臂一直锁着树干，身体也连带着被提溜了起来。我伸长脖子去找安纳托利，却发现他正挂在树干的另外一头，飞来荡去。

紧接着，砰的一声，我们被丢到了怪屋的门廊上。接二连三的撞击声，尤里的尖叫声，伊凡的吼叫声，还有艾莲娜的欢呼声和鼓掌声，交织在一起。我就势一滚，爬了起来，却依然懵里懵懂，晕头转向。

神椴树像一根被砍倒的巨大原木，横在了门廊上。树的另一边，安纳托利正连滚带爬，试图站起来。我朝栏杆外面望去，禁不住一阵头晕目眩——我们早已离开了烟雾弥漫的地面，升到了空中。此时此刻，怪屋完全迈开了鸡脚，正手忙脚乱地绕过火光忽闪的岩缝，在残雪点缀的石头阵里择路而行。“千万要小心哦。”一想到怪屋会烧到鸡爪，我不由得皱起了眉头。

艾莲娜伸出胳膊，搂住了我的脖子：“我们眼睁睁地看着你们滑下火山，却无计可施。我担心得要死，怪屋也急得要命。多亏它在最后关头跳船成功，拦截了你们。”艾莲娜紧紧地抱着我，弄得我生疼。好在大家都平平安安地到了怪屋这儿，我这才松了一口气，没有挣脱。

捕鼠精冲下栏杆，跳到了我的鼻子上。

“你拉伤的肌肉好啦？”我笑着问他。

“人家也就是战舞跳得太投入，弄得肌肉有点儿僵硬而已。”说着，捕鼠精伸出双臂，开始旋转，像是在炫耀自己身上的新衣。“我的冬装咋样？”他颤悠悠地问道。

“好看着呢，”我笑着回答，“不过话说回来，你穿什么颜色都好看。”

我回头，望着那艘停泊在月下冰冷海面上的孤船，禁不住纳闷，我们还会有什么样的遭遇。然后，我转身对怪屋说：“谢谢你救了我们。”

怪屋微微一笑。房门、窗户，还有屋檐，也都跟着笑了。

“这就是那棵神椴树？”艾莲娜盯着门廊上的神椴树，禁不住发问，“它怎么啦？它还好吧？”这时，她看到了旁边的安纳托利。“哇，还有一只熊哦。你好啊，大熊，”她慌里慌张地打了一声招呼，“你看起来好面熟啊……”说着，她眯起了眼睛：“你是燕卡的亲戚吗？”

“他是我的爸爸。”我说。不过我知道，艾莲娜听不懂我在说什么。我看着安纳托利，嘴角扬起一个微笑。安纳托利还给我一个微笑，他笑得还是那么羞涩，和他做人的时候一模一样。我禁不住爱意汹涌，胸口发热，就像我在一个大冷天，刚刚喝下一杯热气腾腾的东西。

就在这时，就在我们中间，神椴树的树枝和树根发出一阵躁动：“扶我起来。”

“神树在说话吗？”艾莲娜跪在树旁，凝视着树干。

“扶我起来啊。”神椴树呻吟着，声音更大了。

“我听懂了，”艾莲娜兴奋得直拍双手，“我听懂了神树的话！喂，怪屋，你帮个忙呗。”

藤蔓从椽子上垂落。它们缠绕着树干，变得又粗又壮。轻轻地，它们托起了树干，仿佛不费吹灰之力，就把树干托过了我们的头顶。神椴树在烟囱顶帽旁边站稳，心满意足地发出一声叹息。它短短的根须开始在长满青苔的瓦片间穿插、延伸。

“神树会救萨沙吗？”艾莲娜问道。

我窘得满面通红。神椴树还没有脱离危险，回归森林，我怎么能乘“人”之危，向它提要求讲条件呢？

“你想让我救人啊？”说着，神树开始拉伸树枝。只见枝丫上芽苞鼓胀，新叶舒展。

希望在我心中颤动：“在森林南边我居住的那个村子里，有我一个朋友，叫萨沙。我害他受了伤，一直希望您能出手，帮他康复。”

一根树枝垂下，长出了三片树叶。这些新叶不像其他的心形树叶，而是有着星星的形状和深红色的纹路。只见它们挣脱树枝，飘向地面。三只红腹灰雀扑了上来，各自叼起一片树叶，飘然而去。“鸟儿会把树叶带到它们该去的地方，”神椴树发出一阵窸窸窣窣的响动，“你的朋友也会康复。”

“谢谢您了。”我的脸上绽放出一个灿烂的笑容。我如释重负，轻盈得就像南飞的小鸟。“另外，还有一个诅咒……我不知道您能不能……”一想到要请求神树把我重新变回人类，我便觉得心里一阵烦躁，就像有一群麻雀在叽叽喳喳地吵闹。我被这种感觉弄得糊里糊涂，禁不住皱起了眉头。

“抱歉啊，”神椴树吱扭了一声，“我破除不了古老的诅咒。”

安纳托利凑过来，站在了我身边。“对不起啊，燕卡。”他伤心地摇了摇脑袋。

“不用，这样也好呢。”我突然意识到，自己刚才为什么那么烦躁不安，不由得松了一口气。我不想破除那个诅咒。我不想永远只做人类。我还想做一只小熊。我看着安纳托利，心里豁然开朗：“您不是说过，我们可以管控自己身体的变化嘛。”

“嗯嗯，是的。”他点了点头，“不过那很难，很挣扎……”

“有些挣扎还是值得的。”我低头看着自己的熊爪，心里涌起了一股浓浓的爱意。瓦伦蒂娜说得没错，它们是森林的馈赠，它们昭示着森林里所有的神奇和神秘。“我想保留这个礼物，学会管控它的变化。”

安纳托利低下脑袋，凑到了我跟前。我们的额头几乎碰在一起。我感到，我们的毛发交织在了一块儿。“燕卡，我真为你感到骄傲，”他轻声说道，“你才是冰雪森林里最珍贵的宝藏。”

“好感人啊。”捕鼠精咬了咬我的耳朵，“我说，你是不是该问问安纳托利，我们在他的小木屋屋顶找到了鳕鱼储藏室，可是他把钥匙放在了哪儿？”

“你怎么知道他是安纳托利？”我连忙追问。

“我就搞不懂了，你们人类怎么会觉得，洞察心灵就这么难。”说着，捕鼠精皱着眉头，凑到了我的眼前，“一个人的外貌又改变不了他的内心。”

“你说得没错。”我点了点头。既然我认出了变成熊的安纳托利，捕鼠精自然也能做到。可我就是想知道，玛莫奇卡还能不能认出现在的我。

怪屋开始加速，引起尤里一阵尖叫。我们在朝南走，朝着村庄的方向。自从长出熊腿后，我第一次明白，无论我长成什么模样，它都改变不了我的身份和我的归属。什么也阻止不了我回家，哪怕我变成了一只熊。我要让玛莫奇卡知道，这就是我的宿命。

第三十二章

冰雪森林的劫难

怪屋沿着炽烈火山的山脊狂奔。它显得比以前矮小，也不像先前那么怒气冲冲。微光闪烁的熔岩流，还有岩缝里的滚滚烟雾，已经威胁不到我的爪子和鼻子，如今看着倒也有它们的美。

我低头看着自己的毛发，发现它们就像火山周围的森林，凌乱不堪，斑驳陆离。我身上布满了一道道烧灼和擦碰的伤痕；模糊的血肉像火在燃烧，触目惊心。要是玛莫奇卡带着她自制的鹅油黄瓜烧伤膏出现，那该有多好啊。我想象着她一边乘着鸡脚怪屋飞行，一边又数落着这件事有多么地荒唐，不由得笑了。

兴奋和惊奇在我的心里奔涌。这段旅程让我经历了这么多奇妙的事物，结交了这么多朋友，还让我找到了奶奶和爸爸。最最重要的是，它让我明白了回家与家人团聚的意义。

“布莱基斯顿去哪儿啦？”我突然意识到，布莱基斯顿没和我们在一起，连忙发问。

“他飞到了前面，正让风给翅膀上烧焦的羽毛除味呢。”捕鼠精对我耳语道。

“哦，不要！”艾莲娜惊恐地倒吸一口冷气，双手捂住了嘴巴。伊凡竖起耳朵，朝她飞奔而去。捕鼠精慌里慌张地在我的鼻子上狂跳。我顺着艾莲娜的视线望去，心脏几乎停止了跳动。怪屋已经越过了火山的顶峰，把山的另一边展现在了我们的面前。

南面的整个山坡就像一个冒着浓烟的黑色伤疤。那里的树木一定是在我们与斯迈搏斗的时候着了火，这才引发了一场蔓延数公里的火灾。

我凝视着大火蔓延的路径。只见它在森林中划拉出一条宽阔的曲线，一直延伸到了银子溪畔，留下满目疮痍，一片狼藉。银子溪的河岸上，火光冲天。

“怎么办啊？”艾莲娜紧紧地抓着栏杆，连忙发问。只见怪屋倾斜，转向，然后加速，朝着火光猛扑过去。它在没有被大火烧毁的树林中疾驰，跳跃着，摇晃着，冲向银子溪。

我看看艾莲娜，又看看安纳托利、伊凡和尤里，拼命地想着扑灭大火的办法。大家都站在栏杆旁，呆若木鸡，任凭火光与黑暗在眼里明灭。

“这么大的火势，谁也控制不了啊。”伊凡对眼前的大火怒目而视，“不行，我得赶在大火过河之前通知我的族群。”说罢，他发出一声撕心裂肺的嚎叫。叫声穿风而去，还没停止，便有了回响。回声扑向我们，怪异而悠长，全部来自蓝山的方向。“怪屋，放我下来，”伊凡吼道，“我要去找我的族群。”

怪屋快到银子溪的时候，放慢了脚步。它避开河岸上冲天的火光，转头向北，跳进了河里。它把鸡脚浸没在凉爽的水中，发出一声叹息。然后它向下倾斜，直到门廊的台阶悬停在距离对岸几十厘米远的水面上。

“你确定要在这儿下去吗？”没想到这么快就要告别伊凡，我不由得胸口发紧。

“是时候回归我的族群了，”伊凡点着头说，“大家回村子的时候，一定要紧靠河岸啊。这样怪屋才最安全。”

“你要以头狼的身份回归族群吗？”我问伊凡。

伊凡跳上河岸，回头望着我。只见他弯曲嘴唇，露出一个微笑：“我早就明白了，做不做头狼都没有那么要紧。”

我惊讶得瞪大了眼睛：“可是你当时很笃定，你就要做头狼啊。”

“一切都时过境迁喽。”伊凡耸了耸肩膀，“我们这群队友团结一致，共同打败了斯迈。这让我明白了一个道理，我不需要做头狼才能感到强大。作为族群的一员，我也可以强大。”说罢，他咧嘴一笑，露出一口闪着寒光的獠牙。“大伙儿再会。”他低头，浅浅地鞠了一个躬，便消失在阴影里。

我举起一只爪子，表示感激与道别。伊凡说得没错，我会和他再见的。我拿不准会在什么时候，但是我会重返森林。一想到这个，我便兴奋得浑身发抖，因为我想再见到的不仅仅是伊凡，还有我的奶奶。我和她只有短暂的交流，更何况我一觉醒来，却发现自己变成了一只熊，弄得我很困惑，也很激动。我想再去看看她，好好地了解她——因为不管是一只熊做了我的奶奶，还是玛莫奇卡做了我的妈妈，都是一样的魔幻，令人着迷。

“我的奶奶！”我惊叫道，“我们要不要也提醒她一下火灾的事儿？”

安纳托利看着蓝山：“她会看到几公里外的大火。如果需要，她有足够的时间撤退到山上。我们应该继续往南走，走到村子那儿。说不定村民们需要我们的帮助。”

怪屋一跃而起。艾莲娜指着下游，脸色变得煞白：“火要过河了！看，那儿！”她疯狂地挥动着手指。

我朝她示意的方向望去。只见火星飞过河道，点燃了对岸低矮的灌木。就在一瞬间，火苗追着一长排的松树，向上蹿动，向更远处蔓延。浓重的烟云后面，空气发出橘黄色的光。风助火势，火光冲天。

“糟糕，大风把火吹向了村子，”安纳托利皱着眉头说，“火势太快，村民们恐怕来不及准备。”

怪屋腾空而起。它稀里哗啦地蹚着河水，开始加速。门廊上，尤里尖叫着不住地后退。艾莲娜抓紧了栏杆。“快点儿，”她催促道，“我们必须赶到村子那儿。”说着，她的眼里噙满了泪水。我知道，她在担心自己的妈妈瓦伦蒂娜。她被困在村子里，而怪屋又没在她身边。

怪屋在银子溪里疾跑，水花四溅。捕鼠精的爪子抠进了我的耳朵，狂风在我的毛发间掠过。怪屋迈着长长的鸡脚，大步流星，连蹦带跳。我们飞奔的速度前所未有，比冰上飞驰的雪橇还快，比二十只狗拉的雪橇还快。

我们从蓝山旁一闪而过。我凝视着它，直到双眼模糊，好在最后我还是看到了奶奶的身影。只见她平静地走在雪地上，朝着山顶走去。有那么一会儿，我觉得她停下脚步，笑盈盈地回头看了看我。可是她离我们那么远，而我们又走得那么快，这一切可能只是我的幻觉。不过，我还是报以微笑。一想到她安然无恙，我也就放心了。

我们加速前进。看着火舌从一棵树蹿向另一棵树，在森林里横冲直撞，我的胸口不由得发紧。我简直不敢相信，火势蔓延得这么迅猛。此时此刻，火已经推进到了干燥、无雪的树木上。只见它风驰电掣，蹿得比暴风还要生猛。火很快便会到达村子那儿。

“我家的房子！”看到远处我和玛莫奇卡的家，我禁不住大叫起来。熊熊火焰正朝它扑去。“拜托你救救它，”我伏在了门廊的栏杆上，“我要确保玛莫奇卡平平安安。”

怪屋蹿出河水，转向森林，朝着我家的方向奔去。可是我们没走多远，便遭遇了一团浓浓的黑烟。热浪在空气中噼啪作响，一群惊慌失措的乌鸦尖叫着，飞向了远处。尤里在剧烈地咳嗽，树枝在噼里啪啦地燃烧，断裂声在我们周围回荡。熊熊燃烧的木头碎片和烟雾腾腾的苔藓在空中飞舞。

“回到河里，”艾莲娜喊道，“这儿不安全！”

怪屋侧身，开始掉头。我的心禁不住一阵狂跳。我知道，怪屋必须回到河里，这样才不会着火，可是我需要回家，需要回到玛莫奇卡的身边。

所以，趁着怪屋还没有回撤太远，我顾不上考虑后果，便爬上了门廊的栏杆。尽管下面是熊熊燃烧的森林，我还是跳了下去。我的心里只有一个想法：我要回家，回到玛莫奇卡的身边。

第三十三章

大火肆虐

我在烟雾中坠落，只是模模糊糊地知道，捕鼠精一边紧紧地抓着我的耳朵，一边不住地尖叫。树枝朝我砸来，又在我身边折断和跌落，可是我感觉不到疼痛。我的心里只有一个念头，那就是玛莫奇卡的安全。最后，我砰的一声，砸向坚硬灼热的地面，掉进了燃烧的荆棘丛里。

我连滚带爬地钻出了荆棘丛。烟尘在空气中飞舞，模糊了我的视线。令人窒息的恶臭充斥我的鼻子，阻隔了家的气味。可是我知道回家的路。我的心会引领我回家。我爪子灼热，眼睛刺痛，喉咙发烫，却跑得比任何时候都快。

我咬紧牙关，咽下了肺管里躁动的咳嗽。火焰在我周围肆虐。它们仿佛有了生命，从一棵树蹿上另一棵树，还在灌木丛中不停地狂奔。

终于，我冲到了火焰前面，踏上了一块裸露的土地。脚下的地面冰冰凉凉，我松了一口气，继续朝着家的方向飞奔。

树木一闪而过。我认出了一些老面孔：我第一次进入森林时攀爬的那一棵倒地的雪松，还有那一株歪脖子山杨。

“我们就快到了。”捕鼠精颤悠悠地说。他的鼓励让我振作，让我觉得自己在飞。

我的爪子拍击着地面。我穿过桦树林，跳过灌木丛，终于看见了我家房子的黑色轮廓。我在园子里来了个急刹车，一颗心止不住地怦怦乱跳。窗户里没有光，房子里一片死寂。

布莱基斯顿从房顶上滑翔过来，降落在我面前："我一看到火光，就知道你会回来。所以，我就飞到了前面，看看能不能帮上忙。"

"玛莫奇卡在哪儿？"我上气不接下气地问道，"还有萨沙和瓦伦蒂娜？"

"我一直在窗外叫唤来着，直到他们向外看，看到了浓烟。他们一看到浓烟，就坐上狗拉爬车，去了村里的广场。"

"谢谢你啦。"我松了一口气。大家待在大冻河边的广场上，会安全很多。"萨沙怎么样了？"我追问道，"他好利落了吗？"

"他好着呢。红腹灰雀给你的玛莫奇卡送来了星星形状的树叶，让她沏茶。她刚刚喂了他几口茶水，萨沙就苏醒了。"说罢，布莱基斯顿张开了翅膀，"我们还是离开有火患的路径吧。"

我点了点头。听到萨沙痊愈的消息，我如释重负，轻盈得如同在空中飘浮。我环顾园子的四周，想知道自己怎么做，才能保全我们的家。

玛莫奇卡已经把地翻了，所以园子里的地面平整而空旷，没有什么可以燃烧的东西。不过，园子边上有几棵高大的松树，如果它们着了火，很可能会砸到房子。

我跳到最高的那棵松树跟前，后腿直立，开始推搡树干。松树吱吱作响，嘎嘎断裂，砸在房子远处的地上。捕鼠精冲进了森林，我又跑到了下一棵松树跟前。

不远处，橘黄色的火苗突然蹿起，顺着与园子平行的方向开始蔓延。我赶紧呼唤捕鼠精，结果他叼着一根燃烧的树枝，跑了回来。只见他丢下树枝，朝上面扒拉了一些泥土，便跳上我的肩膀。

“我放火烧了一些干树枝，弄出一个隔火带。”

“好主意。”说着，我开始撞击另一棵松树。我把树推倒，沿着小路朝萨沙家走去。

捕鼠精点燃的隔火带在熊熊燃烧。夏天的时候，玛莫奇卡也这样做——为了阻隔山火，她会烧掉我家房子附近的灌木丛。不过，我们从未需要过隔火带的防护。反正我住到村里以后，就没需要过。

我放倒萨莎房子后面的三棵落叶松，朝着村子奔去。只见村子上空，黑烟滚滚，直冲云霄。我还没看到村公所的影子，就已经知道，一定是它后面的椴树在燃烧。就在这时，我脚下绊了一跤。于是我一路滑下山坡，冲进了村里的广场。

广场上人山人海。老婆婆和老爷爷带着最小的孩子和拉雪橇的狗狗，守在广场的另一边，靠近大冻河。他们的周围，人们拉着装满水桶的爬车在来回奔走。村公所后面，熊熊燃烧的椴树周围，场面最是忙乱。于是，我摇摇晃晃爬起来，朝着那个方向跑去。

“看啊，一只熊！”看到我飞奔而过，几个小孩尖叫起来。

我绕过村公所，直接冲向了那团火花与灰烬狂舞的热浪。只见人们嘴上捂着毛巾，手里拿着斧头，正从最近的那棵椴树下撤退。不过，砍树已经为时过晚。椴树的树干正被火焰炙烤得嘶嘶作响，在高温的作用下噼里啪啦地爆裂。接着，椴树嘎吱一声，向着村公所倒去。有人大叫一声危险，大家都向广场跑去。

除了我。

我眯眼看着那棵椴树，琢磨着怎样才能不让它砸上村公所。火焰漫卷，竟然显现出了斯迈的模样。看着它的三个“脑袋”，还有若隐若现的分叉舌头，我笑了。这不正是我要战胜大火的征兆吗？

“太热了，”捕鼠精冲着我的耳朵喊着，“你会烧到自己的！”

我跑过椴树，冲向对面的大冻河，跳进了冰冷的水里。等到我的毛发全部湿透，我又跑回了火场。

“燕卡！”

我转向那一声低沉的嘶吼，却看见安纳托利正冲出河道，毛发滴着水，向我飞奔而来。在他身后的夜色里，鸡脚怪屋若隐若现。怪屋站在大冻河里，神椴树矗立在房顶上，黑色的轮廓伸向繁星点点的天空。

“帮我把那棵椴树推开，别让它砸中村公所。”我冲着安纳托利喊罢，便一头扎进了火里。热浪熏得我喘不过气来，它蹿进我的喉咙，我只好又屏住了呼吸。我后腿直立，前爪击打着椴树，直到熊掌上的皮肤嘶嘶作响。我使出全身的力气，猛击树干，却痛得大叫起来。

安纳托利挨着我站定。他身材高大，两只前爪抵住了我头顶的树干。椴树向后倒去。“树要倒了！”他大叫道。随着一阵刺耳的嘎吱声，树干断裂，倒向地面。不料它砸中了后面的一棵树，又引发连锁反应，将另外三棵椴树撞倒在地。

椴树齐刷刷地倒向了村公所的反方向。我的心禁不住为之雀跃，直到我看见最后一棵树——它正摇摇晃晃，朝着另外一个方向，也就是村公所的方向，不断地倾斜。

“快跑！”安纳托利大吼一声。可我还没来得及转身，那棵树就砸上了村公所的屋顶。

屋顶坍塌，压得木头墙体四处鼓凸。随着一声震耳欲聋的巨响，火光冲天而起，整个村公所都压在了我的身上。屋顶板和木房梁像雪崩一样垮塌，湮没了安纳托利的踪影。

我的后背疼得要命。我的四周，击打声和轰隆声此起彼伏，逼得我只能将耳朵紧紧地贴在头皮上。“捕鼠精！”我察觉到捕鼠精不在耳边，不由得惊慌失措，大叫起来。我扭动着，挣扎着，想从那堆断木碎瓦下面爬出来，去找捕鼠精。

“我在这儿呢，人类小妞。”捕鼠精在我的肩膀上有气无力地吱了一声。火舌漫卷，烧焦了我脸上的毛发。“起来啊。”捕鼠精提高了嗓门。我用尽全身的力气，硬撑了起来。我的后背上，碎石烂瓦纷纷滑落。我爬出了那堆瓦砾。

我眯起双眼，迎着刺眼的火光和热浪，四处查看，想确定自己的方位。村公所砸在我身上，四周全是残垣断壁，碎石烂瓦。我的心在狂跳，脚趾在抽搐，可我却不知道往哪儿跑。我看不到出口。

“安纳托利！”我呼喊着，却不见他的踪影。不过烈火肆虐，即使他大声应答了，恐怕我也听不见。

“那儿呢！”捕鼠精爬下我的鼻子，指了指远处的一个角落。只见火焰熊熊，正扑向一段残存的墙壁。墙壁的正中间，有一扇深色的大窗。我看见了自己的映像：一只巨无霸的棕熊，鼻子上却有一只小白鼬。可是就在这时，我看见了萨沙和他的父母，还有旁边的玛莫奇卡。

我穿过火海，心里只有一个念头：我要和他们在一起。不料我却撞上窗户，摔倒在地上。我摇了摇头，困惑不已。我原本可是信心满满，觉得自己会穿窗而过。

这时，一张棕色的长脸和我打了个照面。玻璃和木头碎片像雨点一样，从尤里柔软的短角上跌落。他迈着长腿，穿过被烧得一塌糊涂的残垣断壁，仿佛那里荆棘丛生。他朝我低下了脑袋。“抓住！”他吓得鼓着一双眼睛，尖声叫道。

“可是对你来说，我块头太大，身体也太重啦！”我大叫着，抬起了一只熊爪，看到的却是被烧得满是水泡和伤口的手指。我大口喘气，却依然上气不接下气。我的肺叶已经萎缩。

“快点儿。”说着，尤里把毛茸茸的脖子伸进了我的怀里。我紧紧地抓着他，任凭他把我拉向窗外，拉到凛冽的空气中。

“燕卡！”几十个声音同时呼唤我的名字，并在周围不停地回响。一条毛毯扔到了我身上。萨沙的父亲把我的双手从尤里的脖子上拉开，将我抱在了怀中。这让我很是纳闷：我可是一只又大又重的熊啊，他怎么能抱得起我的身体？突然我想起来了，熊熊火光里，我抬起了一只熊爪，看到的却是人类的手指。

我伸长脖子，低头去看自己的腿，却发现它们盖着毛毯，而空气中又弥漫着滚滚浓烟。这时，玛莫奇卡出现在我的身边。她双手捧起我的脸，一边亲吻我的脸颊，一边一遍又一遍地念叨着我的名字。我这才意识到，我压根用不着在意自己长了一副什么模样，因为我已经找到了回家的路。

第三十四章
长了熊腿的女孩

村广场上，我裹着毛毯，动弹不得，被抬到了一辆爬车上。我挣扎着站起来，想去找安纳托利，却发现自己就像一只开春出生的小鹿，身体虚弱，脚步踉跄。

就在这时，就在村公所熊熊燃烧的废墟后面，我看见了阴影里的安纳托利。看到他安然无恙，我终于松了一口气。只见他朝我点点头，然后转身，消失在黑暗之中。

我知道，安纳托利因为自己变成了一只熊，所以要离开。即便如此，也挡不住我失望的感觉。因为在我的记忆里，安纳托利总是像流星一样，突然现身。他用奇妙的故事激发我的想象，然后离开——永远都是匆匆忙忙，来不及告别。

现在我知道了，他在我幼年时也曾这样离开过。而且这么多年了，他从来没有给我说过，他就是我的父亲。尽管我理解他的苦衷，可是他遗弃过我，还是让我感到很受伤。

玛莫奇卡在我身边坐下。她伸出一只胳膊，想要搂住我的肩膀，却发现无从下手，只好把搂抱换成了抚摸。她将鹅油黄瓜膏涂在了我手上和脸上烧伤的地方。“燕卡，”她把我的头发拢到耳后，轻声说道，“你回家了，我真高兴。”

我双手搂住玛莫奇卡，平生第一次意识到，尽管我长得膀大腰圆，已经钻不进她的怀抱，可是她却不多不少，刚好让我抱个满怀。

泪水刺痛我的双眼，可是我全身却充满了力量，赶走了那些自己被放弃被抛弃的念头。打从玛莫奇卡找到我，每一天她都对我关爱有加，呵护有加。我简直不敢相信，自己过了这么久才意识到，她的爱给了我多大的力量。

每当我脚步踉跄的时候，她总会及时出现，阻止我跌倒。她和萨沙，还有捕鼠精，还有村里的其他人——几个老婆婆和老爷爷，萨沙最小的堂弟凡尼亚，以及笑意盈盈的珀丽娜，他们一直都在关照我，只可惜我却视而不见。

我一直以为，只有自力更生，才会觉得强大。可是此时此刻，我坐在这儿，沉浸在玛莫奇卡的宠爱里，捕鼠精蜷伏在我的肩上，村民陪伴在我的左右，我觉得自己比任何时候都要强大。

捕鼠精在我的耳畔打着响鼾。玛莫奇卡仰起身子，直盯盯地看着他。“那是捕鼠精吗？”她问，“这才开春，他却换上了冬装？！”

“人家对这身衣服可得意呢。”说罢，我点点头，示意尤里靠近一些。他正在不远处徘徊，一边紧张地注视着那群聚集在远处河岸的雪橇犬。

我坐在爬车上，拍了拍车帮。尤里挨着车帮躺了下来。“这是尤里。”我摸了摸他两只鹿角之间的头顶。尤里睁大眼睛，抬头看着玛莫奇卡。

“她是我们的队友吗？”尤里问道。

我点了点头：“她是我的妈妈。”

玛莫奇卡摸了摸尤里柔软的鼻子，又看了看他脸颊上的各种切口和烧伤，不由得皱起了眉头。她站起来，从衣袋里掏出几瓶药膏和药粉，开始给尤里的伤口上药。上完药，她转身问我："你还需要上药吗？"

我伸伸胳膊，又伸了伸腿，检查着自己身上的伤情。我腿上的毛发在沙沙作响，爪子上的脚趾完全张开。"哎呀！"我低头瞅着自己的双腿，不由得叫了一声。尽管有毛毯的遮盖，它们的形状还是显露无遗。"我还长着熊腿呢。"一想到穿过森林时脚底板感受到的各种震颤，我的嘴角不由得扬起一个微笑。可是就在这时，我想起了自己进入森林的初衷。于是我转向玛莫奇卡，已经溢到嘴边的话倾泻而出："我不想去医院，因为我的腿不需要治疗。它们是我身体的一部分。我进入森林，知道了自己的身世，也明白了我的熊腿是上天的礼物。我要保留它们。"

"这么说，你需要的确实是一个故事而不是药品喽。"玛莫奇卡笑了笑，又给我盖上一条毛毯，"我刚刚看着你从熊变成了人。"她小声说："所以我觉得啊，自己再也不能信口开河，把森林故事说成是单纯的胡编乱造了。"说着，玛莫奇卡把一只手放在了我的脸颊上。"我很抱歉，燕卡。我早该听你的，可是我太害怕了。"

"您一向都害怕森林，玛莫奇卡，可是它很美啊。再说了，我也知道怎么在森林里保护自己。"

"我才没害怕过森林呢。"玛莫奇卡摇了摇头，"我只是害怕失去你。"

"我们才不会失去彼此呢。"我把手放在了她的手上，"我们属于彼此，不是吗？"

玛莫奇卡点了点头："是的，无论如何，我们都属于彼此。"她眼里噙满了泪水，却又笑了起来。“哎呀，瞧我眼泪汪汪的。真是的。”

萨沙端来了三杯热茶。于是，我们亲亲热热地坐在那儿，看着村民们提来一桶又一桶河水，把最后几个火苗浇灭。我想起身去帮忙，玛莫奇卡却硬要我坐下休息。她说，反正现在一切都在掌控之中了。

几个老婆婆和老爷爷慢悠悠地走了过来。他们一边责备我离家出走，让玛莫奇卡操心，一边却又微笑着，亲吻我的脸颊。小凡尼亚闹腾着，想知道我离家出走后发生的一切。

我给凡尼亚讲了几个片段。这时我留意到，莉莉娅和奥科萨娜正一边看我，一边像黄蜂一样，嗡嗡地说着小话。莉莉娅指了指车尾：一只熊爪从毛毯下伸了出来！

我转动熊爪，笑了起来。她们说什么已经伤害不到我了。现在我明白了，她们怎么看我并不重要，重要的是我怎么看待自己。我知道自己属于这里，属于这个村子。无论我从哪里来，长着什么样的腿。

我环顾四周，看见了珀丽娜友善的面孔。我微笑着朝她挥挥手，她也笑着挥手回应。我的心中顿时涌起一股暖流。这次旅程让我明白了一个道理：交朋友并不像我想象的那么困难，而我拥有的朋友也比我想象的要多。

东边的天空开始泛白，预示着黎明即将来临。大冻河的上空却依然是一片漆黑，广袤而深邃，点缀着零散的星星，稀疏的云朵，还有一轮正在下沉的月亮。一切都不尽相同，天空却有足够的空间将它们容纳。正如地球拥有足够的空间，能够容纳形形色色的人类。我相信，只要我心有所属，就会找到属于我自己的天地。

睡梦中的捕鼠精动了动，开始蹭我的脖子。我伸手摸了摸他。是啊，我们不一定非得是一模一样的同类，才能和睦相处，才能惺惺相惜。

我扫视着大冻河上空的黑暗，想找到鸡脚怪屋，却怎么也看不见它的踪影。我在村子里也看不到瓦伦蒂娜，真不知道她和艾莲娜去了什么地方。我摇摇头，叹了口气：我居然没有机会向她们表示感谢和告别。

没过多久，村广场上就只剩下几个人了。一个老婆婆给我拿来了一件长款束腰衬衫，一件暖和的鹿皮外套，还有一顶帽子。玛莫奇卡从袋子里掏出了一条长裙，我认出了裙摆上的刺绣图案。

“我的裙子！”我惊叫道，“您亲手给我绣的裙子！”

玛莫奇卡点了点头：“搜救队在熊窝外面找到了你的衣服。他们以为你被熊吃了，就回了村里。”

“不会吧。”一想到自己制造了这么多的悲伤和担忧，我不由得摇了摇头。

“好啦好啦，”玛莫奇卡捏了捏我的手，“我从来就没相信过，一刻都没有。缝补裙子的时候，我一眼就看出，它不是被熊撕烂，而是被身体撑裂的。”

玛莫奇卡给裹在毯子里的我换上衣服。我把裙子套上熊腿，不由得笑了。我的双腿感觉很好——仿佛这一切都是命中注定。我的家在村子里，可是我在森林里也自由自在。我把手伸进裙子的口袋，抓住了地图和狼趾——伊凡的狼趾。也许下次见面的时候，我会把它还给他。

玛莫奇卡要把很多的东西装上爬车，正忙得不可开交。我站起来，左右摇摆着，终于又找到了两条腿行走的平衡。

“我要和萨沙，还有尤里，一起走路回家。”我一边说，一边拾掇爬车上的物件，好给萨沙的父母腾出座位。

玛莫奇卡摇了摇头：“你应该坐爬车回家。经历了这么多事儿，你需要休息。”

“我好着呢，”说着，我昂首挺胸，开始向后拉伸肩膀，“我要走路。”我示意萨沙过来；我们把安纳托利的狗狗套上爬车，又帮着把货装好。

“那就家里见啦。”玛莫奇卡叫道。我挥挥手，看着她冲上前面的山坡。太阳从地平线上升起，往空中抛撒出丝丝缕缕的粉紫色彩带。我笑了。

第三十五章

回家

“嗨，燕卡。”萨沙追上我，给了我的胳膊一拳。

“为嘛呢？”我还给了他一拳。

萨沙打了一个趔趄，笑了。“为了你的离家出走；为了你把我丢在森林里，自己却坐着浮冰远走高飞；为了你让一个雅嘎用雪橇送我回家，自己却不出面；不过，最主要的是，”说着，他又给了我的胳膊一拳，“为了你不让我帮你。”他低头看着我的脚，微微一笑：“可是这又怎么可能呢？”

“森林的礼物呗。”我扭动着熊爪，笑了。

“它们会一直长在那儿吗？”

“我哪知道。”我又捶了一下他的肩膀，撒腿便跑。尤里跟在我的身后。我们一路狂奔到森林的边缘，来到一片泥灰地，不料脚下一滑，冲进了一个冰雪融化的水坑。

萨沙追了上来。尤里靠着那棵满是疤瘤的老榆树坐下，我和萨沙则爬了上去。烟尘笼罩着我们，直弄得我的鼻子发痒，嘴巴发臭。捕鼠精不住地抱怨我弄脏了他的冬装，所以我们最后还是爬下来，沿着林间小路回家。

我最爱的树都被烧得乌漆抹黑。我抬头望着森林的树冠，感受到了它的痛苦，心如刀割。“你觉得森林需要多长时间才能恢复？”我叹了口气。

“我觉得用不了好久，”萨沙咬着嘴唇，顺着我的目光望去，“夏天一到，森林里到处都会变得生机勃勃。”

黎明的乐章在我们周围奏响，与萨沙一唱一和。鸟儿歌唱着新芽与花蕾，还有即将成熟的浆果。突然一只小鸟叫道：“雅嘎的小屋！”一群交喙鸟吓得振翅远飞。随着巨无霸鸡脚惊天动地的脚步声，一个黑影在我们身边的树丛中急速掠过。

一看见鸡脚怪屋，我的心禁不住欢呼雀跃。“快点儿！”我一边喊着萨沙，一边狂追怪屋。只见怪屋蹿过树林，冲到我家园子跟前，来了一个急刹车。

“燕卡！”艾莲娜笑盈盈地冲下了门廊。她伸手搂住我的脖子，用力一抱，把我弄得生疼。“你又变回了人类。”

“一多半吧。”我点点头，看了看自己的一双脚。

“我一直都喜欢你的熊腿呢。”艾莲娜笑着说，“你还听得懂捕鼠精说话吗？”说着，她伸手拂掉了捕鼠精外套上的烟尘。让我惊讶的是，捕鼠精不但没有躲闪，还对艾莲娜表示了感谢。“尤里！”看到我身后的尤里，艾莲娜马上跳到了他跟前。接着，我又听见她在招呼萨沙。可是我的目光却被怪屋吸引。

只见藤蔓从屋顶上垂落，轻轻地把神椴树拎到了地上。

“就是这儿，”神椴树吱吱地叫唤着，“我想待在这儿。”

藤蔓把神椴树放在了我家园子边上，放在了那些倒下的松树中间。

“您要待在这儿吗？”我问神椴树，“我还以为您想待在深山老林里呢。”

“这儿就很好。”神椴树的根须一碰到地面，就四处散开，一边钻进地下，一边变得又粗又长。它的枝丫伸向天空，红腹灰雀飞到树枝上，变成了鲜艳的绿叶。

神椴树的周围，那些被烧毁的树木光芒闪动。烟尘和炭灰从树干上脱落，树皮闪闪发光，清新而明净。树叶舒展，松果裂开的气味扑鼻而来。鸟儿啁啾，动物在布满烟尘的地上和地下窸窣作响。我抬头望着树冠，感受到了森林洋溢的快乐。

神椴树随着每一次的呼吸跳动、生长。“我好喜欢这儿。”它心满意足地舒了一口气。

“燕卡！”玛莫奇卡跑进了园子。她看到了神椴树和鸡脚怪屋，一动不动地停在了那儿。我觉得她会吓得要么脸色煞白，要么直接晕倒，要么一股脑地问无数个问题，但她只是把我拉进了怀中。我的心里充满了爱。

瓦伦蒂娜出现在怪屋的前门。她挥手致意，玛莫奇卡挥手还礼：“再次感谢您送萨沙回家。”

“不客气。”说着，瓦伦蒂娜冲我微微一笑，“燕卡，很高兴你也找到了回家的路。”接着，她抬头看着房顶，两只手放在了屁股上。“怪屋听令，”她厉声说道，“我们必须回到森林，准备今天晚上的亡灵引渡。”

怪屋的屋檐耷拉下来，烟囱里喷出一小朵黑云，不过它还是点了点头。

“快点儿，艾莲娜，”瓦伦蒂娜叫道，“我们该走了。”

艾莲娜抱了抱萨沙和尤里，来到了我跟前。只见她把手伸进围裙的口袋，掏出了我生母留下的那枚箭头。“捕鼠精把它落在了门廊那儿。他一定是在我们大战斯迈后找到了它，把它带了回来。”

“你留着呗。”我笑着说。

“这哪行啊。”艾莲娜摇了摇头，“它可是你生母的遗物。”

“我想让你留着，”说着，我把箭头塞进了她的手中，“以防你忘掉我们一起冒险的日子。”

“瞧你说的，好像我会忘记一样。”艾莲娜大笑起来。

“就这样吧，”说着，我松开了箭头，“它象征着我的过去。可是此时此刻，我只想专注于我的未来。”

艾莲娜又给了我一个拥抱。“你什么时候想来，就过来看我啊。我会好好地保管箭头，你也随时可以把它取回。”

“谢谢你所做的一切，”我点了点头，“还有你，怪屋。”看着艾莲娜走上门廊，我微笑着，抬头去看怪屋。只见一根纺锤状的木柱弹出，伸到我跟前，冷不丁地开出一捧明艳的白色花朵。就在怪屋伸直鸡脚，迈步离开的时候，一朵白花落进了我的手中。不一会儿，怪屋、艾莲娜，还有瓦伦蒂娜，便消失在一片高大茂密的落叶松后面。

闪闪发光的树枝上，一抹粉红引起了我的注意。“燕卡！”红腹灰雀叫道，“回到森林里来吧！”可就在这时，捕鼠精从我的肩膀上一跃而起，朝着小鸟直扑而去。红腹灰雀扑扇着翅膀飞走了。布莱基斯顿猛扑下来，一双利爪将捕鼠精紧紧攥住。

捕鼠精扭动身体，跳上了布莱基斯顿的后背。他们一边在树丛间飞翔，一边大声嚷嚷着什么淡水鳕鱼。远处，鸡脚怪屋在一簇簇树冠上面蹿动。只见它一路向北，进入了密林的深处。

“来吧，”玛莫奇卡伸手挽住了我和萨沙的胳膊，“我们进去喝一杯热的。”

我们朝房子走去。就在这时，有人在敲厨房的窗户。我抬头望去，看到厨房里的安纳托利，禁不住喜笑颜开。他又变回了人类，胡子上挂着烟尘，眼睛里闪着光芒。

“要蜜糖水吗？”安纳托利手里端着我最爱的黄色马克杯，嘴巴做出蜜糖水的口型。

“那是谁啊？”尤里问道，“他也是我们的队友吗？”

“他是安纳托利，”我笑着回答，“是我们的队友，不过他还不够强大，不敢接受现实。”

尤里看着我，一脸的不解。

“不是谁都像你一样，天生这么勇敢。”我摸了摸尤里脖子上的毛发，“承认自己需要队友，有时候需要极大的勇气。”

我放松肌肉，任凭玛莫奇卡把我裹挟着，带进家的温馨和家的味道之中。我们围炉而坐，一边喝着蜜糖水，一边轮流讲着故事——有些故事会比别的故事包含着更多的真相。

安纳托利和玛莫奇卡坐在一起，笑容灿烂，眼睛明亮。虽然他一笑就脸红，但他并不总是低头看着地上。有时他看着玛莫奇卡，有时他看着我。

我看到那只熊在他的眼里闪闪发光。我不知道他会待多久，可是我知道，我们拥有彼此；即使他离开了，他还会回家。

太阳高照，我们却都累得呵欠连天。我把萨沙送到门口，走出门外和他道别。

“我明天过来叫你好吗？”萨沙问道。

我笑着点了点头：“好啊，我们可以去村里帮着清扫垃圾，修理东西。”

“好极了。”说罢，萨沙挥挥手，跑进了园子。半路他又停下来，摸了摸被安纳托利安置在棚子里的狗狗，还有躺在神椴树树荫下的尤里。他回头望着我，微微一笑：“你在森林里弄清自己的身世了吗？”

我低头看着自己的脚，笑了：“还不是和以前一模一样，依然是小熊燕卡。”

“就这？原本我也能告诉你啊！”萨沙大笑起来。接着，他又一次挥挥手，转身离去。

进屋之前，我又在外面盘桓了一会儿，好多亲近一下森林。树梢在沙沙作响，风儿在窃窃私语。我侧耳倾听，想知道森林里还隐藏着我什么样的过往。我的心在狂跳，我的脚趾蠢蠢欲动。但我还是转身，打开了房门——比起过去，我的未来才更重要。而我的未来——会在亲友们的扶持下——靠我的双手去书写。

后记

我慢悠悠地爬上了蓝山。夏日当空，石头柔暖，空气中弥漫着虫鸣和花香。各种震颤纷至沓来，敲击着我的脚底板。荒草在摇曳，蟋蟀在跳跃，野兔在柔软的泥土里忙着挖洞。

玛莫奇卡和安纳托利陪着我穿过森林，来到了这里。不过，他们一直待在山脚下的河边野餐。

玛莫奇卡说了，我可以独自去拜访熊窝。她知道我总会回家，所以这些天已经没有了那么多的焦虑。

我发现奶奶正半闭着眼睛，迎着太阳坐在熊窝前面的岩架上。阳光在她浓密的棕色毛发上嬉戏。而森林，层林叠翠的冰雪森林，正在她面前徐徐展开。远处，炽烈火山的层层新绿流光溢彩，白色的棉花云在山顶上漂浮。

奶奶咕哝着，发出一声低沉而和气的问候。我坐下，依偎在她那阳光般温暖的毛发上。她蜷着庞大的身体，从后面把我环绕。“你回家了，真好。”她嘟哝道，“我想你了。”

我用手指梳理着她脖子上的毛发，将头靠在了她的胸口。她的心跳是如此熟悉，就和我的心跳一样，她身上那股混合了泥土、苔藓、浆果和松果的气味让我感到心安。“我也想您呢。”

我们坐在一起，看着夕阳慢慢下沉。我给奶奶说起村子里的生活：我和玛莫奇卡垦殖的园子怎么变得五彩缤纷；红腹灰雀的幼鸟怎么让神椴树充满生机，却又都躲开了捕鼠精的捕杀。我告诉她，我和萨沙怎么一起给尤里搭了一个棚子，又怎么做了一个独木舟，我又是怎么和珀丽娜一块儿去河里游泳。我还告诉她，村民们怎么齐心协力，一起把新村公所的屋顶粉刷一新。

奶奶给我讲了森林里的日常。她说起狼族成员的明争暗斗，提到今年所有出生的狐狸宝宝、老虎宝宝、鬣狗宝宝、鹿宝宝和野猪宝宝。她告诉我河流有了新变化，变出适合我们捉鱼的新水洼和新河湾。她甚至还讲了两个故事，一个和我的生母纳斯塔西娅有关，一个和她自己的过去有关。她在那个故事开始的时候，还是一个叫作安雅的年轻女人，住在一座金色穹顶的城堡里。

“是不是很美啊？”看着远处正在下沉的太阳，奶奶笑了。

我点了点头，站起来伸了一个懒腰：“我该走了。”

一阵微风从山脚下吹来，捎来了人类说话的声音。那是安纳托利在给玛莫奇卡讲述飞船的故事。玛莫奇卡正笑着追问，安纳托利愿不愿意带她一起遨游。我的目光飘向南边的那个村子，我的村子。我感受到了它的拖拽。

马上就到夏至节了。我要帮助村民们搭建节日演出的戏台，还要和萨沙一起参加独木舟比赛。黑夜将尽的时候，我要和别的小孩一起，跳进星光闪耀的大冻河，嬉水欢笑，直到太阳升起。捕鼠精说，只要他能蜷缩在我的脖子上，今年他就来过节。安纳托利说，他会过来帮玛莫奇卡出摊。

“你还会来吗？”奶奶问我。

“当然了，”我点了点头，“秋天到来之前，我就会回来啦。”

我离开，下山，朝着家的方向走去。就在这时，身后传来了奶奶沉沉的鼾声。我笑了，因为我知道，某种东西会让我们永远心意相通，相知相惜。

致谢

《说熊语的女孩》用了几个月的时间，终于走出了森林。在此，我由衷地感谢那些善良而耐心的领路人。有了他们的引领，我和燕卡才走上了正道坦途。

感谢你们的智慧、洞见和鼓励：我的经纪人杰玛·库珀，尤斯伯恩出版社的编辑丽贝卡·希尔和贝基·沃克，还有学乐出版社的编辑马洛里·卡斯。此生遇见你们，我何其幸运。有了你们的托举和督促，我才觉得自己伸手就能摘到星辰，从而让我的文字星光闪耀、熠熠生辉。

感谢你们用一种比我想象中更加美丽的方式把燕卡、冰雪森林，还有冰雪森林里的生灵万物变成如此鲜活的存在。致敬凯瑟琳·霍内斯塔——你用一支生花的妙笔，为英国版的这本书创作了那么美轮美奂的插画，让我感激不尽、钦佩不已。感谢梅芙·诺顿的创意，感谢红鼻子画室克里斯·西科尔为美国版小说创作的精美封面。你们的作品精彩绝伦、令人赞叹。

感谢你们的热情、才华和奉献：尤斯伯恩和学乐出版社的优秀出版人。感谢你们每个人，尤其是莎拉·斯图尔特、凯瑟琳·米利霍普、莎拉·克罗宁、乔什·伯洛维茨、加雷思·科林森、卡特琳娜·约万诺维奇和史迪威·霍普伍德（不为别的功劳，只为你们亲手留在校样上那900处奇妙的印记）。

感谢你们把我从森林里呼唤回家，呼唤我回到自己属于的地方：我的丈夫尼克和我们的孩子尼基、亚历克、萨米和艾萨。你们是我的一切，我永远爱着你们。

感谢你们的爱和支持：我的父母约翰和凯伦；我的兄弟拉尔夫和罗斯；我的祖父母，尤其是格尔达（您讲述的故事口口相传，每天都给予我灵感）；我和尼克结婚后有幸得到的家人，特别是弗兰克和希拉，还有我的灵魂姐妹洛琳和吉莉安。

感谢你们的鼓励和善意：詹姆斯·梅休、基兰·米尔伍德·哈格雷夫、米歇尔·哈里森、塞莉·伯内尔、莎拉·麦金太尔、昂加利·劳夫、丽兹·弗拉纳根（特别感谢您的早期反馈）、雅芭·巴蒂尔、吉兰·拉伍德、坎迪·古莱、罗宾·史蒂文斯、凯瑟琳·道尔、塞缪尔·基·哈尔平、加布里埃尔·肯特、大卫·阿尔蒙德、希拉里·麦凯和许许多多别的作家与插画师。谢谢你们把我迎进了充满魔力的故事世界。

十分感谢加林娜·阿契卡索娃－波希诺伊教我用俄语词汇；非常感谢加林娜·瓦雷泽编写的美味食谱，让我的故事增色不少。

感谢你们为推广小说所付出的巨大而宝贵的努力：所有的书商、图书管理员、教师、书评人和图书博主。由衷地感谢你们每一位，尤其是水磨石图书网——实不相瞒，你们对《鸡脚怪屋》的支持成就了我的事业。还有2019年CKG（英国卡内基文学奖和凯特·格林威奖）的评委会主席、图书管理员艾莉森·布伦威尔，以及参与“卡内基影子计划”的其他评委、教师、图书管理员和众多年轻人。还有《书商》童书书讯版面的编辑菲奥娜·诺贝尔，《星期日泰晤士报》童书版面的编辑妮可莱特·琼斯，以及作家、学校图书管理员、图书博主乔·克拉克，教师博主阿什利·布斯、斯科特·埃文斯和斯蒂芬·埃利奥特。

最最重要的是，感谢我的读者。谢谢你们认可《鸡脚怪屋》，又与《说熊语的女孩》一起，经历了穿越冰雪森林的奇幻冒险。是你们，亲爱的读者，让我的文字朝气蓬勃，生机盎然，就像漫长的寒冬过后，树木又开出了明艳的花朵。我相信，有了这种魔法联结，我们之间会永远心意相通，相知相惜。

苏菲·安德森